Frankissstein

Frankissstein

Una historia de amor

Jeanette Winterson

Traducción del inglés de
Laura Martín de Dios

Lumen
_____

narrativa

Papel certificado por el Forest Stewardship Council®

Título original: *Frankissstein. A Love Story*

Primera edición: noviembre de 2019

Printed in Spain – Impreso en España

ISBN: 978-84-264-0643-9
Depósito legal: B-17560-2019

Compuesto en M. I. Maquetación, S. L.
Impreso en Egedsa (Sabadell, Barcelona)

H 4 0 6 4 3 9

Penguin
Random House
Grupo Editorial

We may lose and we may win
though we will never be here again.

THE EAGLES, «Take It Easy»

Lago Lemán, 1816

La realidad es soluble en el agua.

Lo que alcanzábamos a ver, las rocas, la orilla, los árboles, las barcas en el lago, había perdido su definición habitual y se había desdibujado en el gris eterno de una semana de lluvia. Incluso la casa, que imaginábamos de piedra, se estremecía envuelta en una bruma espesa, una bruma en la que a veces aparecía una puerta o una ventana, como en un sueño.

Todo lo sólido se había disuelto en su equivalente acuoso.

La ropa no se secaba. Cuando entrábamos, y hay que entrar, porque hay que salir, el mal tiempo nos acompañaba. Cuero empapado. Lana que apestaba a oveja.

Mis prendas interiores están enmohecidas.

Esta mañana he decidido pasear desnuda. ¿Qué sentido tiene llevar la ropa empapada? ¿O con botones forrados que se hinchan tanto que ayer tuve que cortarlos para poder quitarme el vestido?

Esta mañana parecía que me hubiese pasado toda la noche sudando de tan húmeda como estaba la cama. Mi aliento empañaba las ventanas. La leña que aún ardía en la rejilla de la chimenea suspiraba en señal de abatimiento. Te dejé durmiendo y bajé los peldaños vaporosos sin hacer ruido, con los pies mojados.

Desnuda.

Abrí la puerta principal de la casa. La lluvia persistía, tenaz e indiferente. Llevaba siete días cayendo, ni con mayor fuerza, ni con menor ímpetu, sin arreciar, sin remitir. La tierra era incapaz de absorber más agua y allí donde pisaras estaba mullido: los caminos de grava rezumaban y en el cuidado jardín varios manantiales habían brotado y arrastrado parte de la tierra, que se había depositado en charcos negros y espesos en la cancela de la finca.

Pero esta mañana rodeé la casa, enfilé la cuesta, con la esperanza de encontrar un claro entre las nubes que me permitiese contemplar el lago que se extendía a nuestros pies.

Mientras ascendía me dio por pensar en cómo debían de vivir nuestros antepasados, sin fuego, a menudo sin un lugar donde refugiarse, aventurándose en la naturaleza, tan bella y generosa, pero tan despiadada cuando se desataba. Concluí que sin el lenguaje, o antes del lenguaje, la mente es incapaz de procurarse solaz.

Y sin embargo, es el lenguaje de nuestros pensamientos el que nos tortura antes que cualquier exceso o privación de la naturaleza.

¿Cómo debía de ser...? No, ¿qué debía de ser? No hay un cómo, la pregunta no admite comparación posible. ¿Qué debía de ser el ser un ser sin lenguaje? No un animal, sino algo más cercano a mí.

Aquí estoy, envuelta en esta piel inútil, con la carne de gallina y tiritando. Un triste espécimen, sin el olfato de un perro, sin la velocidad de un caballo, sin alas como las de las águilas ratoneras, cuyos chillidos de alma en pena oigo sobre mi cabeza, sin aletas, ni siquiera una cola de sirena para hacer frente a este tiempo escurrido. No estoy tan bien provista como ese lirón que desaparece en la grieta de una roca. Soy un triste espécimen, pero puedo pensar.

Hallo mayor deleite aquí, en el lago y en los Alpes, donde la soledad proporciona sosiego a la mente, que en Londres. Londres es perpetuo; un presente en desarrollo constante apresurándose por alcanzar un futuro en retroceso. Me gusta imaginar que aquí, donde el tiempo no se agolpa ni escasea, puede ocurrir cualquier cosa, que todo es posible.

El mundo se encuentra a las puertas de algo nuevo. Somos el espíritu que da forma a nuestro destino. Y aunque no soy inventora de máquinas, soy inventora de sueños.

Aun así, me gustaría tener un gato.

He sobrepasado la altura del tejado, las chimeneas despuntan a través del lienzo húmedo de la lluvia humeante como las orejas de un animal gigante. Tengo la piel cubierta de perlas transparentes, como si estuviera bordada con agua. Hay algo sublime en mi desnudez adornada. Los pezones son las tetillas de un dios de la lluvia. El vello púbico, siempre espeso, rebosante, como un banco de peces oscuro. La lluvia arrecia, constante como una cascada, conmigo en su interior. Tengo los párpados empapados. Me seco los globos con los puños.

Shakespeare. Él fue quien acuñó esa palabra: globo. ¿En qué obra aparece? ¿Globo?

> *En los ojos de Lisandro entonces esta yerba*
> *exprime, cuyo zumo la virtud reserva*
> *de hacer borrar toda ilusión de su mirada*
> *y girar sus globos con la vista acostumbrada.*[1]

Y entonces lo veo. Creo que lo veo. ¿Qué imagino ver?

Una figura, gigantesca, harapienta, que se desplaza con movimientos veloces sobre las rocas por encima de mí, alejándose de mí, de espaldas a mí, una figura de movimientos seguros y al mismo tiempo vacilantes, como un cachorro que aún no sabe qué hacer con unas patas tan grandes. Sentí el impulso de llamarlo, pero confieso que estaba asustada.

La visión se desvaneció un instante después.

Si se trata de un viajero que se ha extraviado, encontrará la casa, pensé. Pero se alejaba hacia lo alto, como si ya hubiera encontrado la casa y hubiese pasado de largo.

Acuciada por la preocupación, tanto de haber visto a alguien como de haberlo imaginado, emprendí el camino de vuelta. Entré sin hacer ruido, esta vez por una puerta lateral, y tomé la curva de la escalera, aterida de frío.

Mi marido estaba en el descansillo. Me acerqué a él, desnuda como Eva, y me percaté de su agitación varonil bajo la camisa de dormir.

He ido a dar un paseo, dije.

¿Desnuda?, preguntó.

Sí, contesté.

Alargó la mano y me acarició la cara.

¿De qué estás hecho tú, de qué sustancia,
que puedes conformar mil y una sombras?[2]

Esa noche nos encontrábamos todos reunidos alrededor del fuego; la habitación estaba envuelta en más sombras que luces, pues disponíamos de pocas velas y no podíamos abastecernos de más hasta que mejorase el tiempo.

¿Esta vida es un sueño caótico? ¿El mundo exterior es la sombra, mientras que la esencia es lo que no podemos ver, ni tocar, ni oír, y aun así percibimos?

¿Por qué, entonces, la vida que soñamos es tan pesadillesca? ¿Febril? ¿Sudorienta?

¿O acaso no estamos ni vivos ni muertos?

Un ser que no está ni vivo ni muerto.

Toda mi vida he temido tal condición, por eso siempre me ha parecido mejor vivir como pudiese, sin temor a la muerte.

Por eso me fugué con él a los diecisiete años, y los dos que he pasado a su lado me han dado la vida.

En el verano de 1816, los poetas Shelley y Byron, el médico de Byron, Polidori, Mary Shelley y su hermanastra, Claire Clairmont, por entonces amante de Byron, alquilaron dos propiedades en el lago Lemán, en Suiza. Byron se alojó en la imponente Villa Diodati, mientras que los Shelley ocuparon una casa más pequeña y con mayor encanto, situada a media ladera, por debajo de la casa señorial.

La mala reputación que adquirieron las residencias fue tal que un hotel ubicado en la orilla opuesta del lago instaló un telescopio para que sus clientes pudiesen observar los desmanes de aquellos supuestos satanistas y sexualistas que compartían a sus mujeres.

Es cierto que Polidori estaba enamorado de Mary Shelley, pero ella se negó a acostarse con él. Byron lo habría hecho con Percy Shelley, si Shelley lo hubiese deseado, pero no existen pruebas de ello. Claire Clairmont se habría acostado con cualquiera, aunque en esa ocasión solo lo hacía con Byron. Los ocupantes de las casas pasaban todo el tiempo juntos, y entonces empezó a llover.

Mi marido adora a Byron. Todos los días salen a navegar por el lago y hablan de poesía y libertad mientras yo evito a Claire, con quien no se puede hablar de nada. Debo esquivar a Polidori, que me sigue como un perrito faldero enfermo de amor.

Pero entonces llegó la lluvia, y los días diluvianos no permiten trabajar en el lago.

Al menos el tiempo también impide que nos espíen desde la otra orilla. En el pueblo, he oído el rumor de que un huésped había visto media docena de enaguas tendidas al sol en la terraza de Byron. En realidad, lo que vieron fue ropa de cama. Byron es poeta, pero le gusta ir limpio.

Y ahora nos vemos confinados por innumerables carceleros, cada uno formado por una gota de agua. Polidori se ha traído a una muchacha del pueblo para entretenerse y los demás hacemos lo que podemos en nuestros lechos húmedos, pero la mente precisa del mismo ejercicio que el cuerpo.

Esa noche estábamos sentados frente al fuego hablando de lo sobrenatural.

A Shelley le fascinan las noches iluminadas por la luna y el descubrimiento repentino de unas ruinas. Cree que todos los edificios conservan huellas del pasado, como un recuerdo, o recuerdos, y que estos se liberan a su tiempo. ¿Y cuál es ese tiempo?, quise saber, y él se preguntó si el tiempo en sí depende de quienes lo habitan. Si no es posible que nos utilice como canales de comunicación con el pasado; sí, tiene que ser eso, concluyó, porque hay gente que puede hablar con los muertos.

Polidori disiente. Los muertos, muertos están. Si poseemos alma, esta no regresa. Sobre la mesa de autopsia, el cadáver carece de esperanzas de resurrección, ni en este ni en el otro mundo.

Byron es ateo y no cree en la vida después de la muerte. *Nos atormentamos a nosotros mismos*, sentencia, y eso es suficiente para cualquiera.

Claire no ha dicho nada porque no tiene nada que decir.

El criado llega con vino. Es un alivio disponer de algo líquido que no sea agua.

Somos como los ahogados, dijo Shelley.

Bebimos el vino. Las sombras crean un mundo en las paredes.

Esta es nuestra arca, dije, asilados, a flote, a la espera de que las aguas amainen.

¿De qué creéis que hablaban en el arca, encerrados con el hedor cálido a animal?, preguntó Byron. ¿Creían que la tierra entera estaba rodeada por una envoltura de agua, como un feto en el vientre materno?

Polidori interrumpió con entusiasmo (se le da muy bien interrumpir con entusiasmo). En la Facultad de Medicina había una hilera de fetos en distintas fases de gestación, abortos; tenían los dedos de las manos y los pies encogidos ante lo inevitable, los ojos cerrados para protegerse de una luz que nunca habrían de ver.

La luz la ven, tercié, la piel estirada de la madre sobre el niño que crece permite el paso de la luz. Las criaturas se vuelven, alegres, hacia el sol.

Shelley me sonrió. Cuando estaba embarazada de William y me sentaba en el borde de la cama, Shelley se arrodillaba a mi lado y sostenía mi barriga entre las manos como si se tratase de un raro ejemplar que no hubiese leído.

Esto es el mundo en miniatura, decía. Y esa mañana, la recuerdo muy bien, estábamos sentados al sol y sentí que mi niño daba una patada de alegría.

Pero Polidori es médico, no madre. Ve las cosas de manera distinta.

Iba a decir, dijo, un poco molesto por haber sido interrumpido (como acostumbra ocurrirles a quienes interrumpen), iba a decir que, tanto si existe el alma como si no, el momento del despertar de la conciencia es un misterio. ¿Hay conciencia en el vientre materno?

Los niños son conscientes antes que las niñas, proclamó Byron. Le pregunté qué le inducía a creer eso. Contestó que el principio masculino es más vivo y activo que el femenino. Algo que se observa en la vida diaria.

Lo que se observa es que los hombres someten a las mujeres, objeté.

Yo tengo una hija, repuso Byron. Es dócil y pasiva.

¡Ada tiene seis meses! ¡Y no la has visto desde poco después de que naciese! ¿Qué criatura, niño o niña, hace algo más que dormir y mamar cuando nace? ¡No tiene nada que ver con su sexo, sino con la biología!

Ay, pensé que sería un muchacho magnífico, prosiguió Byron. Si mi destino es engendrar niñas, al menos espero que se case bien.

¿No hay nada más en la vida que el matrimonio?, pregunté.

¿Para una mujer?, dijo Byron. En absoluto. Para un hombre, el amor consiste en una parte más de su vida. Para una mujer conforma toda su existencia.

Mi madre, Mary Wollstonecraft, no estaría de acuerdo contigo, repuse.

Y aun así trató de suicidarse por amor, contestó Byron.

Gilbert Imlay. Un engatusador. Un oportunista. Un mercenario. Un hombre de carácter veleidoso y comportamiento predecible (¿por qué suele ser así?). Mi madre saltó desde un puente de Londres, las faldas sirvieron de paracaídas al cuerpo que se precipitaba al vacío. No murió. No, no murió.

Eso fue después. Cuando me dio a luz.

Shelley se percató de mi dolor e incomodidad.

Cuando leí el libro de tu madre, intervino Shelley, mirando a Byron, no a mí, me convenció.

Por eso amaba a Shelley, entonces y ahora; la primera vez que me lo dijo yo tenía dieciséis años y estaba orgullosa de ser la hija de Mary Wollstonecraft y William Godwin.

Mary Wollstonecraft: *Vindicación de los derechos de la mujer*, 1792.

La obra de tu madre, prosiguió Shelley, tímido y seguro de esa manera tan suya, la obra de tu madre es excepcional.

Ojalá hiciese algo para ser digna de su memoria, dije.

¿A qué obedece que deseemos dejar huella tras nosotros?, preguntó Byron. ¿Es solo por vanidad?

No, es por esperanza, contesté. La esperanza de que algún día exista una sociedad justa.

Eso nunca ocurrirá, aseguró Polidori. A menos que sea eliminado de la faz de la tierra hasta el último ser humano y empecemos de nuevo.

Eliminar de la faz de la tierra hasta el último ser humano, repitió Byron. Sí, ¿por qué no? Y nos encontramos de nuevo en nuestra arca. Dios tuvo la idea perfecta. Volver a empezar.

Aunque salvó a ocho parejas para repoblar la tierra, repuso Shelley.

Nosotros somos una pequeña media arca, ¿no es así?, observó Byron. Nosotros cuatro en nuestro mundo acuoso.

Cinco, apuntó Claire.

Lo olvidaba, repuso Byron.

En Inglaterra habrá una revolución, dijo Shelley, como la hubo en América, y en Francia, y entonces empezaremos de nuevo de verdad.

¿Y cómo evitaremos lo que conlleva una revolución? Hemos sido testigos directos del problema francés. Primero el Terror, durante el que todo hombre se convierte en espía de su vecino, y luego el Tirano. ¿Acaso Napoleón Bonaparte es preferible a un rey?

La Revolución francesa no dio nada al pueblo, dijo Shelley, por eso buscan un hombre fuerte que les prometa darles lo que no tienen. Nadie puede ser libre si no tiene qué comer.

¿Crees que si todo el mundo disfrutase de dinero, trabajo, ocio y estudios suficientes, que si no estuviesen oprimidos por quienes están por encima de ellos ni temiesen a los que están por debajo de ellos, la humanidad sería perfecta? Byron lo preguntó con ese deje negativo suyo, seguro de la respuesta, por lo que decidí hacer patente mi nula adhesión a sus palabras.

¡Por supuesto!, afirmé.

¡Pues yo no!, replicó Byron. El ser humano busca su propia muerte. Nos precipitamos hacia lo que más tememos.

Negué con la cabeza. No estaba dispuesta a ceder ni un solo centímetro de nuestra arca. Son los hombres los que buscan la muerte, maticé. Si uno solo de vosotros llevase una vida en su vientre durante nueve meses solo para ver a ese niño morir recién nacido, o durante su infancia, o en la indigencia, de enfermedad o, más tarde, en la guerra, no buscaríais la muerte como lo hacéis.

Y aun así la muerte es heroica, sentenció Byron, *y la vida no*.

He oído, interrumpió Polidori, insisto en lo de *oído*, que algunos no morimos, sino que vivimos, una vida tras otra, alimentándonos de la sangre de los demás. Hace poco abrieron una tumba en Albania y el cadáver, a pesar de contar cien años, sí, cien años (hizo una pausa para que pudiésemos expresar nuestro asombro), además de estar en perfecto estado de conservación, tenía sangre fresca en la boca.

¿Por qué no escribes esa historia?, lo animó Byron. Se levantó y se sirvió más vino. La cojera se acentúa con la humedad. Su bello rostro parecía animado. Sí, tengo una idea: ya que nos vemos obligados a estar aquí como arquivistas, que cada uno recoja una historia sobrenatural. La tuya, Polidori, será sobre los muertos vivientes. ¡Shelley! Tú crees en fantasmas...

Mi marido asintió.

Los he visto, sin duda, pero ¿qué resulta más aterrador, la visita de un muerto o de un muerto viviente?

¿Mary? ¿Tú qué dices? (Byron me sonrió.)

¿Qué digo yo?

Pero los caballeros estaban sirviéndose más vino.

¿Qué digo yo? (Para mis adentros digo...) No conocí a mi madre. Murió cuando yo nací y su pérdida fue tan absoluta que no la sentí. No fue una pérdida externa, como cuando perdemos a alguien que conocemos. En ese caso hay dos personas. Una eres tú y la otra no. Pero en un parto no hay un yo/otro. La pérdida se produjo dentro de mí, pues había estado dentro de mi madre. Perdí algo de mí misma.

Mi padre hizo lo posible por cuidar de mí, una niña huérfana de madre, y lo hizo colmando mi mente de todas esas atenciones que no sabía prodigar a mi corazón. No es un hombre frío; es un hombre.

Mi madre, a pesar de su brillantez, era el hogar que caldeaba el corazón de mi padre. Mi madre era el fuego frente al que se sentaba y las llamas le calentaban el rostro. Ella nunca renunció a la pasión y la compasión propias de una mujer, y él me contó que muchas veces, cuando estaba hastiado del mundo, sentirse arropado por los brazos de mi madre era mejor que cualquier libro escrito hasta entonces. Y lo creo con el mismo fervor que creo en los libros que aún no se han escrito, y me niego a escoger entre la mente y el corazón.

Mi marido comparte este sentir. Byron opina que la mujer procede del hombre —de su costilla, de su arcilla—, lo que me resulta raro en alguien tan inteligente como él.

Es curioso, ¿no te parece?, que des crédito a la historia de la creación que se relata en la Biblia cuando no crees en Dios, comenté.

Sonríe y se encoge de hombros.

Es una metáfora sobre las diferencias entre los hombres y las mujeres, se explica.

Da media vuelta, dando por hecho que lo he entendido y que con ello se zanja el debate, pero insisto y lo llamo cuando veo que se aleja renqueante como un dios griego.

¿Por qué no consultamos al doctor Polidori, quien, como médico, debe saber que desde la historia de la creación ningún hombre vivo ha dado a luz a nada vivo? Sois vosotros, señor, quienes procedéis de nosotras.

Los caballeros ríen con indulgencia. Me respetan, hasta cierto punto, punto al que por lo visto hemos llegado.

Nos referíamos al principio animador, dice Byron, despacio y con paciencia, como si hablase con un niño. No a la tierra, no al lecho, no al recipiente; a la chispa de la vida. La chispa de la vida es masculina.

¡Estoy de acuerdo!, convino Polidori y, por descontado, que dos caballeros coincidan debe bastar a cualquier mujer para zanjar la cuestión.

Aun así, me gustaría tener un gato.

Vermicelli, dijo Shelley más tarde, ya en la cama. Los hombres han dado vida a un *vermicelli*. ¿No estás celosa?

Yo acariciaba sus brazos largos y estilizados, con las piernas sobre sus piernas largas y estilizadas. Se refería al doctor Darwin, quien parece haber hallado indicios de movimientos voluntarios en un *vermicelli*.

Te burlas de mí, protesté, precisamente tú, un bípedo bifurcado que muestra ciertos signos de movimiento involuntario en la confluencia del tronco y la bifurcación.

¿De qué movimientos hablas?, preguntó, con voz suave, besándome en la cabeza. Conozco esa voz, cuando empieza a quebrarse de esa manera.

De tu miembro, contesté, rodeándoselo con la mano, sintiendo que despertaba.

Tiene más solidez que el galvanismo, dijo.

Y ojalá no lo hubiese hecho, porque me distraje pensando en Galvani y sus electrodos y en ranas saltarinas.

¿Por qué has parado?, preguntó mi marido.

¿Cómo se llamaba? El sobrino de Galvani. El libro que tenías en casa.

Shelley suspiró. Pero es el más paciente de los hombres: *Informe de los recientes avances en galvanismo con una serie de experimentos curiosos e interesantes realizados ante los miembros del Instituto Nacional francés y repetidos posteriormente en los anfiteatros anatómicos de Londres, y con un apéndice que cuenta con los experimentos del autor llevados a cabo en el cuerpo de un malhechor ejecutado en Newgate, etcétera, 1803.*

Sí, ese, dije, recuperando el brío, aunque el ardor se había trasladado a mis pensamientos.

Con un movimiento delicado, Shelley me tumbó de espaldas y se introdujo en mí; un placer al que no le puse trabas.

Todos poseemos una vida en la tierra, dijo, para hacer lo que nos plazca con nuestros cuerpos y nuestro amor. ¿Para qué queremos ranas y *vermicelli*? ¿Para qué queremos cadáveres convulsos que tuercen el gesto y corrientes eléctricas?

¿En el libro no se decía que abrió los ojos? Me refiero al criminal.

Mi marido cerró los suyos. Su cuerpo se tensó y vació en mi interior medio mundo de sí que fue al encuentro de medio mundo de mí, y volví la cabeza para mirar por la ventana, donde la luna se hallaba suspendida como una lámpara en un firmamento reducido y despejado.

¿De qué estás hecho tú, de qué sustancia,
que puedes conformar mil y una sombras? [3]

Soneto cincuenta y cuatro, dijo Shelley.

Soneto cincuenta y tres, lo corregí.

Estaba agotado. Continuamos tumbados, contemplando por la ventana las nubes que pasaban veloces por delante de la luna.

Y en toda forma se te reconoce. [4]

El cuerpo del amante grabado en el mundo. El mundo grabado en el cuerpo del amante.

Al otro lado de la pared, lord Byron lanceando a Claire Clairmont.

Qué bonita noche de luna y estrellas. La lluvia nos había escatimado aquellas vistas, por eso mismo se antojaban tanto más espectaculares. La luz bañaba el rostro de Shelley. ¡Qué piel más blanca!

¿De verdad crees en fantasmas?, le pregunté.

Así es, porque ¿cómo es posible que el cuerpo sea el dueño del alma? Nuestro coraje, nuestro heroísmo, sí, incluso nuestros odios, todo eso que hacemos y que conforma el mundo, ¿es obra del cuerpo o del alma? Del alma, sin duda.

Si alguna vez un ser humano lograse reanimar un cuerpo, ya fuese mediante el galvanismo o cualquier otro medio aún por descubrir, ¿el alma regresaría?, repuse, tras meditar sus palabras.

No creo, contestó Shelley. El cuerpo se marchita y sucumbe. Mas el cuerpo no es lo que en verdad somos. El alma no regresará a una casa en ruinas.

¿Cómo podría amarte, mi niño adorable, si fueses incorpóreo?

¿Es mi cuerpo lo que amas?

¿Cómo le digo que lo observo sentada mientras duerme, mientras su mente descansa y sus labios guardan silencio, y que lo beso por ese cuerpo que amo?

No soy capaz de separar una cosa de la otra, contesté.

Me envolvió en sus largos brazos y me acunó en el húmedo lecho.

Si pudiese, vaciaría mi mente en una roca, un riachuelo o una nube cuando mi cuerpo se marchitase, dijo. Mi mente es inmortal, es lo que me dicta la intuición.

Tus poemas. Ellos son inmortales.

Tal vez. Pero hay algo más, dijo. ¿Cómo es que voy a morir? Es imposible. Y aun así, moriré.

Qué cálido lo siento entre mis brazos. Qué alejado de la muerte.

¿Ya has pensado en una historia?, preguntó.

Nada acude cuando se lo reclama y carezco del poder de la imaginación.

¿Los muertos o los muertos vivientes?, dijo. ¿Un fantasma o un vampiro, qué escogerías?

¿Cuál te produciría mayor terror?

Lo sopesó unos instantes, apoyándose sobre el codo para mirarme de frente, con su rostro tan cerca del mío que respiraba su aliento.

Un fantasma, dijo, por espantosa u horripilante que fuese su apariencia, por pavorosas que fuesen sus manifestaciones, me asustaría, pero no me aterraría, pues estuvo vivo una vez, igual que yo, y se convirtió en un espíritu, como ocurrirá conmigo, y su esencia material ha dejado de existir. Sin embargo, un vampiro es un ser inmundo, un ser que alimenta su cuerpo en descomposición de los cuerpos rebosantes de vida de otros. Su carne es más gélida que la muerte y no sabe de piedad, solo de hambre.

Entonces los muertos vivientes, decidí, y mientras yo permanecía con los ojos abiertos, pensando, él se durmió.

Nuestro primer hijo murió al nacer. Lo sostuve entre mis brazos, frío y diminuto. Poco después soñé que no estaba muerto, que le dábamos friegas de coñac, lo acercábamos al fuego y revivía.

Deseaba tocar su cuerpecito. Le habría entregado mi sangre para devolverle la vida; durante nueve oscuros meses había sido un vampiro alimentándose de ella en su escondite. Los muertos. Los muertos vivientes. Sí, estoy acostumbrada a la muerte, y la odio.

Me levanté, demasiado agitada para dormir y, después de tapar a mi marido, me envolví en un chal y me acerqué a la ventana a contemplar las sombras oscuras de las colinas y el lago centelleante.

Quizá al día siguiente hiciese bueno.

Mi padre me envió a vivir a Dundee durante un tiempo, a casa de una prima cuya compañía, eso esperaba él, aliviaría mi soledad. Sin embargo, tengo alma de farera y no temo a la soledad, ni a la naturaleza en estado salvaje.

En aquella época descubrí que nunca era tan feliz como cuando me encontraba a solas y al aire libre, momentos en que imaginaba historias de todo tipo, tan alejada de mis circunstancias reales como fuese posible. Me convertí en mi escalera y trampilla a otros mundos. Era mi propio disfraz. El atisbo de una figura, en la lejanía, ocupada en sus asuntos, bastaba para avivar mi imaginación y que inventara una tragedia o un milagro.

Jamás me aburría, salvo cuando me hallaba en compañía de otros.

Y en casa, mi padre, un hombre que tenía escaso interés en lo que convenía o no a una jovencita huérfana de madre, me permitía permanecer en la misma habitación en que recibía a sus amistades, con las que debatía sobre política, justicia y muchos otros asuntos, siempre que no molestase y me mantuviese callada.

El poeta Coleridge nos visitaba con frecuencia. Una noche, leyó en voz alta el último poema que había compuesto, «La balada del viejo marinero». Empieza, bien lo recuerdo:

Es un anciano marinero,
Y detiene a uno de los tres.
—Por tu larga barba gris y tu ojo reluciente,
¿a causa de qué me detienes?[5]

Estaba agachada detrás del sofá, apenas una niña, embelesada con la historia que el viejo marinero le relata al invitado de una boda y la terrible travesía que imaginaba en mi cabeza.

El marinero está maldito tras haber matado al ave amiga, el albatros, que seguía la nave en tiempos mejores.

En una escena pavorosa, el barco, con las velas hechas jirones y las cubiertas podridas, aparece tripulada por sus propios muertos, devueltos a la vida con espantoso vigor, condenados y desmembrados, mientras la nave avanza hacia la tierra del hielo y la nieve.

El marinero ha violentado la vida, pensé, entonces y ahora. Aunque ¿qué es la vida? ¿El cuerpo aniquilado? ¿La mente destruida? ¿La naturaleza caduca? La muerte es natural. La putrefacción es inevitable. No hay una nueva vida sin muerte. No puede haber muerte si no hay vida.

Los muertos. Los muertos vivientes.

Las nubes habían tapado la luna. Los nubarrones regresaron presurosos al cielo despejado.

Si un cadáver volviese a la vida, ¿estaría vivo?

Si las puertas del osario se abriesen y los muertos despertasen..., entonces...

Pensamientos febriles se agolpan en mi cabeza. No sé qué me pasa esta noche.

Algo que elude mi comprensión remueve mi alma.

¿Qué me produce mayor terror? ¿Los muertos, los muertos vivientes o, una idea aún más extraña..., lo que nunca ha disfrutado de vida?

Me volví para contemplar a Shelley en su sueño, inmóvil, aunque vivo. El cuerpo transmite bienestar mientras duerme, aunque imite a la muerte. Si Shelley muriese, ¿cómo podría vivir yo?

Shelley también solía visitar nuestra casa, así lo conocí. Yo tenía dieciséis años. Él, veintiuno. Y estaba casado.

No era un matrimonio feliz. Escribió sobre su esposa, Harriet: *Tenía la sensación de que un cuerpo muerto y otro vivo se hubiesen unido en horrible y repugnante comunión.*

Fue una noche en que recorrió más de sesenta kilómetros a pie hasta la casa de su padre; esa noche, asaltado por una epifanía, se convenció de que ya había *conocido a la mujer que me está destinada.*

Nos presentaron poco después.

Cuando terminaba mis tareas domésticas, solía escabullirme hasta la tumba de mi madre, en el cementerio de Saint Pancras. Allí proseguía con mis lecturas, apoyada en su lápida. Shelley y yo no tardamos en vernos allí en secreto; nos sentábamos a sendos lados de la tumba y, con la bendición de mi madre, creo, hablábamos de poesía y revolución.

Los poetas son los legisladores no reconocidos de la vida, proclamaba Shelley.

Yo solía pensar en ella, confinada bajo nosotros en su ataúd, pero nunca la imaginaba corrompida, sino tan viva como aparece en sus esbozos a lápiz y aún más en sus escritos. Así y todo, quería estar cerca de su cuerpo. Ese pobre cuerpo ya inservible. Y sentía, y estoy segura de que Shelley también, que estábamos allí los tres, apoyados en la lápida. Era una idea que me procuraba solaz; no que estuviese con Dios o en el cielo, sino que continuase viva para nosotros.

Amaba a Shelley por devolvérmela. Él no se mostraba morboso ni sentimental. El último lugar de descanso. Shelley es mi lugar de descanso.

Yo sabía que mi padre había procurado mantener su cadáver a salvo de los ladrones de tumbas, que se llevan los cuerpos que pueden a cambio de dinero, algo bastante lógico: ¿para qué sirve un cuerpo cuando ya no sirve para nada?

En los anfiteatros anatómicos de todo Londres hay cuerpos de madres, cuerpos de maridos, cuerpos de niños, como mi niño, que acaban allí por el hígado y el bazo, para abrirles el cráneo, serrarles los huesos, desentrañar los kilométricos y enigmáticos intestinos.

No es *la muerte de los muertos*, decía Polidori, lo que tememos. Lo que en realidad tememos es que no estén muertos cuando los depositamos en su última morada. Que despierten en medio de la oscuridad, y la asfixia, y que agonicen hasta morir. He visto esa agonía en los rostros de algunos cadáveres frescos, cuando se los desentierra para diseccionarlos.

¿Acaso no tienes conciencia?, pregunté. ¿Ni escrúpulos?

¿Y acaso a ti no te interesa el futuro?, repuso él. La ciencia nunca desprende tanta luz como cuando arde en una mecha empapada de sangre.

La luz se bifurcó y partió en dos el firmamento. El cuerpo eléctrico de un hombre se iluminó por un segundo y luego se apagó. Truenos sobre el lago y, a continuación, una vez más, el zigzag amarillo del aparato eléctrico. Por la ventana vi una sombra imponente que se desplomaba como un guerrero vencido. El ruido sordo de la caída hizo vibrar la ventana. Sí. Ya lo veo. Un árbol alcanzado por un rayo.

Y de nuevo la lluvia, un millón de tamborileros diminutos aporreando sus tambores.

Mi marido cambió de postura, pero no se despertó. A lo lejos, el hotel apareció ante mi vista un segundo, desierto, con las ventanas oscuras y blanco, como el palacio de los muertos.

Que puedes conformar mil y una sombras...

Debí de volver a la cama porque me desperté de nuevo, me incorporé, con el cabello suelto, aferrada a la colcha.

Había soñado. ¿Había soñado?

Vi al pálido estudiante de artes profanadoras arrodillado junto a la criatura que había unido. Vi la espantosa figura de un hombre tendido y luego, por obra de una máquina poderosa, vi que mostraba señales de vida y se estremecía con movimientos convulsos de reminiscencias vitales.

Un éxito que aterrorizaba al artista, que huía de su detestable creación, horrorizado. Confiaba en que, abandonada a su suerte, se disiparía la leve chispa de vida que le había insuflado; que la criatura que había recibido tan imperfecta animación devendría materia muerta y de ese modo él podría dormir con el convencimiento de que el silencio de la tumba extinguiría para siempre la existencia fugaz del cadáver abominable que había imaginado cuna de la vida. El estudiante duerme, pero algo lo despierta; abre los ojos, mira alrededor, la horrible criatura se halla junto a su lecho, descorre las cortinas y lo mira con ojos acuosos y amarillentos, pero inquisitivos.

Abrí los míos, aterrada.

A la mañana siguiente, anuncié que había *pensado en una historia*.

Historia: Serie de sucesos relacionados, reales o imaginarios. Imaginarios o reales.

Imaginarios
y
reales.

La realidad se deforma con el calor.

A través de la calima contemplo unos edificios cuya materialidad incuestionable vibra como ondas sonoras.

El avión está aterrizando. Hay una valla publicitaria: BIENVENIDOS A MEMPHIS, TENNESSEE.

He venido por la Tec-X-Po internacional sobre robótica.

¿Nombre?

Ry Shelley.

¿Expositor? ¿Asesor? ¿Comprador?

Prensa.

Sí, aquí está: señor Shelley.

Doctor Shelley. De Wellcome Trust.

¿Es usted médico?

Sí. He venido para estudiar cómo los robots afectarán a nuestra salud física y mental.

Un tema muy interesante, doctor Shelley. Y no olvidemos el alma.

En verdad, esa no es mi especialidad...

Todos tenemos alma. Aleluya. En fin, ¿a quién va a entrevistar?

A Ron Lord.

(Se produce un breve silencio mientras la base de datos busca a Ron Lord.)

Sí. Aquí está. Expositor Clase A. El señor Lord lo espera en el salón de recepción de Futuros Adultos. Aquí tiene un mapa. Me llamo Claire. Hoy seré su contacto.

Claire era una mujer negra, alta y guapa que vestía una elegante falda entallada verde oscuro y una blusa verde claro de seda. Me alegré de que ese día fuese mi contacto.

Claire escribió mi nombre en la acreditación con mano firme de manicura perfecta. Sí, a mano, un método de identificación curiosamente anticuado y entrañable en una exposición de tecnología futurista.

Claire, perdone, el nombre, no es Ryan, solo Ry.

Discúlpeme, doctor Shelley, no estoy familiarizada con los nombres británicos, porque usted es británico...

Sí, correcto.

Un acento precioso. (Sonrío. Sonríe.)

¿Ha estado antes en Memphis?

No, es la primera vez.

¿Le gusta B. B. King? ¿Johnny Cash? ¿Y EL Rey?

¿Alguno en particular?

Bueno, señor, me refería a Elvis, pero ahora que lo dice, parece que tenemos un montón de reyes por aquí, lo que tal vez esté relacionado con que la ciudad se llame Memphis. Supongo que si a un lugar le pones el mismo nombre que la capital de Egipto, es fácil ver faraones, ¿no cree?

Dar nombre a las cosas es poder, apunto.

Y que lo diga. El cometido de Adán en el Jardín del Edén.

Sí, así es, llamar a las cosas por su nombre. Robot sexual...

¿Cómo dice, señor?

¿Cree que Adán le hubiese puesto ese nombre? ¿Perro, gato, serpiente, higuera, robot sexual?

Gracias a Dios no tuvo que hacerlo, doctor Shelley.

Sí, claro, tiene razón. Dígame, Claire, ¿por qué llamaron Memphis a este lugar?

¿Se refiere a cuando fundaron la ciudad, en 1819?

Y mientras habla, imagino a una joven contemplando el lago por una ventana empañada.

Sí, le digo a Claire. 1819. *Frankenstein* tenía un año.

Frunce el ceño.

No le sigo, señor.

El libro, *Frankenstein*, se publicó en 1818.

¿El tipo ese del tornillo que le atraviesa el cuello?

Más o menos...

Lo he visto en la tele.

Por eso estamos hoy aquí. (La expresión de Claire se tiñó de confusión al oír aquello, así que me expliqué.) No me refiero a un por qué estamos aquí existencial, me refiero a por qué se celebra la Tec-X-Po. En Memphis. Esas cosas les gustan a los organizadores; que haya una conexión entre una ciudad y una idea. Tanto Memphis como *Frankenstein* tienen doscientos años.

No sé adónde quiere ir a parar.

Tecnología. IA. Inteligencia artificial. *Frankenstein* era una visión sobre la creación de vida, la primera inteligencia no humana.

¿Y qué hay de los ángeles? (Claire me mira, seria y segura. Titubeo... ¿De qué me está hablando?)

¿Los ángeles?

Los mismos. Los ángeles son una inteligencia no humana.

Ah, ya entiendo. Me refería a la primera inteligencia no humana creada por un humano.

Yo he visto un ángel, doctor Shelley.

Me alegro por usted, Claire.

No me parece bien que el hombre juegue a ser Dios.

Lo comprendo. Espero no haberla ofendido, Claire.

Negó con la cabeza, de melena lustrosa, y señaló el mapa de la ciudad.

Me ha preguntado por qué la llamaron Memphis en 1819 y la respuesta es porque estamos en un río, el Mississippi, y la antigua

Menfis estaba en el río Nilo. ¿Ha visto a Elizabeth Taylor en el papel de Cleopatra?

Sí, la he visto.

¿Sabe que las joyas que llevaba eran suyas? Imagínese.

(Lo imaginé.)

Sí, todas, y la mayoría se las había regalado Richard Burton. Era inglés.

Galés.

¿Dónde está Gales?

En Gran Bretaña, pero no en Inglaterra.

Me he hecho un lío.

Reino Unido: el Reino Unido se compone de Inglaterra, Escocia, Gales y una parte de Irlanda.

Entiendo... Bien. Bueno. No tengo previsto viajar allí en breve, así que de momento puedo prescindir de las indicaciones. Veamos, ¿ve el mapa, ve dónde nos encontramos? También se trata de un delta, como la región del Nilo que rodeaba la primera Menfis.

¿Ha estado en Egipto?

No, pero sí en Las Vegas. Es todo muy realista. Muy Egipto.

He oído que en Las Vegas tienen una esfinge animatrónica.

Sí, así es.

Podría decirse que es un robot.

Eso lo dirá usted, yo no.

¿Lo sabe todo de este lugar? ¿De este Memphis?

Eso quiero creer, doctor Shelley. Si le interesa Martin Luther King, debería visitar el Museo Nacional de los Derechos Civiles, que se ubica en el mismo motel Lorraine donde lo mataron de un disparo. ¿Ya lo ha visto?

Aún no.

Pero habrá visitado Graceland...

Aún no.

¿Beale Street? ¿La cuna del Memphis blues?

Aún no.

Cuántos *aún no* pendientes, doctor Shelley.

Tiene razón. Estoy entre dos aguas, soy liminar, oscilante, emergente, indeciso, transicional, experimental, una nueva misión (¿o es una intromisión?) en mi propia vida.

No basta con una vida..., dije.

Asintió. Ya. *Tiene usted razón.* Cuánta razón tiene. Pero no desespere, más allá nos aguarda la vida eterna.

Claire desvió la mirada al infinito; en sus ojos brillaba la certeza. Me preguntó si me apetecía acompañarla a misa el domingo. A una iglesia de verdad, recalcó, no a esas que los blancos utilizan de fachada.

Tras un pitido, en los auriculares de Claire crepitó una instrucción que no alcancé a oír. Se dio la vuelta para realizar un anuncio por el sistema de megafonía.

Me puse a pensar en la diferencia entre desear la vida eterna o más de una vida; es decir, varias vidas, pero vividas de manera simultánea.

Sería al mismo tiempo yo y yo. Si pudiese hacer copias de mí mismo, transferir mi mente e imprimir mi cuerpo en 3D, un Ry podría ir en Graceland, otro al santuario de Martin Luther King y un tercero a tocar blues en Beale Street. Más tarde, todos mis yoes se reunirían, compartirían sus experiencias y se reensamblarían en ese yo verdadero que me gusta pensar que soy.

> *¿De qué estás hecho tú, de qué sustancia,*
> *que puedes conformar mil y una sombras?*

Claire se volvió hacia mí, sonriente.

No me seduce la vida eterna, admití, básicamente para mí.

¿Cómo dice? Se inclinó hacia delante, con el ceño fruncido.

La vida eterna, repetí. Que no me seduce.

Claire asintió y enarcó una ceja perfecta.

Ya. Yo me reuniré con Jesús, pero usted haga lo que le plazca.

Gracias, Claire. ¿Ya se ha paseado por la expo?

Soy experta en salones, pero no los organizo, así que no tengo por qué conocer al dedillo el tipo de evento que acoge el recinto.

¿No ha visto los robots?

Los robots trabajan en la cafetería. No me convence la experiencia.

¿Por qué no, Claire?

Te llevan los huevos y cuando les dices: ¡Perdona! ¡Eh! ¡No he pedido tomates!, ellos contestan: Gracias, señora. ¡Que tenga un buen día!, y se deslizan hasta la fuente. Se deslizan, porque aún no caminan.

No, aún no. No se les da bien caminar. Pero tenga paciencia, Claire, y recuerde: a los robots les cuesta procesar lo inesperado.

Claire me miró como si yo estuviese en Educación Especial.

¿Considera que un tomate es «lo inesperado»?

No el tomate en sí, sino su reacción respecto al tomate.

Claire negó con la cabeza.

Mire, señor médico, mi madre trabajó toda su vida en el turno de noche de una cafetería, de las seis de la tarde a las seis de la mañana, para dar de comer a mi familia. Podía echar a los borrachos con una mano y servir una ración extra a los muchachos hambrientos con la otra. Carecía de estudios, pero su inteligencia no tenía nada de artificial.

Es una forma de verlo, que respeto, dije.

De hecho, yo ni siquiera debería estar aquí, insistió Claire. Estoy en el contingente de emergencia. Me han sacado del Campeonato Internacional de Barbacoa.

¡Vaya! ¡Una campeona de la barbacoa!

Sí, contestó Claire, cogiendo carrerilla: Cada año recibimos en Memphis a más de cien mil visitantes que acuden al campeonato, es un acontecimiento de los grandes en el mundo de las barbacoas, ¿lo sabía?

No, ni idea.

Empecé en Salsa, me ocupaba del Combate de Salsa: ciento cincuenta litros de salsa de barbacoa en un contenedor gigante y todo el mundo adentro. ¡Sí, sí, dentro! ¡A luchar por salir! Te pones perdido, pero es divertido.

Claire, ¿de verdad ha luchado en un contenedor de salsa?

¿Yo? No, doctor Shelly.

Pero ¡es la campeona!

¡No! Yo organizo la competición.

Ah. Ya. (Silencio.) ¿Está condimentada? Me refiero a la salsa.

¡Ya lo creo! Hacen falta semanas para quitarte el olor de la piel y no hay perro en la ciudad que no te siga hasta casa. Los de cuatro patas y los de dos, ¿sabe lo que quiero decir? Yo ahora me ocupo de todo. Del patrocinio, las demos, los juegos, los premios...

Impresionante, Claire.

Y que lo diga, sí. Soy una experta en mi campo.

Tiene toda la pinta de experta. Tal vez sea por el peinado. Le da un aire muy profesional.

Gracias, doctor Shelley. ¿Hay alguna duda que desee resolver?

¿Le apetece dar un paseo por la exposición conmigo? Quizá así se reconcilie con ella. Puedo explicarle algunas cosillas. Sé un poco de (amor, no) robótica.

Soy cristiana, doctor Shelley.

La Biblia no dice nada acerca de los robots.

La Biblia dice no te harás imagen ni ninguna semejanza. Es uno de los diez mandamientos.

¿Un robot es una imagen, Claire?

Es una imagen aproximada de un humano creado por Dios.

¿Una imagen que cobra vida?

Yo no lo llamaría vida. Nos engañamos si decimos que un robot está vivo. Solo Dios puede crear vida.

Claire, ¿está segura?

No quiero arriesgarme, doctor Shelley. Tengo que pensar en mi inmortalidad.

Eso sí que es pensar a largo plazo...

Sí, así es.

Una joven vestida con pantalones de cuero ceñidos y una chaqueta extragrande de gamuza con flecos se abalanzó sobre el mostrador y nos interrumpió sin percatarse siquiera de que interrumpía.

Busco Vibradores Inteligentes, dijo. ¿Dónde están?

Claire inspiró hondo antes de contestar.

Señora, ¿es expositora, asesora o compradora?

¡Es una emergencia!

¿Qué tipo de emergencia?

Sin querer, he publicado en Facebook unas fotos mías en las que aparezco desnuda, salvo por unas pezoneras, mientras usaba el Vibrador Inteligente, dijo la mujer, estremeciéndose envuelta en cuero y gamuza.

Eso no ha sido muy inteligente, comenté.

Me fulminó con la mirada.

¡Es una violación de mi intimidad! Tengo que hablar con el asesor del stand. Me enseñaron cómo funcionaba la cámara del vibrador. Sabía que tenía un control remoto, pero no me dijeron que las imágenes subirían de manera remota a la aplicación que tengo establecida por defecto si no lo reseteaba.

Claire frunció los labios y se acercó a la pantalla. Vi que sus dedos de manicura perfecta tecleaban Vibrador Inteligente. Le pregunté a la mujer, porque necesitaba saberlo, para qué quería alguien un vibrador con cámara y control remoto.

Me miró con una mezcla de indignación y desprecio.

Teledildónica, contestó.

¿Disculpe?

¿No ha *oído* hablar de la teledildónica?

Lamento confesar que nunca. Pero soy británico.

Enarcó la clase de ceja que dice: *¿Qué se te ha perdido aquí, tío?*

Suspiró. (Hondamente.)

La idea, *la idea*, recalcó, es jugar con tu pareja, o parejas, cuando se encuentren en otros lugares. Es como si estuviesen en la misma habitación... haciéndote cosas.

¿De verdad?

De la buena. Y puedes compartir las fotos.

¿Con todos tus amigos de Facebook?

En realidad, no es asunto suyo, ¿vale?

Un poco tarde para exigir intimidad.

Creí que iba a pegarme. Por suerte, Claire intervino a tiempo.

¿Su nombre, por favor?

Polly D. Solo la inicial, D. Estoy en la lista.

No tenemos listas, señora.

La lista VIP. Trabajo para *Vanity Fair*.

No tenemos listas VIP, señorita D. He avisado a la compañía. Un representante de **VIBRA-IN** se dirige hacia aquí para satisfacerla en lo que pueda.

Ja, ja, ja, qué fina ha estado ahí, Claire, comenté.

Claire también me fulminó con la mirada. Cruzó los brazos en una especie de *Anda y piérdete*.

Debo continuar con mi trabajo, doctor Shelley, y supongo que usted tendrá cosas que hacer. El salón de recepción de Futuros Adultos se encuentra a su izquierda, solo ha de seguir las indicaciones.

¿Trabaja en el mundo de la pornografía?, preguntó Polly D. A ver, está claro que no es médico. ¿Qué es? ¿El doctor Pajero o algo así?

No le hice caso.

Gracias por su ayuda, Claire. Buena suerte, Polly.

Di media vuelta, aunque no dejé de oír el *¡Gilipollas!*

De camino al salón de recepción de Futuros Adultos, paso junto al de Singularidad. En una gran pantalla están proyectando una entrevista entre Elon Musk y Ray Kurzweil en que hablan de la singularidad, ese momento en que la IA cambia nuestra manera de vivir, para siempre. Varios jóvenes llevan camisetas con el eslogan RENUNCIA A LA CARNE.

No es que el futuro vaya a ser vegetariano, solo creen que dentro de muy poco la mente humana, nuestra mente, dejará de estar ligada a un cuerpo, a un sustrato hecho de carne.

Sin embargo, por el momento seguimos siendo humanos, demasiado humanos (pensándolo bien, esta es una expresión bastante extraña), y el ochenta por ciento del tráfico en internet es de pornografía. Las primeras formas de vida no biológicas con que compartamos nuestros hogares no serán camareros con dificultades para reconocer un tomate, ni pequeños y adorables ET para los niños. Empecemos por lo primero de todo, un muy buen lugar por donde empezar. El sexo.

El tipo que agita dos móviles y lleva unos auriculares me arrastra al interior del stand del salón de recepción de Futuros Adultos. Tiene el típico cuerpo y hechuras de un gorila de discoteca: espaldas fornidas, sobrepeso, piernas cortas, brazos gruesos y suda a mares dentro de un traje bastante arrugado. En la mesita que hay frente al sofá se alinean varias latas de Coca-Cola. Ron Lord abre dos más y me tiende una.

Nada más lejos de Aberllynfi, ¿eh, Ryan? O Tres Pollas, como lo llama la gente de allí por los tres pollos del blasón.

¿Disculpa?

Tres Pollas. El pueblo galés donde di el pistoletazo de salida al futuro.

Eso es mucho decir, Ron.

Pienso a lo grande, Ryan. Google Maps. Búscalo si quieres. Tres Pollas. Mi madre es un poco bruja, dijo que era una señal. En Tres Pollas monté mi primera robot sexual. Pedí la muñeca por correo. Todos los componentes llegaron en bolsas, por separado, como si la hubiesen descuartizado. Los junté con la ayuda de un destornillador y las instrucciones del vídeo. En serio, es Lego para adultos.

Ya sé que empezaste desde abajo, le dije a Ron.
Sí, fueron los bajos por donde empecé, contestó.

En el sofá había sentada una muñeca de tamaño humano. El pelo castaño claro le caía sobre los hombros. Vestía pantalones cortos y chaqueta tejanos y un top rosa ceñido sobre unos pechos del tamaño de flotadores.
¿Es ella? ¿La primera?
¡Un poquito de respeto, Ryan! La primera ya no está en circulación. Ni siquiera era de las comerciales. Aún la tengo y me encanta, pero ya es historia. Esta de aquí forma parte de la franquicia.

¡Mira esto! ¿Listo? ¡Saca el teléfono y grábalo! ¡Venga!

Ron levanta a la muñeca del sofá y señala la llamativa alfombrilla rosa sobre la que estaba sentada y en la que se lee: CONEJITO.
¿Ves eso?, pregunta Ron. Es una alfombrilla inteligente. La alfombrilla la carga mientras está sentada a tu lado. También puedes ponerla en el coche, la enchufas al encendedor y listos. La muñeca lleva unos electrodos en el trasero. Mira (desliza un dedo gordo por el iPad), esta es la fábrica de China donde hacen las muñecas. El torso es lo primero, eso que cuelga de los cables aéreos, y viene ya con dos agujeros, listos para usar, y tetas de copa F. Estoy trabajando en un modelo con tetas desmontables, para que haya variedad, pero todavía no lo fabrican en China, están demasiado especializados. Da igual, un torso, otro torso, otro (va pasándolos con impaciencia). ¡Aquí está! ¿Ves cómo le acoplan los brazos? Unos preciosos brazos delgados. Luego las piernas. ¡Fíjate qué largas son! ¡Qué bien torneadas! Un pelín

más largas de como serían si fuese humana. Se trata de una fantasía, no de la naturaleza, aquí puedes pedir lo que quieras. El pelo es lo último, después de las pestañas. ¿Ves los ojos? Es un Bambi para chicos.

Ron volvió a dejar la muñeca en el sofá y le dio un trago a la Coca-Cola.

Y además pesan muy poco, añadió. Eso hace que los hombres se sientan fuertes.

¿Cómo funciona una franquicia de muñecas sexuales?, pregunté.

Desde mi punto de vista, dijo Ron, hay dos maneras de agenciarse una robot sexual: la compras y es tuya para siempre, como hice yo, y la llevas a que le hagan un chequeo una o dos veces al año, dependiendo del uso y el estado. Si se daña alguno de los componentes, o está muy sucio, puedes pedirlos por internet. Esa es una de las formas de disfrutar de una XX-BOT. También aceptamos artículos usados como parte del pago y ofrecemos actualizaciones. Es todo muy flexible. La otra manera de disfrutar de una XX-BOT, más moderna, a mi entender, es alquilarla. Y para ello, tendrá que haber algún sitio donde alquilarla, ¿no? Así se me ocurrió la idea de la franquicia que he venido a vender.

¿Tus XX-BOT?

¡Exacto, Ryan! ¿Qué te parece el nombre?

Muy bueno, Ron.

Verás, Ryan, con el alquiler tienes todas las ventajas y ninguno de los inconvenientes. Roturas, almacenaje, actualizaciones... La tecnología avanza a ojos vistas.

Además, casi todo el mundo solo compra un robot, para uso personal, pero ¿y si celebras una fiesta con los amigos? Todos querrán probar.

El alquiler tiene mucha tirada en las despedidas de soltero; así, invitas a media docena de chicas a la juerga. Además, hay varios modelos: rubia y pechugona, morena y deportista; lo que quieras.

¿Y si eres de esos tipos que solo quiere una robot cuando la parienta no está? Las mujeres ya no se quedan en casa como antes. No digo que me parezca mal; las mujeres no son pececillos de colores en una pecera. Han evolucionado. Pero, como dice mi madre, la emancipación puede suponer un problema para el hombre.

Alquilar una robot cuando estás solito es más seguro y barato que la alternativa humana. Te ahorras enfermedades, el porno vengativo, que te roben el Rolex a las dos de la mañana... Una empresaria que conozco personalmente, una mujer de altos vuelos, las reserva por adelantado de manera trimestral.

¿Qué? ¡Sí! A eso me refiero, Ryan. Reserva una XX-BOT para su marido. A él le encanta. El tipo nunca sabe qué modelo va a tocarle. Eso los une. Enternecedor, ¿no crees?, pues es algo que hacen juntos.

En el caso del alquiler, todas las chicas pasan un control higiénico, se las baña, perfuma, sí, puedes elegir entre cuatro aromas: almizclado, floral, a madera o lavanda. Por defecto te llegará con un conjunto tejano como este, o un vestido sencillo, pero es posible alquilar o comprar otros conjuntos.

¿Qué? Sí, como Barbie. Sí, supongo que tienes razón, es gracioso, ¿verdad?, eso de que los niños no juegan con barbies hasta que son adultos. Ja, ja, ja, no lo había pensado, pero ahí le has dado. Mi madre se tronchará cuando se lo cuente. Ah, sí, mi madre es una pieza clave del negocio. Desde el primer día.

Como te decía, las chicas que alquilamos también se toman un tiempo libre para dedicarlo a su formación: mejoramos las placas base constantemente. No, no tienen un vocabulario muy extenso; tú ves porno, ¿no?, entonces sabes que no es un laboratorio de lenguas precisamente. Pero estamos trabajando en ello, a los hombres les gusta comunicarse. No todo es un *Hola, grandullón* y listos.

¿Qué has dicho? ¿En el aeropuerto? Es curioso que lo menciones porque ese es el siguiente paso. Estoy buscando una compañía de alquiler de vehículos con que asociarme, sí, como Avis, y que tu coche pueda tener una XX-BOT lista y esperando, completamente cargada, en el asiento del pasajero.

Las XX-BOT son una excelente elección para viajar. Te evitas toda esa lata de andar parando para comer o ir al lavabo, o los morros por el Holiday Inn que has reservado. La llevas al lado, melenaza, piernas largas, tú escoges la música, un bellezón en el asiento del pasajero.

Si prefieres ser un pelín más discreto, pues la pliegas y le pones el cinturón en la parte de atrás, o la guardas fuera de la vista en el maletero, el portaequipajes o como sea que lo llaméis. No todos somos extravertidos.

¡Vale, aquí, mira esto! ¿Lo ves? ¡Sí! Lo hago otra vez. ¿Estás grabando? Fíjate en el movimiento. Súper suave. Piernas arriba y atrás. Ya la tienes doblada por la mitad. Tendrías que salir con una especialista para que te hiciese eso, joder.

¡Alucinante! ¿Eh, Ryan? ¡Como una bicicleta plegable!

Cuando el mercado de los coches sin conductor despegue de verdad, el cliente podría ir detrás con su XX-BOT y disfrutar de un trayecto mucho más placentero. Se acabó el estrés de viajar.

Estoy en tratos con Uber.

Sí. He basado mi modelo de franquicia en el negocio de los coches de alquiler. La recoges en una ciudad y la dejas en otra. Dispongo de cinco modelos de XX-BOT, entre los que se encuentra la Económica, como la del sofá. Es la más barata.

El pelo es de nailon, así que puede tener un poco de electricidad estática, y emite un pequeño zumbido, pero es perfecta para echar un buen polvo, sin complicaciones ni florituras, y asequible.

¿Ves? Tres agujeros del mismo tamaño. ¡No! ¡En el mismo sitio, no! Alguna vez te habrás acostado con una mujer, ¿no, Ryan? Bueno, ¿dónde crees que están los agujeros? Delante. Detrás. La boca. ¡¿Cómo van a ser los de la nariz?! ¡No es un puto yeti!

¡Vale, vale! Estabas bromeando. Ya lo pillo. Venga, concéntrate, ¡mete el dedo ahí!

¿Te gusta? ¡Y todas VI-BRAN! Cualquier agujero, en cualquier postura. ¡Vibran!

Por no hablar del bonito juego de piernas. Puedes ponerla como quieras. Todas las chicas tienen una posición de abertura de piernas extra amplia. Es muy popular entre nuestros clientes, sobre todo entre los gordos.

Esta, además, habla. Tiene una respuesta verbal limitada, aunque suficiente, es como si conocieses a una chica extranjera que no domina el idioma.

¿Tiene nombre, Ron?

Ron asintió, complacido.

Buena pregunta, Ryan, y además tengo una buena respuesta. Decidí no darles nombre a mis chicas. No, la cosa no tiene tanto que ver con no ponerle nombre al corderillo que te comerás, como con las pinturas de calidad, las buenas de verdad, sí, acabamos de redecorar nuestra casa, esas que llevan números, porque un mismo color puede significar algo muy distinto para ti y para mí, o pon que eres daltónico. Es decir, ¿qué cojones es Azul Bruma? ¿O Blanco Wimborne? ¿Blanco Wimborne no te suena un poco gay? A mí sí. ¿Y Marrón Pollino? ¿Desde cuándo los burros son todos del mismo color? Mi padre tenía pollinos, sí, bueno, es una larga historia, tampoco hace falta que entremos en detalles. No estamos hablando de mí.

Bueno, pues volviendo a las chicas, podría llamarlas Volcán, Otoño, Cheri o lo que sea, pero ¿y si al cliente le apetece llamar Julie a la palomita…? Por eso dejamos que sea él quien le ponga nombre.

Se supone que ahora no puedes llamar palomitas a las mujeres, ¿no? A mí siempre me ha gustado. Las define bastante bien; no en el mal sentido, no me malinterpretes. Como un pajarillo..., siempre fuera de tu alcance, ¿verdad? Crees que se te ha posado en el brazo y cuando quieres darte cuenta ha echado a volar.

Y parece que les gustan los gusanos.

En fin, Ryan, volvamos a la Económica. Como se dice en el mundo del motor, es la versión con asientos de tela y volante de plástico. Pero te lleva de A a B.

Este modelo solo viene en blanco.

Mi cuñada, una negra jamaicana encantadora, me dijo: ¡Ron, ni se te ocurra hacer una Económica negra! Por otro lado, adoro a las mujeres, de verdad, y pensé, venga, muestra un poquito de respeto. Además, Bridget me partiría la cara.

¿Le echamos un vistazo a la clase Crucero? Está junto a la vitrina. Es una pequeña lancha motora, la jodida. Una chica corrientita, pero a la que le va la marcha. La Crucero tiene una figura más rellena. Con buenas curvas. Está mullida para ofrecer un tacto más blando. Esos pechos son como almohadas. Fue idea de mi madre. Me dijo: Ron, a algunos hombres les gusta acurrucarse y quedarse dormidos, como cuando eran pequeños.

¡Toca esto! Pezones de silicona de primera calidad. Nada de plástico; los pezones de plástico parecen dedales, joder. Han de tener cierta elasticidad. Esa es la clave si te gustan los pechos, y a mí me gustan, te lo aseguro.

Da la vuelta. ¡Venga! Le levantaré el vestido. ¡Sí! Lleva tanga. Muy popular. Un culo precioso con un poco de movimiento, silicona blanda. La batería es más grande para poder calentar ciertas partes de la piel.

Puede que mis chicas den la impresión de no tener la misma temperatura que las de carne y hueso. De acuerdo, sí, *son* más frías que las de carne y hueso. La carne es la carne. Pero no acaban mojadas y pegajosas cuando las tienes debajo, como las mierdas esas hinchables; era como tumbarse sobre algas. Dios, cómo odiaba las muñecas hinchables, ¿tú no? Para el caso, ya podías envolverte la polla en papel film.

Bueno, Ryan, vamos a por la siguiente. La que va equipada para jugar al tenis y está agachándose para recoger un par de pelotas. Es nuestra clase Atrevida.

Carnes bien prietas, poca cintura, copa doble G, y ¿sabes qué?, las tetas y el coño siempre están calientes. Es gracias a la batería y la capa térmica. La batería dura hasta tres horas. A ver, los hombres tardan unos cuatro minutos en correrse, así que estamos siendo generosos. Puedes celebrar una fiesta, pasearla y jugar una partida de cartas sin preocuparte de que se apague. Al principio, cuando se apagaban, además de arrastrar las palabras, también se oía un zumbido. No es que eso echase a nadie para atrás, pero no me parecía profesional.

¿Te gustan las zapatillas de tenis de talón descubierto? La Económica va descalza. Le da un toque encantador, como en ese musical francés, *Les Misérables*.

Ahora que digo francés, no sé si alguna vez te has tirado a una robot, prueba luego, corre de mi cuenta, pero ya te digo yo que te ahorras todo ese *Bonjour tristesse* de después, y olvídate de las dudas sobre si ha tenido un orgasmo o no. Todas mis chicas se corren al mismo tiempo que tú.

Sí, bien visto, Ryan. Sí que lo es. La Atrevida es más alta que las otras. Mide cerca de un metro sesenta y cuatro centímetros, mientras que las demás rondan el metro cincuenta y ocho. Las hacemos más bajitas para el mercado chino y asiático. Estas son para el mercado inglés y estadounidense.

He estado dándole vueltas a fabricar una de tamaño supermodelo, pero no es práctico. El único motivo por el que alguien querría tener a una supermodelo al lado en la vida real sería para presumir de ella ante los colegas; a ver, está demasiado anoréxica para nada más. Ni comen, ni beben, ni, bueno, ya sabes, son unas maniáticas. Mis chicas son prácticas, están hechas para darles trote, así que las fabricamos de un tamaño que resulte manejable.

Sí, es cierto, hay chicas muy menudas en el mercado, parecen niñas. Yo no quiero saber nada de eso. Tengo mis principios.

Desde luego que hay robots disponibles que llevan incorporado el modo familiar; pueden hablar de animales y contar cuentos de hadas, cosas de esas, como si Emmanuelle se pasase a Disney. Yo me dedico en exclusiva al mercado para adultos. Nada de líneas difuminadas. Así que, por el momento, no tenemos planes para una muñeca de viaje.

¿Sigues grabando? Bien.

Detrás de la pantalla hay una cama, solo a modo de exposición, así que no te quites los zapatos, Ryan. Imagínate volver a casa y que esté esperándote esta belleza. De hecho, es la que me espera cuando vuelvo a casa. Tengo un modelo Deluxe para uso personal.

Tiene todo lo de la Atrevida, menos los músculos; es decir, sus carnes son firmes, pero es suave y curvilínea, no una levantadora de pesas. A lo que íbamos, la Deluxe, como el nombre indica, está fabricada con materiales de mejor calidad. Y el pelo es auténtico.

¿Cómo que de dónde? De la cabeza, ¿de dónde va a ser? Te habrás acostado con alguna mujer, ¿no?

¡Por Dios, no, cómo voy a ponerles pelo auténtico *ahí* abajo! Y ya que estamos, ni auténtico ni de ninguna clase. Quedaría empapado y se pudriría en nada.

La fianza que pedimos para este modelo duplica la de las otras clases por el pelo, y hay que firmar un documento por el que te comprometes a no verter bebida encima, ni a mancharlo con comida, pis o mierda ni a correrte en él.

¿Que si hacen esas cosas? Es triste, pero cierto. Yo no, pero hay gente para todo.

Con el pelo de nailon, da bastante igual lo que hagas, es barato cambiarlo. Se lo arrancas y le pones otro. Pero el bueno, el de verdad... A ver, en esto estoy con las mujeres, en serio. ¿Quién querría que un gilipollas se corriese en su pelo?

Ya... Lamentable.

Personalmente, como mujer, aunque no lo soy, no me haría gracia que un tipo cualquiera quisiese correrse en otro sitio que no fuese el habitual, pero soy muy tiquismiquis. No me gusta el yogur, ni las natillas, ni siquiera las francesas, la *crème brûlée* esa, ni la tapioca, la bechamel o la manteca. No soporto los *smoothies* de plátano y odio la leche de almendra. Joder, leche de almendra. ¡¿Por qué?! ¡Me cago en Dios! Mi médico pretendía que le cogiese el gustillo. Colesterol. Le dije, tío, prefiero tener un ataque al corazón.

La Deluxe cuenta con un amplio vocabulario. Unas doscientas palabras. Te escucha mientras le hablas de lo que quieras: fútbol, política, lo que sea. Espera a que termines, por descontado, sin interrumpir, incluso aunque estés disperso, y luego dice algo interesante.

¿Como qué? Ah, bueno, algo del tipo: *Ryan, qué listo eres. Ryan, nunca me lo había planteado de esa manera. ¿Sabes algo sobre el Real Madrid?*

Sí, a eso me refiero con lo de la formación. El cambio climático. El Brexit. Fútbol. Este modelo está diseñado para hacerte compañía y así es como la promoveremos mientras desarrollamos la tecnología.

Algunos hombres quieren algo más que sexo. Lo entiendo.

Y ahora pasemos a la clase Vintage. Me encanta el traje de dos piezas y el casquete. Saqué la idea de las páginas de porno retro. Ha tardado un poco en incorporarse al juego, pero es una de las almas de la fiesta.

Había un montón de hombres mayores que nos pedían algo sexy y joven, la mayoría de los viejales no tienen bastante dinero para buscarse una versión de carne y hueso, se necesita un montón de pasta para que funcione eso del viejo carcamal/chica joven en la vida real. Y, seamos sinceros, los hombres prefieren una caja de fresas a un plato de ciruelas pasas y natillas.

Lo que ofrecemos es fantasía, no realidad.

Puedes encargar una Vintage que parezca recién llegada de los años cincuenta. Como la BBC retransmitiendo para el mundo entero; te sorprendería lo que hace una voz, buscamos una locutora de informativos de la BBC Radio 4. Anónima. Le pagamos una fortuna.

También puedes pedir la Vintage con la minifalda y collares de cuentas de colores de los años sesenta que canta «I Got You Babe». No mueve los labios, pero si te estás follando la boca tampoco querrías que lo hiciese, ¿no crees?

Disponemos incluso de una versión feminista de los años setenta, sin sujetador, con el pelo alborotado y un consolador anal. ¡Sí! Qué gracia, ¿eh? ¡Al final es ella la que te folla! No, no lo he probado. Las pruebo todas, pero esta no me apetecía. En la oficina la llamamos Germaine. Es la única que tiene nombre. ¿Has leído el libro? Mi madre me habló de él. Lo he empezado, pero no es lo que esperaba.

¿Quién la alquila? Algunos masoquistas. Y algún que otro profesor universitario.

Todas las chicas están disponibles en distintos colores de piel: negro, moreno o blanco. Además, si te apetece, a la Vintage le puedes poner felpudo. Las estrellas porno de antes tenían el conejo que parecía algodón de azúcar y hay hombres a los que les gusta. Total, que podemos suministrarlas con o sin, pero solo en el caso de la Vintage. Si no estás seguro de si quieres acabar con pelambrera en la cara, podemos incluir un felpudo en el paquete, junto con el pegamento adecuado. Pedimos encarecidamente a los clientes que no utilicen el suyo. Ponle pegamento en el lado equivocado y terminas con una barba de pega.

¿Que si casi todos mis clientes son hombres mayores? En absoluto. Hay de toda clase, edad y condición, Ryan; el sexo es una democracia. En lo que respecta a los abueletes, lo considero un servicio público. Deberías escribir sobre eso. Siempre ofrecemos un diez por ciento de descuento a los mayores de sesenta y cinco años, y otro diez por ciento extra los lunes. A poca gente le apetece echar un polvo los lunes.

También te digo una cosa, es un poco filosófico, pero soy un tío que le da mucho a la cabeza: si eres menor y te lo haces con una robot, se acabaron los problemas legales. O sea, que ya puedes olvidarte del rollo ese de no, nada de darle al asunto hasta que tengas dieciséis años, por eso tenemos a unos cuantos adolescentes que quieren probar; sí, chicos, no chicas, claro que son chicos; yo diría que es mejor que metérsela a una chica más seca que la mojama a la que no le gustas.

Sí, puedes ser viejo, ser feo, ser gordo, oler mal, puedes tener una ETS o estar a dos velas. Tanto como si no se te levanta como si vas empalmado todo el día, hay una XX-BOT para ti.

Un servicio público. Eso es lo que es, hazme caso. ¿Crees que me harán miembro de la Orden del Imperio Británico? A mi madre le gustaría.

¿Las mujeres? ¿Qué pasa con las mujeres? ¿Eres feminista, Ryan? Yo no, pero mi madre sí, no creas que estas cosas nos cogen de nuevas en Gales.

Claro que hay robots masculinos, pero es un campo que no toco. ¿Por qué no?

Anatomía, Ryan. Anatomía básica. Seguro que lo disteis cuando estudiabas para médico.

Lisa y llanamente, un robot chico es un vibrador acompañado de un cuerpo. Es un maniquí de escaparate con una polla que no funciona. No hay empuje. No puede ponerla a cuatro patas. Ella tiene que sentarse encima de él y botar arriba y abajo, muy cansado, o menearlo encima de ella como si estuviese dándole a una batidora. Igual de cansado. Te agua la fiesta después del baño, las velas y haber escuchado tus canciones de amor favoritas en bucle. Esas cosas que les gustan a las mujeres para ponerse a tono.

Ellas prefieren un vibrador de mano. Mejor control, mejor resultado y encima pueden ver la tele al mismo tiempo. He hecho un estudio de mercado. A ver, no yo personalmente, mi madre es la que se encarga de esa parte del negocio. ¿Mi madre? Ya lo creo. Como te dije antes, desde el primer día.

Además, con los robot chico, el tamaño es lo que de verdad importa. Las robots femeninas son menudas, incluso a los suecos les gustan así, pero si fabricas un robot chico pequeño es una cortada de rollo, como follarte a tu hijo, y eso no les pone a la mujeres, o al menos no a muchas. Ellas quieren un tiarrón, pero si haces un robot cachas, no pueden cargar con él. Y si tienes un apartamento pequeño, cuando no estás dándole uso al robot, por decirlo de alguna manera, siempre anda por medio, ¿sabes? Es decir, no puedes enviarlo a que se vaya a tomar una cerveza cuando necesitas un poco de espacio para ti.

Por otro lado, las mujeres suelen conducir coches más pequeños y no les apetece llamar la atención mientras tratan de apretujar un Dwayne Johnson, la Roca, en el Renault Twingo.

Si entramos en los clubes nocturnos, y es posible que lo hagamos, porque no sé qué hacer con la pasta que estoy ganando, tal vez probaría algún especial despedida de soltera; les suministraríamos unos cuantos robots chico y veríamos cómo va el asunto, solo para echarse unas risas, como si fuesen a montar a caballito, ¿sabes? Quizá a las mujeres les gustase sentarse encima si consigo encontrarle el truco. Tengo algunas ideas de cuando me dedicaba a reparar tostadoras de resorte.

Es un mercado mundial. El mercado del futuro.

Deja que te cuente algo sobre China, Ryan. ¿Recuerdas la política esa del hijo único? Menos mal que ya no está en vigor. Tantas niñas estranguladas y tiradas en cualquier arrozal... Millones y millones de chinos jamás tendrán pareja porque no hay suficientes chicas para todos. Exacto, la vida da muchas vueltas, como en una cinta de sushi; ¿en qué cabeza cabe que no lo viesen venir? El mercado chino será descomunal. Por eso tienen las fábricas, además de que adoran la tecnología; muchos chinos preferirán un robot porque les gustan sumisas. Las chinas de hoy en día son demasiado independientes. He ido a la fábrica, lo he visto con mis propios ojos.

De todos modos, voy a abrir una fábrica en Gales. China no puede hacer lo que le dé la gana. Que vean que tienen competencia, digo yo; aparte, si están en una guerra comercial con los putos Estados Unidos, a saber qué ocurrirá. Los precios de los robots podrían ponerse por las nubes.

Mi madre dice que deberíamos fabricar un Karl Max y controlar los medios de producción.

Además, me gustaría hacer algo por la comunidad. En Gales no hay trabajo, Ryan, al menos desde el Brexit. Votaron Gales para los galeses, como si la gente estuviese muriéndose por cruzar la frontera y abrir una mina de carbón.

Como iba diciendo, el dinero que entraba en Gales procedía de fondos europeos, pero en Gales hay mucha endogamia. Creo que iría bien un poco de inmigración, tanta endogamia afecta al cerebro. ¡Brexit! ¡Joder! Ya puestos, podríamos haber levantado un muro de puerros alrededor.

Quiero aportar mi granito de arena. Voy a abrir una fábrica grande donde se hará el robot entero. De arriba abajo. Y también un taller más pequeño, para el que ya me han concedido un crédito empresarial, donde solo se ocuparán de las cabezas. Será un pelín más artesanal. En Gales se les da bastante bien la artesanía: paños de cocina, cerámica...

Hay un montón de peluqueras sin trabajo porque nadie puede permitirse ir a la peluquería, al menos desde que Gales es para los galeses.

¿Para qué necesito cabezas adicionales?

Un montón de XX-BOT acaban con la cara abollada. Las estampan contra la pared o algo parecido. Una vez me planteé seriamente que la nariz fuese de quita y pon. A algunas puedes cambiarle la cara tú mismo, pero no es sencillo, y creo que es mejor comprar una cabeza de repuesto. A veces el sexo puede volverse un poco violento, ¿no? Allá cada cual.

También estoy pensando en fabricar un modelo para exteriores. Más duro. Resistente. Tipo Lara Croft. Pero para eso necesitamos nuestra propia línea de producción. Sería para el mercado fetichista. La dominatriz. Azotes. Ese tipo de cosas. Los chinos no lo tocarán. A los británicos les chiflará, creo. Estoy en tratos con Caterpillar y JCB.

Esto es el futuro, Ryan.

¿Vas a venir al show en vivo? Para ver a las chicas en acción. Mira, tengo una muestra en el iPad. ¿Qué te parece la música?

«Walking in Memphis.» Me encanta esa canción. Esa es la estrofa que más me gusta: *There's a pretty little thing waiting for the King...*

Todas son preciosas. Todos somos reyes.

¿Qué has dicho? ¿Hace la vida real más difícil?

¿Qué es la vida real hoy en día?

Nunca se concibió una historia más descabellada; no obstante, como a la mayoría de las ficciones de esta época, la envuelve un aire de realidad.

The Edinburgh Magazine, 1818

La humanidad no soporta demasiada realidad.

Por eso inventamos historias, dije.
¿Y si somos la historia que inventamos?, preguntó Shelley.

Confinados aún por la lluvia, yo no dejo de escribir.
Claire cose en un rincón. Polidori se recupera de un tobillo torcido. Ayer saltó por una ventana para demostrarme su amor. Fue idea de Byron. Cuando está aburrido es peligroso.
Lo único que hacemos es beber y fornicar, comentó Byron. ¿Se le puede llamar historia a eso?
¡Eso es un éxito editorial!, aseguró Polidori.
Dormimos. Comemos. Trabajamos, intervino Shelley.
Ah, ¿sí?, dijo Byron, que hace dieta por su peso excesivo, además de ser insomne y estar ocioso. No encuentra inspiración, confiesa, para la historia sobrenatural, aun cuando fue él quien propuso el desafío que nos mantiene ocupados. Resulta irritante. Todos estamos irritados.
Polidori está inmerso en su relato. Lo ha titulado *El vampiro*. Le interesan las transfusiones de sangre.

Privados de excursiones o cualquier otro tipo de distracción, los caballeros entablaron un debate sobre una serie de conferencias a las que habíamos asistido recientemente en Londres. Conferencias impartidas por el médico de Shelley, William Lawrence, sobre el origen de la vida. La vida, argumentaba el doctor Lawrence, se basa en la naturaleza. No existe una fuerza *adicional* como el alma. Los seres humanos se componen de huesos, músculos, tejidos, sangre, etcétera, y nada más.

Aquello levantó revuelo, por descontado: *Entonces ¿no hay diferencia entre un hombre y una ostra? ¿El hombre no es más que un orangután o un simio, con «amplios hemisferios cerebrales»?*

El periódico *The Times* publicó lo siguiente: *¡El doctor Lawrence se esfuerza por todos los medios en demostrar que los hombres no poseen alma!*

Pero precisamente tú crees en el alma, le dije a Shelley.

Así es, creo que es tarea de cada cual despertar la suya. El alma es esa parte de uno mismo que no está sujeta a la muerte ni a la descomposición; esa parte de uno mismo sensible a la verdad y la belleza. Si careces de alma, eres un bruto.

¿Y adónde va esa alma cuando acontece la muerte?, preguntó Byron.

No se sabe, contestó Shelley; su *conformación*, no su destino, es lo que debería preocuparnos. El misterio de la vida se halla en la tierra, no en otro lugar.

La lluvia también se halla en la tierra, repuso Byron, vuelto hacia la ventana con la mirada perdida, como un dios impotente. Deseaba montar su yegua y se impacientaba.

Todos moriremos más pronto que tarde, terció Polidori, por consiguiente no podemos vivir como los demás querrían que lo hiciésemos, sino según dicten nuestros deseos. Me miró, con la mano en la entrepierna.

¿Acaso no hay nada más en la vida que aquello que deseamos?, pregunté. ¿No deberíamos sacrificar dichos deseos por una causa más noble?

Eres libre de hacerlo si así te place, contestó Polidori, si eso te satisface. Yo preferiría ser un vampiro que un cadáver.

Morir bien es vivir bien, sentenció Byron.

Nadie halla satisfacción en la muerte, repuso Polidori. Así lo crees, pero ¿acaso podrás constatarlo? ¿Qué ganarás con ello?

Reputación, contestó Byron.

La reputación es comadreo, replicó Polidori. Que se hable bien o mal de mí, ¿qué es más allá de mero chismorreo?

Veo que hoy estás de mal humor.

El que está de mal humor eres tú.

Shelley me abrazó y me estrechó contra sí: Te quiero. A ti, mi amada Mary, a ti, tan llena de vida.

Oía la aguja de Claire clavándose en el tapiz.

All alive o! All alive alive o!, cantó Polidori, llevando el compás sobre el brazo del diván. Byron renqueó hasta la ventana con el ceño fruncido y la abrió para que entrara la lluvia, que caló a Claire.

¿Quieres parar? Claire se levantó precipitadamente, como si la hubiesen pinchado, gritándole para acallar sus risas. Se cambió de asiento y cortó el hilo de un tijeretazo.

La muerte es una impostora, dijo Shelley. No creo nada en ella.

Creerás en ella con mucho gusto cuando heredes a la muerte de tu padre, apuntó Byron.

Lo observé con atención, sarcástico, cínico. Un gran poeta, sin duda, pero mezquino. Los dones naturales no parecen moderar nuestro comportamiento.

Shelley apenas dispone de recursos y es el hombre más generoso que conozco. Byron es rico, su patrimonio le renta diez mil libras al año, pero solo invierte en su propio placer. Él puede vivir como le plazca. Nosotros debemos ser más austeros. Mejor dicho, yo debo encargarme de las cuentas. Shelley no parece ser consciente de lo que puede o no permitirse. Vivimos permanentemente endeudados. Aunque si logro vender la historia que estoy escribiendo viviremos con mayor desahogo. Mi madre se ganó la vida con sus escritos y estoy decidida a seguir su ejemplo.

Me gustaría apuntar algo más sobre el alma, insistió Shelley.

Byron gruñó. Polidori tosió. Claire continuó cosiendo la funda de almohada con ademán furibundo.

De todos modos, yo tenía la cabeza en otra parte. Desde que se me había ocurrido la historia, esta ocupaba mis pensamientos. La figura amenazadora que mi imaginación vislumbraba impedía el paso a otras preocupaciones y sumía mi mente en una suerte de eclipse. Yo debía regresar junto a la sombra monstruosa que la cruzaba.

Los dejé con sus disquisiciones metafísicas y subí para sentarme al escritorio con una jarra de vino. El vino tinto alivia el tormento de la humedad.

En aras de la historia, deseo profundizar en aquello que diferencia al ser humano de los demás organismos. Y en lo que nos distingue de las máquinas.

Durante una visita a una fábrica de Manchester con mi padre, vi que los pobres infelices encadenados a las máquinas reproducían unos movimientos tan repetitivos como las propias máquinas. Solo se distinguían de estas por su infelicidad. La gran riqueza que generan las fábricas no revierte en los trabajadores, sino en los propietarios. Los humanos debían vivir en la miseria para ser el cerebro de las máquinas.

Hace unos años, mi padre me hizo leer el *Leviatán* de Hobbes. Sentada ahora aquí, pluma en mano, Hobbes y sus postulados acuden a mi mente. El filósofo escribe:

Siendo que la vida no es más que un movimiento de miembros, cuyo inicio se halla en alguna parte primordial de los mismos, ¿por qué no podemos decir que los autómatas (ingenios que se mueven por medio de resortes y ruedas como lo hace un reloj) poseen una vida artificial?

Me pregunto: ¿qué es la vida artificial? Los autómatas carecen de inteligencia, solo son mecanismos. Hasta el más incapacitado de los individuos biológicos posee suficiente inteligencia para ordeñar una vaca, pronunciar un nombre, saber cuándo va a llover y cuándo no, tal vez incluso para reflexionar sobre su propia existencia. Sin embargo, si los autómatas disfrutasen de inteligencia... ¿bastaría para decir que están vivos?

Shelley está ayudándome con el griego y el latín. Nos hallamos tumbados en la cama, él desnudo, con la mano en mi espalda, el libro sobre la almohada. Me besa el cuello mientras repasamos vocabulario nuevo. Solemos interrumpirnos para entregarnos al amor. Adoro su cuerpo. Detesto que se preocupe tan poco por sí mismo. Está íntimamente convencido de que nada tan vulgar como la materia puede oponerse a él. Pero Shelley está hecho de sangre y calor. Descanso sobre su pecho enjuto, escuchando su corazón.

Leemos a Ovidio juntos, *Las metamorfosis*.

Italia está llena de estatuas de hombres hermosos. Hombres de poses y músculos tensos. ¿Besar uno? ¿Despertarlo a la vida?

He tocado esas estatuas, el mármol frío, la piedra solemne. Y rodeé una con los brazos, asombrada ante aquella forma sin vida.

Shelley me leyó la historia de Ovidio sobre el escultor Pigmalión, que se enamoró de la estatua que había tallado. Quedó tan hondamente prendado de su creación que no quiso volver a saber de las mujeres. Rezó a la diosa Atenea para encontrar a alguien vivo a quien amar tan hermoso como la forma sin vida que se alzaba en su banco de trabajo. Esa noche, el escultor besó los labios de la imagen que había creado. Sin apenas dar crédito a lo que sentía, creyó que la escultura se lo devolvía. La piedra fría cobró calor.

Y no solo eso... Gracias a los buenos oficios de la diosa, la escultura adoptó forma femenina, una transformación doble, de inánime a animado y de hombre a mujer. Pigmalión se casó con ella.

Es probable que esa fuese la idea que Shakespeare tenía en mente al final de *El cuento de invierno*, dijo Shelley, cuando la estatua de Hermíone cobra vida y desciende del pedestal para abrazar a su marido, Leontes, el tirano. A fuer de los crímenes que este ha cometido, el tiempo se ha detenido, pero vuelve a fluir con el gesto de Hermíone. Lo que se pierde se encuentra.

Sí, ese instante cálido, asentí. Besar los labios y descubrir su calidez.

El calor no abandona los labios inmediatamente tras la muerte, apuntó Shelley. ¿Quién no vela a un ser querido toda la noche mientras el cuerpo se enfría? ¿Quién no lo sostiene entre sus brazos, desesperado por conferirle calor y reanimar el cuerpo? ¿Quién no trata de convencerse de que solo se trata del invierno? ¿De que el sol saldrá por la mañana?

Ponedlo al sol, musité (no sé por qué).

Vida artificial. La estatua se despierta y camina. Pero ¿y lo demás? ¿Existe la inteligencia artificial? Un mecanismo de relojería no piensa. ¿Qué chispa anima la mente? ¿Puede crearse? ¿Podemos crearla nosotros?

¿De qué estás hecho tú, de qué sustancia,
que puedes conformar mil y una sombras?

Las sombras oscurecieron los rincones de la habitación. Estuve cavilando sobre la naturaleza de mi propia mente. Mas cuando el corazón se detiene, también debe de hacerlo el intelecto. No hay mente, por privilegiada que sea, que sobreviva al cuerpo.

Mis pensamientos me llevaron de vuelta al viaje que había realizado con Shelley y Claire, quien regresa a esta historia a modo de marcapáginas: no como texto en sí, sino como señal.

Shelley y yo íbamos a fugarnos, pero Claire decidió que no podíamos abandonarla, así que acordamos irnos todos juntos, a escondidas de mi padre y mi madrastra.

Debo señalar que, tras la muerte de mi madre, mi padre no soportaba estar solo y no tardó en volver a casarse, en esta segunda ocasión con una mujer corriente, sin imaginación, pero diestra en la cocina. Mi madrastra trajo con ella a una hija llamada Jane, quien pronto se convirtió en la discípula ferviente de los escritos de mi difunta madre y, con el tiempo, se cambió el nombre por el de Claire. No lo desaprobé. ¿Por qué no habría de reinventarse? ¿Qué es la identidad sino lo que designamos? Jane/Claire actuó de mensajera entre Shelley y yo cuando mi padre empezó a sospechar, y la apreciábamos. Por eso, cuando llegó el momento de dejar Skinner Street, decidimos que debíamos irnos juntos.

Tantas estrellas en el firmamento como incontables las posibilidades.

Cuatro de la mañana. Calzadas con zapatillas de fieltro, las botas en la mano para no despertar a padre, aunque duerme profundamente cuando toma láudano para aliviar sus fiebres.

Corrimos por las calles mientras el mundo se desperezaba.

Llegamos al coche. Shelley ya estaba allí, pálido, paseando impaciente, un ángel sin alas.

Me abrazó, hundió su rostro en mi pelo, susurrando mi nombre. Cargaron el modesto equipaje, pero, en un arrebato, corrí de vuelta a casa asaltada por un cargo de conciencia para dejar una nota a mi padre en la repisa de la chimenea. No podía romperle el corazón. Miento. No podía romperle el corazón sin decirle que le rompía el corazón. Vivimos del lenguaje.

El gato se enroscó en mis pies.

Y eché a correr de nuevo, deprisa, deprisa, mientras el sombrero resbalaba hasta la nuca y el aliento se me secaba en la boca.

Ansiosa y exhausta, partimos raudos hacia Dover, nos mareamos bajo las velas de una embarcación que nos llevó a Calais; y mi primera noche en sus brazos, en un catre, en una posada oscura, con el traqueteo de las ruedas de hierro de los carros que avanzaban sobre los adoquines, y mi corazón que ensordecía hierro y ruedas.

Es una historia de amor.

Podría añadir que mi madrastra no tardó en seguirnos para rogarle a Jane/Claire que volviese. Creo que le complacía deshacerse de mí. Shelley paseó con nosotras arriba y abajo, juntas y por separado, apelando al amor y a la libertad. Imagino que no convenció a mi madrasta, pero al final la mujer accedió por agotamiento y se despidió de nosotros. Shelley se había impuesto. Estábamos en Francia, la cuna de la revolución. No existía nada fuera de nuestro alcance.

Al final resultó que apenas alcanzábamos a nada.

Viajar no era sencillo. No teníamos ropa. París era sucio y caro. La comida olía mal y nos producía retortijones. Shelley vivía de pan y vino. Yo añadía queso a la dieta. Por fin encontramos a un prestamista a quien Shelley convenció para que le fiase sesenta libras.
Animados ante aquella nueva abundancia, decidimos viajar y partimos hacia el campo en busca de la sencillez y el hombre natural sobre el que había escrito Rousseau.

Habrá carne de ternera, leche y pan bueno, aseguró Shelley, y vino joven y agua fresca.

Eso fue lo que dijo.
La realidad fue distinta.

Aguantamos cuatro semanas, durante las que nos esforzamos por ocultarnos mutuamente nuestra desilusión. Estábamos en la tierra de la libertad. El lugar donde mi madre la había encontrado. Donde había escrito *Vindicación de los derechos de la mujer*. Creíamos que hallaríamos mentes afines y corazones abiertos. La realidad fue que los lugareños nos cobraban de más por absolutamente todo. Las casas de campo estaban sucias y descuidadas. Las lavanderas robaban botones y ribetes. Los guías tenían un carácter hosco y el asno que alquiló Shelley, para montarlo por turnos, ese asno estaba renco.

¿Qué te aflige?, me preguntó Shelley, preocupado por mis silencios, pero no contesté la leche agria el queso que suda las sábanas apestosas las pulgas los aguaceros la podredumbre las camas llenas de paja llenas de chinches. Las verduras mustias la carne que es todo ternilla el pescado rebosante de piojos las hogazas con gorgojos. La aflicción de mi padre. Pensar en mi madre. El estado de mi ropa interior.

El calor, nada más, mi amor, respondí.

Me pidió que me bañase desnuda con él en el río. Yo era muy tímida, así que me limité a contemplar su cuerpo, blanco, esbelto, escultural. Su forma tiene algo que trasciende lo material. Una aproximación, como si su alma se hubiese puesto un cuerpo a toda prisa para entrar en este mundo.

Leíamos a Wordsworth en voz alta para pasar las horas, pero Francia no era poesía, era campesinos.

Al final, consciente de mi malestar, Shelley nos consiguió unos pasajes en una barcaza en la que abandonamos Francia y navegamos por el Rin.

¿Fue mejor? Suiza engreída. Alemania ebria. Más vino, pedía yo. Y así pasábamos los días, desnutridos, embriagados, en busca del alma, sin saber dónde encontrarla.

Lo que quiero existe si me atrevo a encontrarlo.

Un día, cerca de Mannheim, vimos las torres de un castillo que se alzaban entre la bruma como una advertencia. A Shelley le encantan las torres, los bosques, las ruinas, los cementerios, todo aquello relativo al hombre o a la naturaleza que invite a la reflexión.

De modo que enfilamos el camino, tortuoso, en su dirección, haciendo caso omiso de las miradas de los labriegos con sus horcas y azadas.

Por fin nos detuvimos al pie del castillo, con un escalofrío. Helaba la sangre incluso al cálido sol de la tarde.

¿Qué lugar es este?, preguntó Shelley a un hombre que conducía un carro.

El castillo Frankenstein, contestó.

Un lugar deshabitado y siniestro.

Tiene su historia, añadió el hombre, aunque exige unas monedas, y Shelley le pagó el doble, más que satisfecho con lo que escuchó.

El castillo había pertenecido a un alquimista llamado Conrad Dippel. Su amada esposa murió antes de tiempo y él, incapaz de soportar la pérdida, se negó a enterrarla, decidido a hallar el secreto de la vida.

Uno tras otro, los criados lo abandonaron. Vivía solo, y lo habían visto frecuentar osarios y cementerios al alba y al ocaso, arrastrar hasta la casa los cuerpos hediondos que hubiese encontrado y moler los huesos de los cadáveres para mezclarlos con sangre fresca. Creía que podía revivir a la persona que acabase de fallecer mediante la administración de aquella tintura.

Los lugareños comenzaron a temerlo y a odiarlo. Tenían que vigilar a sus muertos del mismo modo que debían estar atentos a sus pisadas o a los cascabeles de la brida de su caballo. A menudo irrumpía en las casas donde se velaba a un difunto y pretendía embutir la botella que contenía su mezcolanza repugnante en la boca inerte del cuerpo exánime igual que se embute a un ganso para hacer paté.

Nadie resucitó nunca.

Al final, los habitantes de las aldeas del lugar se unieron y lo quemaron vivo en su castillo.

Hasta los muros apestaban a cadáveres desmembrados y muerte.

Contemplé el lugar en ruinas. Una escalera externa, oscura y tortuosa, como una pesadilla de Piranesi, desmoronada y poblada de hierbajos, que descendía espiral tras espiral, peldaño tras peldaño ¿adónde? ¿A qué sótano del horror?

Me ceñí el chal. Incluso el aire está impregnado del frío sepulcral.

¡Vámonos!, le pedí a Shelley. Hay que irse de aquí.

Me rodeó con un brazo y nos alejamos presurosos. Por el camino, me instruyó en el arte de la alquimia.

Los alquimistas buscaban tres cosas, dijo Shelley: el secreto que convierte el plomo en oro, el secreto del elixir de la juventud eterna y el homúnculo.

¿Qué es un homúnculo?, pregunté.

Un ser no nacido de mujer, contestó. Algo creado, maligno y contra natura. Una suerte de duende, deforme y artero, poseedor de poderes oscuros.

A lo largo del serpenteante camino de vuelta a la posada, acompañados de una inquietante luz crepuscular, pensé en aquella cosa, en aquel ser completamente formado no nacido de mujer.

Esa forma ha regresado.

Y no es pequeña. Y tampoco un duende.

Tengo la sensación de que mi mente es una pantalla y que al otro lado hay un ser que desea vivir. He visto peces en un acuario apretando la cara contra el cristal. Siento algo que soy incapaz de articular salvo en forma de historia.

El héroe (¿lo es?) se llamará Victor, porque desea la victoria frente a la vida y la muerte. Luchará por desentrañar los rincones más recónditos de la naturaleza. No será alquimista, no quiero prestidigitación, sino médico, como Polidori, como el doctor Lawrence. Distinguirá el curso de la sangre, conocerá la trama del músculo, la densidad del hueso, la delicadeza del tejido, el bombeo del corazón. Vías respiratorias, líquidos, masa, gelatina, el misterio del cerebro con forma de coliflor.

Compondrá a un hombre extraordinario, y le dará vida. Utilizaré electricidad. Tormenta, chispas, rayos. Le insuflaré vida a través del fuego, como Prometeo. Se la robará a los dioses.

¿A qué precio?

Su criatura poseerá la fuerza de diez hombres. La velocidad de un caballo al galope. La criatura será más que humana. Pero no será humana.

Aun así sufre. Estoy convencida de que el sufrimiento es una impronta del alma.

Las máquinas no sufren.

Mi creador no será un demente. Será un visionario. Un hombre con familia y amigos. Entregado a su trabajo. Lo conduciré al borde del precipicio y lo haré saltar. Lo mostraré en todo su esplendor, así como en su infierno.

Lo llamaré Victor Frankenstein.

Esta mente es la matriz de toda la materia.

MAX PLANCK

La realidad no soporta demasiado a la humanidad.

¿Nombre?

Ry Shelley.

¿Prensa?

Invitado. Vengo invitado por el profesor Stein.

La charla del profesor Stein es abierta al público y se transmite en directo por la página web de la Royal Society.

La Royal Society se fundó en 1660 para el avance de la ciencia natural y el fomento del conocimiento científico. Aquí, en el Carlton House Terrace, con vistas a The Mall, uno tiene la sensación de encontrarse en el Londres más opulento de la época. En realidad, los edificios neoclásicos fueron diseñados por John Nash y construidos entre 1827 y 1834. Estucados. Fachada de columnas corintias. Friso y frontón profusamente elaborados.

La serenidad atemporal del pasado que a los británicos se nos da tan bien es un recuerdo implantado, podría llamarse un recuerdo falso. Lo que parece tan sólido e inamovible en realidad forma parte de ese patrón recurrente de la historia que consiste en derribar y volver a construir, en que las turbulencias del pasado se reescriben como puntos de referencia, como iconos, como tradiciones, como lo que defendemos, lo que mantenemos, hasta que llegue el momento de llamar a la bola de demolición. En cualquier caso, la Royal Society se trasladó aquí en 1967. La historia la haces tú.

Esta noche somos la historia que estamos haciendo.

Estudié a la gente a medida que entraba: estudiantes con los bolsos en bandolera. Hípsters de barbas cerradas. Críos con camiseta que trabajan en el centro tecnológico londinense de Shoreditch. Banqueros elegantes, impecables con sus trajes hechos a medida. *Geeks.* Aficionados a la ciencia ficción. Dos musulmanas con pañuelo y sudaderas de la robot Sophia.

Hay muchos jóvenes entre el público.

Victor Stein posee una legión de seguidores en Facebook y Twitter. Sus charlas TED han alcanzado los seis millones de visitas. Tiene un propósito, de eso no cabe duda.

Algunos preguntan de qué lado está.

Él diría que no existen lados, que los conceptos binarios pertenecen a nuestro pasado basado en el carbono. El futuro no es la biología, es la IA.

En la pantalla hay proyectado un gráfico bastante claro:

Vida Tipo 1: Basada en la evolución.

Victor explica: Los cambios se producen lentamente a lo largo de miles de años.

Vida Tipo 2: Autodiseño parcial.

El momento en que nos encontramos. Somos capaces de desarrollar nuestro propio software neuronal mediante el aprendizaje, incluida la externalización a máquinas. Nos actualizamos individual y generacionalmente. Somos capaces de adaptarnos en cuestión de una generación a un mundo cambiante; pensad en los niños que aún no saben caminar y los iPads. Hemos inventado máquinas de toda clase para viajar y trabajar. Los caballos y las azadas pertenecen al pasado. Incluso somos capaces de vencer algunas de nuestras limitaciones biológicas: gafas, cirugía ocular, implantes dentales, reemplazos de cadera, trasplantes de órganos, prótesis. Hemos empezado a explorar el espacio.

Vida Tipo 3: Autodiseño completo.

Se emociona. El cercano mundo de la IA será un mundo donde los límites físicos de nuestros cuerpos no tendrán relevancia. Los robots harán gran parte de lo que hacen los humanos hoy en día. La inteligencia, quizá incluso la conciencia, dejará de depender de un cuerpo. Aprenderemos a compartir el planeta con formas de vida no biológicas creadas por nosotros. Colonizaremos el espacio.

Lo observo mientras habla. Me encanta mirarlo. Posee esa mezcla tan atractiva de predicador y erudito. El cuerpo esbelto desprende energía. Tiene una mata de pelo lo bastante abundante para transmitir vitalidad y lo bastante gris para convencer de su seriedad. Mandíbula recta, ojos azules, camisa recién planchada, pantalones entallados, zapatos a medida. Las mujeres lo adoran. Los hombres lo admiran. Sabe cómo ganarse al público. Se alejará del podio para hacer hincapié en una afirmación. Le gusta arrugar sus notas y tirarlas al suelo.

Es un científico de un canal evangelista. Pero ¿quién se salvará?

Esta noche, en la pantalla que hay detrás de él aparece el dibujo del *Hombre de Vitruvio* de Leonardo. Mientras los asistentes guardan silencio, la imagen de Leonardo cobra vida, coge un sombrero de fieltro surgido de la nada de un colgador surgido de la nada, se lo coloca en la cabeza, retirado hacia atrás, da media vuelta y se adentra en un mar surgido de la nada. El rumor de las olas se oye con claridad. El hombre continúa caminando, sin detenerse, hasta que el agua le llega a la cabeza. Lo único que queda es el sombrero, que flota con calma en el mar indiferente.

Victor Stein sonrió. Se acercó al borde del escenario, de espaldas a la pantalla. La charla lleva como título «El futuro de los humanos en un mundo poshumano» porque la inteligencia artificial no es sentimental, sino que persigue los mejores resultados posibles, dijo. La raza humana no es el mejor resultado posible.

Le gusta que el público interactúe con él. Que haga preguntas. Le cede la palabra.

Una de las musulmanas con la sudadera de Sophia levanta la mano. El asistente le pasa el micrófono.

Profesor Stein, como sabe, a Sophia, la robot de Hanson, se le concedió la ciudadanía saudí en 2017. Posee más derechos que ninguna saudí. ¿Qué dice eso de la inteligencia artificial?

Nada, contestó el profesor Stein, en cambio dice mucho de Arabia Saudí.

(Risas en la sala, pero la mujer insiste.)

¿Las mujeres serán las primeras bajas por obsolescencia en su nuevo y espléndido mundo?

Al contrario, respondió el profesor Stein, la IA no tiene por qué reproducir prejuicios de género anticuados. Si no existen una mujer o un hombre biológicos, entonces...

La mujer lo interrumpe, algo que él odia, pero domina su irritación.

¿Y las robots sexuales? ¿Vaginas palpitantes que nunca dicen no?

Un joven decide aportar su granito de arena:

¡Sí, y ni siquiera tienes que invitarlas a comer!

Más risas. El joven se vuelve hacia las mujeres y les brinda una sonrisa amplia, radiante, estudiada y no sexista. ¡Es broma! ¿Puedo invitaros a una Coca-Cola más tarde?

El profesor Stein nota que está perdiendo la atención de su público. Levanta la mano para acallar las microconversaciones que bullen por toda la sala.

Posee una autoridad natural, como un domador de leones.

Existe una diferencia sustancial entre la robótica de nivel bajo o medio, dice Stein, que se ciñe a un propósito muy concreto, y ahí incluiría una vagina palpitante, aunque pueda llamarte *grandullón* en ocho idiomas... (Risas.)

Reparo en una figura en la última fila que está dando saltos para pedir la palabra, pero el profesor Stein la ignora y prosigue.

Hacedme caso: existe una diferencia sustancial entre los usos que se ciñen a un propósito muy concreto y la verdadera inteligencia artificial, y por inteligencia artificial me refiero a máquinas que aprenderán a pensar por sí mismas. (Hace una pausa para dar tiempo a que sus palabras calen.) De modo que, si lo que te preocupa es si las mujeres acabarán al final siendo sustituidas por robots, como en *Las mujeres perfectas*, una película que me encanta, por cierto, sobre todo la nueva versión con Glenn Close, ¿la habéis visto? ¿No? Pues deberíais... Tiene un final feliz (bromea para recuperar el control tratando de que todo el mundo esté del mismo lado, aunque hay quien se resiste), en ese caso diría...

Otra mujer se levanta para interrumpirlo. Distingo un destello de rabia en su rostro, como si lo hubiese sorprendido el faro de un coche. Retrocede un paso. La mujer me suena. Es atractiva de un modo ligeramente inconformista, el pelo rubio que escapa del pasador, una chaqueta cara y rota.

Profesor Stein, usted es la cara aceptable de la IA, dice, pero en realidad, la carrera para crear lo que usted llama la verdadera inteligencia artificial está copada por chicos blancos con trastornos del espectro autista, escasa inteligencia emocional y habilidades sociales propias de los miembros de las fraternidades universitarias. ¿En qué medida *su* mundo nuevo y espléndido tendrá un enfoque neutral respecto del género, o de cualquier otra cosa?

Yo no llamaría a los chinos chicos blancos con trastornos del espectro autista, contesta el profesor Stein con suavidad.

China es una cultura chovinista en la que los hombres crecen aprendiendo a menospreciar a las mujeres, insiste ella; son los mayores fabricantes y consumidores de robots sexuales.

(Veo que el chico del fondo vuelve a agitar la mano.)

Se sabe que los resultados que arroja el aprendizaje automático son profundamente sexistas, prosigue ella. Amazon tuvo que dejar de usar máquinas que realizasen el cribado de los currículos para solicitar un puesto de trabajo porque escogían a los hombres antes que a las mujeres de manera indefectible. No hay nada neutral en la inteligencia artificial.

El profesor Stein levanta la mano para interrumpirla...

Estoy de acuerdo con usted en cuanto al estado actual del aprendizaje automático. Sí, no está exento de problemas, pero no me cabe duda de que dichos problemas son temporales y no sistémicos.

La mujer no piensa dejarse amilanar. Se aferra al micrófono y le grita:

¡¿QUÉ TIENE DE INTELIGENTE LA EXTINCIÓN DE LOS HUMANOS?!

La sala irrumpe en un aplauso espontáneo; incluso algunos hombres (racionales, lógicos, con visión empresarial) trajeados aplauden.

Victor parece descontento. Él no diría descontento, diría incomprendido. Espera. No tiene paciencia, pero sabe esperar igual que un actor o un político para recitar una línea. A continuación hace algo que se le da muy bien: se desvía de las ciencias y se adentra en las artes.

Nombrar las cosas de manera equivocada es contribuir a la desgracia del mundo.

Su aplicación de reconocimiento de voz escribe la cita en la pantalla que tiene a la espalda. La leemos con atención. Es bella, como una ecuación.

Se hace el silencio.

Espera a que los estudiantes acaben de tuitear y los *geeks* de encontrarla en internet. Espera como si dispusiese de todo el tiempo del mundo, aunque supongo que, de tener razón, así es, porque antes de morir podrá transferir su cerebro a otro soporte. Lo que sabemos el resto de los mortales es que la charla está llegando a su fin y son las ocho y media de la tarde de un miércoles. *¿Tienes hambre?*, veo aparecer en la pantalla del teléfono.

Victor habla despacio y con claridad. Tiene una voz cálida, con un ligero acento heredado de los años en que trabajó en Estados Unidos.

Permitidme que empiece repitiendo lo que he apuntado al principio de la charla (dicho de otro modo: ¿es que no estabais escuchando, cerebros de mosquito?), dice. No son los *geeks* de Silicon Valley quienes están empeñados en transformar la vida tal como la conocemos en un algoritmo, sino los biólogos. La barrera ente lo orgánico y lo inorgánico está desmantelándose desde las ciencias naturales.

La sala ya está en silencio. Prosigue...

¿Qué es un algoritmo? Un algoritmo es una serie de pasos para resolver un problema recurrente. Un problema no es algo malo, es más un cómo lo hago. Un ejemplo de problema podría ser: ¿qué camino escojo para ir a trabajar por las mañanas?; o: soy un árbol, ¿cómo transpiro? Pues un algoritmo es una planta de procesamiento de datos. Si hacemos caso a los biólogos, las ranas, las patatas, los humanos, todos pueden entenderse como plantas *biológicas* de procesamiento de datos. Los ordenadores son plantas no biológicas de procesamiento de datos.

Si los datos es entrada de información y lo demás es procesamiento, entonces los humanos no son tan especiales.

¿Acaso es una noticia tan terrible? Puede que hasta resulte un alivio. No es que nos hayamos lucido como amos y señores del universo, ¿no? Cambio climático, extinción masiva de fauna y flora, destrucción de hábitats y entornos naturales, contaminación atmosférica, incapacidad para controlar la superpoblación, violencia desmedida, la estupidez diaria de nuestras emociones pueriles...

Realiza una nueva pausa, su atractivo rostro adopta una expresión seria y sincera; sí, estoy seguro de que cree lo que está a punto de decir:

Si estamos acercándonos al final del Proyecto Humano, no culpéis a los geeks.

Los *geeks* que hay en la sala estallan en aplausos rabiosos.

Y recordad que la ciencia trata con realidades, no con el pensamiento mágico, prosigue. La ciencia ya no está convencida de que el *Homo sapiens* sea un caso especial.

Victor sonríe y se vuelve hacia la cita de la pantalla que hay detrás de él:

Nombrar las cosas de manera equivocada es contribuir a la desgracia del mundo.

Albert Camus. Puede que no lo hayáis leído, pero tal vez deberíais. En cualquier caso, todos conocéis u os suena la historia del jardín del Edén de la Biblia y que la tarea de Adán consistía en dar nombre a todo. Si, como yo, creéis que los textos religiosos, igual que los mitos, son textos que ideamos para reflejar las estructuras más profundas de la psique humana, entonces sí, dar nombre continúa siendo nuestra tarea primordial. Los poetas y los filósofos lo saben; tal vez la ciencia haya confundido dar nombre con la taxonomía. Tal vez, en nuestros primeros esfuerzos por alejarnos de los alquimistas que nos precedieron, olvidamos que dar nombre a las cosas es poder. No sé invocar espíritus, pero sí sé que llamar a las cosas por su nombre es más que otorgarles una pulsera identificativa o una etiqueta, o un número de serie. Invocamos una visión. Dar nombre es poder.

Se acerca a la parte frontal del escenario, la punta de las botas rozan el borde.

El mundo que imagino, dice, el mundo que posibilitará la IA, no será un mundo de etiquetas, y eso incluye binarios como hombre y mujer, blanco y negro, rico y pobre. No existirá una división entre la mente y el corazón, entre lo que siento y lo que pienso. El futuro no será una versión de *Blade Runner*, donde los replicantes anhelan un nombre, como los humanos, y por tanto ser reconocidos, como los humanos. Lo que propongo va mucho más allá. ¿Qué hacemos al desarrollar una verdadera inteligencia artificial? Invocar una visión.

(Retrocede. Pausa. Espera. Aguanta. Adelante.)

Aunque, insisto, *aunque* la primera superinteligencia fuese la peor iteración posible de lo que podríais llamar el programa predeterminado autista del hombre blanco, la primera actualización que hiciese la propia inteligencia empezaría corrigiendo esos errores. ¿Por qué? Porque los humanos solo programaremos el futuro una vez. Después, la inteligencia que hayamos creado se ocupará de ella misma.

Y de nosotros.

Gracias.

APLAUSOS. APLAUSOS. APLAUSOS. APLAUSOS.

El futuro es una aplicación plausible.

Le creo. Ahora mismo, a pies juntillas. El Valhalla arde y los dioses varones blancos caen en las llamas, pero el oro del Rin siempre será puro e inmaculado y volverán a encontrarlo, una segunda oportunidad, un nuevo inicio, y estos serán los malos días del pasado en que los humanos gobernaban la tierra, la cual, por cierto, volverá a ser una reserva natural porque la IA no necesitará centros comerciales ni automóviles para satisfacer sus necesidades. Todas las preocupaciones acerca de que los robots nos quitarán el trabajo..., *tío, ni os imagináis el mundo que está por llegar...*

No lo dije yo, fue un tuiteo.

Hay un cóctel después de la charla. Se nos ofrece la oportunidad de admirar los retratos de Isaac Newton, Hook, Boyle, Franklin, Darwin, Faraday, Watson y Crick (disculpas a Rosalind Franklin, la mujer que facilitó a Watson y Crick los rayos-X esenciales que necesitaban para desentrañar la estructura del ADN).

Ahí está Tim Berners-Lee, Stephen Hawking, Venki Ramakrishnan, los peces gordos. Y solo un miembro femenino de la Society ha ganado un premio Nobel (Dorothy Hodgkin). Tal vez la siguiente sea una ciudadana saudí llamada Sophia.

Las mujeres de las sudaderas le preguntan a Victor si ha visto en directo a Sophia, la robot de Hanson con sentido del humor (*Quiero matar a todos los humanos*). Sí, la ha visto. Le gusta. Es la cara tranquilizadora de la robótica. Es un excelente ejemplo del trabajo conjunto entre humanos y robots para conseguir una vida mejor.

Sé que a Victor no le interesa mucho la robótica, él busca la inteligencia pura, pero considera a los robots una especie intermedia que ayudará a la humanidad a adaptarse a su papel futuro. El carácter de dicho papel no está claro.

En teoría, si eres dueño de un robot, puedes enviarlo a trabajar por ti y quedarte el dinero. O emplearlo en casa a modo de criado no remunerado. O enviarlo a deshierbar tu granja libre de químicos. Eso estaría bien. Pero ¿cuándo han salido las cosas tan bien? ¿En sueños?

En los sueños de los humanos.

Al otro lado de la ventana, un gato se pasea por un parapeto.

Con el pelo cayéndole sobre los hombros y una camisa de seda suave bajo la chaqueta de cuero, la mujer que no quería soltar el micrófono se abre camino hacia Victor a empujones. Es felina, peligrosa, medio salvaje, medio domesticada, como un félido de zoo que sabe leer y escribir.

Justo entonces me ve.

¡Joder!, exclama. ¡Si es el doctor Pajero!

Sí, es ella. Polly D, la señorita VIP.

¿Cómo se solucionó lo de la teledildónica?, pregunto.

¿Se puede saber quién o qué eres?, contesta. Aprieta el botón de grabar del iPhone.

El mismo de la otra vez. Y soy médico. ¡Mira!

Le enseño mi identificación. Parece incómoda.

Luego ve que Victor se dirige hacia mí. Se recompone al instante.

¡Profesor Stein! Me llamo Polly D. Trabajo para *Vanity Fair* y llevo un tiempo enviándole correos electrónicos. A los que no ha respondido. ¿Por qué? Me gustaría hacerle unas preguntas.

Este no es el momento, dice Victor. La charla está en la página web y puede ponerse en contacto conmigo por correo a través del enlace.

Tengo varias preguntas, insiste Polly D.

Discúlpeme, por favor, se excusa Victor. Tengo invitados que atender. ¡Ry!

Victor me da una palmada en la espalda. Sonrío a Polly y me encojo de hombros. Estoy disfrutando un poquitín del momento. Aunque dejo de disfrutar enseguida porque es obvio que me encuentro atrapado en uno de esos sueños donde gente que no pega y fuera de lugar acaba reunida en un mismo sitio. Ahí está él... tan extraordinario como su vida.

Ya conoces a Ron Lord, ¿verdad, Ry?

Traje gris y arrugado de lino, una mancha de orina casi imperceptible en la entrepierna (imagino que es orina), y una camisa rosa que se abre entre el quinto y el sexto botón. El color rosa también asoma por debajo. Demasiada información.

Ron me mira con atención; me tiende la mano de mala gana.

Vaya, me alegro de volver a verte, Ryan.

Ry. Solo Ry.

¿No es el diminutivo de Ryan?

Ry es el diminutivo de Mary.

Ron guarda silencio mientras procesa la información. Una de esas cosas que tenemos los humanos es que procesamos la información a velocidades distintas, dependiendo del humano y de la información. A veces es más sencillo tratar con una máquina. Si acabase de decirle a una inteligencia mecánica que ahora soy un hombre, aunque nací como mujer, su velocidad de procesamiento no se habría reducido.

Entonces ¿eres mujer?, pregunta Ron.

No, Ron. Soy un híbrido. Me llamo Ry.

Entonces ¿eres un tío?, insiste él.

Soy trans.

¿Tipo transhumano?

Transgénero.

Pues pareces un tío. No un tío machote, pero un tío. No te habría concedido la entrevista de la Sexpo si hubieses sido una tía.

Soy trans, le repito.

Victor apoya la mano en el hombro de Ron.

Ron ha decidido invertir en Optimal, anuncia Victor.

Optimal es la empresa de Victor. En el logo de Optimal se lee: **El futuro es ahora**. Cosa que me molesta porque, si el futuro es ahora, ¿dónde está el presente?

Creo que el profe y yo nos dedicamos a lo mismo, dice Ron.

Ah, ¿sí?, digo, mirando a Victor.

Sí, al futuro, contesta Ron.

Victor sonríe. No siempre es una buena señal.

Ron, ¿has traído a Claire?

¡Sí! Está en el guardarropa, plegada por la mitad. Doblada solo mide setenta y cinco centímetros. La he metido en una bolsa de deporte. Hay unas cuantas; me refiero a bolsas de deporte. La mía es la que pone ADIDAS.

Diría que a alguno de nuestros invitados le gustaría verla, comenta Victor. Estoy seguro de que los tranquilizaría.

Ron no parece tan seguro.

No me ha gustado lo que has dicho sobre las robots sexuales. Lo de que no son una amenaza. Todo avance es una amenaza. ¿Sí o no? Algún día, los robots serán una forma de vida independiente. Es lo que me dijiste cuando comenté que podría invertir en ti.

Correcto, admite Victor. Pero en el presente, todas las robots sexuales son robots que se ciñen a un objetivo concreto.

¿Te refieres a que tienen el coño apretado?, pregunta Ron.

No, no me refería a eso, contesta Victor.

¿Pues a qué te referías exactamente?, insiste Ron. ¿A qué? En concreto.

Me refiero a que tus robots hacen lo que dice en la caja, responde Victor. Son para mantener relaciones sexuales y para la satisfacción personal de cada cual.

Eso no es ceñirse a un objetivo concreto, replica Ron, eso lo es todo. Es lo que quieren los hombres.

No todos, objeta Victor.

No es lo que yo quiero, intervengo, y Ron me mira con aún más dudas y consternación que antes. Hunde la mano libre en el bolsillo y agita el vaso de whisky delante de mí.

Mira, Ryan, o Mary, o como te llames, no quiero meterme en el terreno personal, pero ¿tienes polla?

Creo que eso es meterse en el terreno personal, tercia Victor.

No, contesto. Me llamo Ry y no tengo polla.

Vale, a ver, entonces no tienes polla, o sea, que no eres un tío de verdad. Por tanto, lo que quieran los tíos... En fin, que la cosa no va contigo, ¿no?

¿Ser hombre significa tener polla?, le pregunto a Ron.

Él me mira como si no hubiese visto a una persona más tonta en su vida.

¿Para qué vas a querer ser hombre si no quieres tener polla?, pregunta.

Un hombre no es una polla con patas, ¿o sí?

Más o menos, contesta Ron.

Hay más cosas, asegura Victor.

Ya que no sé por dónde tirar, continúo en el terreno personal y le digo a Ron:

No me sentía cómodo como mujer.

¿Por qué no?

Es difícil de explicar.

¿Te gustaban las mujeres? ¿Te gustaban las mujeres pero no te gustaba ser lesbiana? Lo entiendo.

Me atraen los hombres, digo.

Ron retrocede. Con un gesto protector, se lleva la mano a la entrepierna. Me siento tentado de decirle: *Tranquilo, Ron, no me interesas.*

Alguien distrae a Victor y me quedo con el desconcertado Ron.

Bueno, Ryan, no sé si eres un tío o qué, pero médico sí serás, ¿verdad?, dice.

Así es.

¿En un hospital?

Sí.

¿De qué conoces al profe?

Le suministro miembros amputados.

La nariz rosada de Ron empieza a contraerse como la de un terrier. ¿Cree que huelo a moho? ¿Está buscando manchas de sangre? ¿Tierra bajo las uñas?

No soy un *ladrón de tumbas*, Ron. ¿Crees que voy al cementerio de noche con una palanca y un saco? ¿Crees que me pongo a cavar en el montículo de tierra, fuerzo la tapa del ataúd, arranco el cadáver de su última morada, con la ropa empapada por la descomposición, y me lo llevo para diseccionarlo?

¡No! ¡No!, protesta Ron, queriendo decir: ¡Sí! ¡Sí!

Antiguamente, después de la disección, los restos humanos se molían para hacer harina de huesos, se desgrasaban para fabricar velas o se los daban de comer a los cerdos. Nada se desperdiciaba. Podría decirse que enterrar a alguien es un desperdicio, al menos como se hace hoy en día, metidos en ataúdes macizos, a prueba de gusanos y agua, lo que sea para detener el proceso natural de la muerte.

La muerte es algo natural. Y sin embargo, nada tiene un aspecto menos natural que un cuerpo sin vida.

Es como si estuviera mal, ¿verdad, Ry? Recuerdo la voz suave y animada de Victor a mi espalda cuando nos conocimos. Parece que está mal porque está mal.

Victor Stein trabaja en la frontera entre la medicina inteligente y el aprendizaje automático. Está enseñando a la inteligencia no humana a diagnosticar. A las máquinas se les dan mejor los algoritmos de la enfermedad que a nosotros. El médico del futuro será un robot. Pero la piel es la piel y la carne es la carne, y no se aprende anatomía en los libros de texto y mirando vídeos. Mientras los cuerpos existan, se necesitará un cuerpo. Partes del cuerpo. He visto pequeñas sondas deslizarse con curiosidad por los músculos de un brazo amputado (conservado) y adentrarse en el tejido blando de una pierna (putrefacta). Cuando se amputa una pierna, hay que sacarla del quirófano. Es sorprendente lo que pesan las piernas.

¿Amputas piernas?, pregunta Ron.

No solo piernas, contesto.

¿Cómo se hace?, insiste.

Con una sierra...

Creo que empalidece.

Luego cauterizamos el extremo por donde hemos cortado, lavamos y secamos el miembro amputado, lo guardamos en una bolsa de plástico grande, lo etiquetamos y lo metemos en la nevera o en el congelador. O en la incineradora, depende.

Depende, repite Ron.

De su uso futuro. No todas las piernas amputadas tienen un uso futuro.

¿Eso se sabe de antemano?, pregunta Ron.

Por lo general, sí, pero a veces hay que realizar una amputación inesperada. Y depende de por dónde tienes que cortar... y de si el paciente podrá usar una prótesis. Deberías hablar de prótesis con el profesor Stein. Quizá el perfeccionamiento transhumano empiece con miembros prostéticos controlados por ordenador.

Me gustan mis piernas, comenta Ron, mirándoselas. Son lentas y rechonchas, pero hace mucho que las tengo.

Lo entiendo, digo.

Se hace un silencio mientras Ron se contempla las piernas.

¿Cuánto pesan?, me pregunta, con la confianza infantil que la gente deposita en los médicos.

Las piernas de Ron son cortas pero robustas. Hago una estimación: unos veinte kilos, a partir de aquí... Paso el dedo a la altura de la entrepierna. Carga a la izquierda.

Ron da un respingo y baja la mirada con recelo hacia la tela arrugada de su extremidad inferior aún unida al cuerpo.

Qué manos más grandes tienes, comenta.

Para amputarte mejor.

Ron retrocede.

¿Has pensado alguna vez en donar tu cuerpo a la ciencia, Ron?, pregunto.

Tienes manos de tío, dice él.

Sí que tengo las manos grandes, es cierto. Mi madre también las tenía así. Murió durante el parto, pero tengo fotografías de ella y parecía fuerte, lúcida y sin miedo a nada. ¿Se puede echar de menos a alguien a quien no has conocido? Yo la echo de menos.

No soy muy alto que digamos, mido uno setenta y dos, y soy de complexión delgada. Caderas estrechas, piernas largas. Cuando me practicaron la cirugía superior no hubo mucho que retirar, y las hormonas ya me habían cambiado el pecho. De mujer nunca usé sujetador. Me gusta mi pecho como es ahora; fuerte, suave y plano. Llevo el pelo recogido en una coleta como un poeta del siglo XVIII. Al mirarme en el espejo, veo a alguien que reconozco; mejor dicho, al menos reconozco a dos personas. Por eso he decidido no someterme a la cirugía inferior. Soy lo que soy, pero lo que soy no es una única cosa ni un solo género. Vivo con mi dualidad.

Victor regresa con otro whisky para Ron.

Parece que os lleváis bien, dice, mirándome con sorna, de esa manera tan suya.

Estaba contándole a Ron lo de los miembros amputados, dije. Le explicaba la relación especial que mantenemos.

Ah, ya, dijo Victor. Todos los laboratorios necesitan restos humanos.

Ahora Victor me mira con preocupación: ¿hasta dónde le habré contado? Mala suerte. Que sude un rato. Como Ron Lord.

Lo que no le he dicho a Ron es que Victor Stein necesita más restos humanos de lo que contempla su subvención para investigación.

Justo o en ese momento dos guardias de seguridad de camisa azul entran corriendo en la sala poniéndose unos guantes y blandiendo los táseres. ¡ATRÁS, ATRÁS, ATRÁS!

Victor sigue a los guardias y yo sigo a Victor en dirección al guardarropa. La encargada está pálida.

¡Está ahí!, dice. ¡Está vivo! ¡Se ha movido! Hay un animal en esa bolsa.

El guardia se acerca a la bolsa de deporte Adidas. Se agacha al lado.

¡Hostia! ¡Esa cosa habla!

Su compañero se inclina hacia la bolsa. No parece muy convencido.

Ahora te creerás el doctor Doolittle, dice. ¡Dale a ver!

La toca con el táser. No pasa nada.

A esas alturas ya se ha congregado una pequeña multitud en el guardarropa. El guardia se sube a una silla.

¿Es de alguien una bolsa de deporte Adidas?

La mano rosada de Ron Lord despunta por encima de las cabezas.

¡Es mía!

¡Ábrala, por favor!, pide el guardia.

Veo a Polly D subida a otra silla, grabándolo todo con el teléfono.

Ron se abre paso a empujones entre la multitud como si fuese su propio gorila en su club nocturno. Coge la bolsa, la deja sobre el mostrador del guardarropa y, al abrir la cremallera, asoma una muñeca sexual, doblada por la mitad. En la chaqueta tejana se lee CLAI-RE escrito con lentejuelas.

¡PAPI!, exclama Claire.

No sé cómo se ha encendido, dice Ron. Funciona a través de una aplicación.

¿Qué es eso?, pregunta el guardia de seguridad.

Una robot sexual, contesta Ron. El profe me pidió que la trajese a la charla. Por si alguien quería ver una. Un segundo. Hay que abrirla.

Ron le despliega las piernas, una tras otra.

¡ÁBREME DE PIERNAS, PAPI! ¡MÁS!

Risitas incómodas, caras de espanto, Madre mías, Por Dioses, Esto no puede ser verdades, Qué ascos, Cómo molas, ¡Esto no me lo pierdos!

Con las piernas desplegadas, Ron levanta a Claire y la sujeta por detrás como un ventrílocuo. Claire viste pantalones cortos y un top ceñido, bajo el que asoma un sujetador negro. Ron le arregla el pelo.

Este es su conjunto de viaje, dice. Si llevase falda, las piernas no podrían plegarse sin reventar la prenda.

¡REVIÉNTAME!, dice Claire.

Lo siento mucho, se disculpa Ron, Claire es sexualmente explícita cuando está en modo Dormitorio. Mete la mano en el bolsillo en busca del móvil. Entraré en la aplicación y la pondré en modo Visita, dice. Espera...

¡NO ME HAGAS ESPERAR, PAPI!

Aquí no hay cobertura, dice Ron.

¡CÚBREME AQUÍ!

Claire es como un loro en celo. Su programación le permite recoger y repetir palabras. Ron levanta el móvil por encima de la cabeza.

¿Alguien podría sujetar a Claire mientras soluciono lo del puto teléfono?, pregunta.

Ron se la arroja a una mujer que tiene cerca.

La mujer no puede creer que esté sujetando una muñeca sexual.

¡Dale la vuelta! ¡Hacia mí!, grita Polly D desde lo alto de la silla.

¡Dios mío!, exclama la mujer. Debe de tener una cintura de cincuenta centímetros y una tetas de cien.

TETAS. PEZONES. POLLA, dice Claire.

¡Alucinante!, exclama un *geek*.

¿Qué es ese soporte de la espalda?, pregunta un chico, examinándola.

Un extra opcional, dice Ron. Para colgarla en la pared.

¿Como un trofeo?, pregunta una mujer.

¡No!, exclama Ron. Para follártela de pie.

FÓLLAME DE PIE, PAPI.

¡Es asqueroso!, protesta Polly D.

Cada cual..., dice Ron encogiéndose de hombros.

Algunos chicos disfrutan del espectáculo; se adivina por el bulto de los tejanos. Ron suda visiblemente mientras manipula el iPhone con dedos rechonchos.

¿QUÉ TAL TE HA IDO EL DÍA?, pregunta Claire.

¡Gracias a Dios!, suspira Ron. Ahora está en modo Visita. Soy muy consciente de que nos encontramos en un instituto científico serio.

¿VIENES DE UN INSTITUTO?

Permítanme aclarar, dice Ron, que Claire es una ayuda terapéutica sexual. Este modelo no es de los más avanzados, pero hace lo que se le pide.

(Risitas entre la multitud congregada.)

Miren, déjenme que se lo demuestre, dice Ron. Métale el dedo en la boca. Venga.

Un hombre vacila, pero obedece. Retrocede dando un respingo, como si le hubiesen mordido.

¡Es raro!

Vibra, ¿verdad?, dice Ron, sonriente. Y eso que solo es su dedo. Y eso que solo es la boca de ella.

(Risas.)

¿A qué viene todo esto?, le pregunto a Victor. ¿Por qué lo animas?

Victor se encoge de hombros.

Este es el mundo que se avecina. Cuando la gente no tenga nada que hacer en todo el día, dispondrá de mucho más tiempo para dedicarlo al sexo.

Eso no es sexo, Victor.

Nunca sé qué pensar de ti, Ry, no sé si eres un puritano o un romántico.

Soy un ser humano.

¿Y si fueses uno de los millones de seres humanos que no tendrán cabida en la vida automatizada que pronto será una realidad? Los coches, camiones, autobuses, trenes ya no necesitarán conductor. Las tiendas y los supermercados utilizarán sistemas de localización inteligente para tus compras. Tu hogar realizará sus propios diagnósticos de reparación. La nevera pedirá la comida. Los robots se encargarán de las tareas domésticas y entretendrán a tus hijos. ¿Qué harás durante todo el día?

No lo has planteado así en tu charla.

Es que no será así para quienes formemos parte de ese nuevo mundo. Para nosotros, la vida no tendrá límites.

¿TE GUSTA TU TRABAJO?, pregunta Claire.

Para los demás, prosigue Victor, tendrá que haber distracciones y dormitivos. Las muñecas sexuales ofrecen ambas cosas.

No a las mujeres, por lo visto, dije mientras echábamos una ojeada a la gente que se había congregado en el guardarropa, que parecía haber formado dos grupos, hombres y mujeres; los hombres reían y bromeaban con Ron, las mujeres cuchicheaban entre sí y murmuraban con impotencia e incredulidad.

Estoy de acuerdo, dice Victor. Las mujeres son más difíciles de satisfacer.

Polly D parece bastante satisfecha consigo misma en esos momentos. Salta de la silla y rodea a la multitud para salir de allí.

Va a por ti, Victor, le aviso.

No hay de qué preocuparse, asegura él. No es la primera vez que la veo. Es periodista, nada más.

¿Y qué me dices de Ron Lord?, pregunto. ¿Para qué quieres su dinero?

Victor se encoge de hombros.

¿Por qué no? Es un inconformista, va por libre. Quiere resultados. Y me gustaría hacer una cosa...

¿El qué?

Nos encontramos en un momento interesante..., dice Victor.

Ron Lord se acerca. Cree que ha triunfado.

¡La adoran!, exclama. Una vez que se la conoce, ¿cómo no van a adorarla? ¿Sabéis qué? Os invito a comer. ¡Venga, profe! ¿Ryan? Mataría por un buen filete.

Pues qué bien que ya lo hayan matado por ti, comento.

Ron me mira más apenado que molesto.

Ryan, estoy tendiéndote la mano, dice.

Gracias, Ron, pero soy vegetariano.

Sabía que no eras un tío, dice Ron.

¡Ry, hombre! Acompáñanos. Podemos ir andando a Sheekey's y te pides un plato de pescado vegetariano.

Ron da media vuelta y va a recuperar a Claire de manos de sus admiradores.

¿Nos vemos luego?, me pregunta Victor.

¿Te apetece que nos veamos?

Me apetece verte ahora y luego.

Te llamo, dije.

Ron volvió con la bolsa de Adidas, en la que iba Claire.

Levanto la mano (grande) para despedirme. A la de una, a la de dos, a la de tres.

Fuera, en The Mall, la fina lluvia desdibuja el contorno de los edificios. Los tacos de las botas dejan huellas en la tersura de celofán del suelo mojado. Miro atrás, he dejado un rastro, pero las pisadas no tardan en desaparecer bajo la lluvia. En la carretera, los coches forman una cola de luces traseras rojas. Cláxones. El ruido del tráfico. Incesante. Reconfortante. La lluvia arrecia. En la calle, bajo capuchas y paraguas, la gente aprieta el paso, va a alguna parte, sale de alguna parte, con los auriculares puestos, el rostro iluminado por las pantallas, atomizada y sola.

Estoy solo.

¿Estoy solo?

Siempre hay algo que rompe el solipsismo.

Acomoda su paso al mío. Polly D.

Mira, he sido una maleducada y lo siento. ¿Puedo invitarte a una copa?

Claro, contesto; ¿adónde quieres ir?

Soy miembro de un club, no está lejos de aquí, en el número 2 de Brydges Place. Al otro lado de Trafalgar Square.

Poco después nos hemos acomodado en una salita revestida con paneles de madera en un laberinto de salitas de paneles de madera, algunas con chimenea. Podríamos estar en 1816. Polly D se sirve vino de un decantador y pide un plato de pan y queso.

Me encanta este sitio, dice. Me gusta todo lo que vive a caballo entre dos épocas. Me hace sentir libre.

Me parece un poco falso, repuse. ¿No tiene un ligero aire a parque temático? ¿Bienvenidos al siglo XIX?

Todos estamos aquí como algo que no somos, ¿no? Interpretando un papel u otro.

(No contesto. Miro sus botas de ante con flecos.)

Os oí, dijo. Eres trans...

Sí.

Das el pego.

No intento aparentar algo que no soy; esto es lo que soy. Ambas partes de mí. Todo yo.

Lo sé, lo sé. (Pero aun así, ella lo había dicho.) ¿Prefieres hombres o mujeres?, añade a continuación. Me refiero a como pareja.

Las he tenido de ambos sexos. Creo que prefiero a los hombres.

¿En la cama?

Sí, en la cama.

¿También te pasaba cuando eras del todo mujer?

Soy del todo mujer, contesté. Y también soy en parte hombre. Así lo siento. Pero contestando a tu pregunta: estuve saliendo con una mujer durante un tiempo. No funcionó.

¿Lo del amor o el sexo?

El amor.

(No quiero hablar de eso.)

¿Y si te entrevisto? Lo trans pega muy fuerte ahora mismo.

No es algo que se escoge por estar de moda, ¡¿vale?!

No, no, me refiero a que tú, como médico... ¿Cómo es lo de tomar tanta testosterona? ¿Y lo de operarse? Podrías ser un icono.

Polly, no soy Caitlyn Jenner. No quiero salir en *Vanity Fair*.

Polly D parecía sinceramente desconcertada. ¿Por qué no?, preguntó.

Continué comiendo queso, en silencio. Al cabo de unos minutos, Polly comprendió que debía buscar un tema nuevo de conversación. Me sirvió más vino. Me miró a los ojos.

Así que lo conoces. A Victor Stein.

Lo conozco. Esta noche estabas bastante hostil.

No es eso... (Se suelta el pelo, sacude la cabeza y se inclina hacia delante.) No me fío de cómo nos están vendiendo la IA. La gente normal y corriente no participa en el debate, y ya no digamos en la toma de decisiones. Una mañana nos despertaremos y el mundo habrá cambiado.

Esa mañana puede darse en cualquier momento, señalo. Y podría deberse a un colapso climático. O a uno nuclear. O a Trump o a Bolsonaro. O a *El cuento de la criada*.

A eso es a lo que me refiero, asegura. Creemos que los cambios son graduales, progresivos, que nos acostumbraremos a ellos, que nos adaptaremos. Pero tengo la sensación de que esto es distinto. ¡Y odio esos putos robots sexuales!

¿En serio? ¿¿¿Vibradores Inteligentes??? ¿Teledildónica?

Se echó a reír. Cuando ríe parece relajada, incluso agradable.

Tenía que probar las aplicaciones y los juguetes sexuales destinados a mujeres. Qué locura. Que sepas que hay disponible una aplicación personalizada de terapia sexual, como ese amigo que nunca tuviste.

Y seguramente nunca quisiste, añadí.

¿Tienes amigos?, preguntó.

¡Claro! ¿Y tú?

No contestó. Bueno, ¿y qué hacías en Memphis?, dijo.

Puedes leer el trabajo en la página web de Wellcome Trust.

Envíame el enlace. ¿Tienes dirección de correo electrónico?

Le envié el enlace.

El trabajo trata sobre las relaciones humanas, la salud mental y el efecto de los robots en ambos, dije. Por cierto, no creo que los efectos tengan que ser necesariamente negativos.

Polly me interrumpió (de nuevo):

¿No crees que los robots sexuales sean algo negativo?

¡Déjame acabar! No es solo los robots sexuales. De aquí a nada, los niños tendrán mini-iAmigos para hacerles compañía, robots con pantallas de ordenador en el pecho. Robots que les cantarán. Les contarán cuentos. Jugarán con ellos. El pequeño ayudante de una madre. Robots que...

Polly se lanzó de nuevo:

Pero eso forma parte del camelo, ¿no? Para hacernos sentir bien. ¿Y qué pasa con el importante de verdad? Con la verdadera IA.

Aún estamos lejísimos de eso.

¿Cómo lo sabes?

Por Victor.

¿Te cae bien?

Sí, me cae bien.

¿Cómo os conocisteis?

(¿Es eso lo que le interesa en realidad?)

¿Por qué quieres saberlo?

Estoy intentando hacerme un perfil de él. Y no me está resultando fácil. Es muy esquivo.

No soy la llave que te abrirá esa puerta, le advertí.

¿Estás enamorado de él?

¿Siempre dices lo primero que se te pasa por la cabeza?

Solo me lo preguntaba... Había algo en la forma en que lo tratabas.

Gracias por la copa, dije, levantándome para irme.

La lluvia cae con fuerza. Las calles están desiertas. El hospital no queda muy lejos de aquí. Hay un cartel en la planta de cuidados paliativos; lo pintó uno de los pacientes:

PORQUE FUERTE COMO LA MUERTE ES EL AMOR.

Es de la Biblia. El Cantar de los Cantares.

Lo conocí en medio de la muerte. En la Alcor Life Extension Foundation. Phoenix. Arizona.

EL FUTURO ES AHORA.

Ese osario futurista. Ese almacén de difuntos. Esa tumba de acero inoxidable. Ese limbo de nitrógeno líquido. Ese pago anticipado para la eternidad. Ese bloque de resina vacío. Ese milagro altamente improbable. Esa morgue brillante y pulida. Ese lugar en el desierto. Una bonita ciudad donde vivir. Ese bulevar al ocaso. Muertos. Aún no vivientes. Hotel Vitrificación.

Alcor abrió las puertas en 1972, el año chino de la rata. La superviviente definitiva.

En el caso de que decidieses jugarte aquí tu resurrección, en el Casino de los Muertos, ocurre lo siguiente:

Una vez que has fallecido —y lo preferible es que el equipo ya esté reunido cerca, con las mascarillas puestas, esperando con discreción a que exhales tu último aliento—, meterán tu cuerpo lo antes posibles en una bañera de agua helada para que su temperatura descienda hasta unos 15 ºC. La circulación de la sangre y la actividad respiratoria se restablecerán de manera artificial utilizando un resucitador cardiopulmonar. No para reanimarte, sino para impedir que la sangre se acumule en el abdomen.

El equipo médico accederá a tus vasos sanguíneos principales y te conectará a una máquina de perfusión que te extraerá la sangre y la sustituirá por una solución química que evita la formación de cristales de hielo en las células del cuerpo. Te vitrificarán, no te congelarán. El proceso de inyección de crioprotector dura unas cuatro horas. Te practicarán dos agujeritos en el cráneo con un taladro para poder observar la perfusión cerebral.

Continuarán enfriándote durante las tres horas siguientes para asegurarse de que tu cuerpo en suspensión sea como el cristal, no como el hielo. Dos semanas después, estarás listo para el traslado al lugar de descanso final, al menos en esta vida.

Acudí mediante invitación. Una invitación a formar parte del equipo de campo, una unidad de médicos y auxiliares sanitarios que se apresurarán a preservar tu cuerpo en el caso de que mueras demasiado lejos de Alcor.

(Como nos ocurrirá a casi todos...)

Me la enviaron por error. Formo parte de un pequeño grupo de profesionales médicos transgénero. Algunos también somos entusiastas del transhumanismo; lo que no es de extrañar, ya que sentimos o hemos sentido que estamos en el cuerpo equivocado. Comprendemos esa sensación de que cualquier cuerpo es el cuerpo equivocado.

Transhumano no significa lo mismo para todo el mundo; implantes inteligentes, modificación genética, mejoras prostáticas, incluso la posibilidad de vivir para siempre en forma de transferencia mental.

De manera que, gracias a una confusión semántica bastante común —esas con que los humanos se topan a diario—, llegó la invitación a ser el caballero de brillante armadura de la vida. El de la armadura oscura es la muerte. Allá voy, cabalgando al rescate. Una vez que el corazón se detiene, se dispone de muy poco tiempo para atajar la desintegración de las células, los órganos y los tejidos del cuerpo.

En cierto modo, si te consagras a la preservación de la vida, entonces, por definición, no te consagras a la inevitabilidad de la muerte. Mi trabajo consiste en prolongar la vida. Alcor espera prolongarla de manera indefinida.

Max More, el director ejecutivo de las instalaciones, esperaba que me integrase en su equipo internacional —en mi caso, con sede en Gran Bretaña— con una expansión futura. Max es británico. Quiere que demos alcance al futuro.

Este lugar se llama Alcor, dijo, porque es el nombre de una estrella de quinta magnitud. Alcanzas a verla si tienes buena vista, pero está muy lejos, como el futuro.

Un día viviremos entre las estrellas, asegura Max.

El único problema de la criogenización es que nadie sabe cómo volver a calentar el cuerpo sin destruirlo. Pero, como señala Max, Leonardo da Vinci dibujó helicópteros siglos antes de que existiese el vuelo a motor.

Ese día llegará, asegura Max. Como siempre.

Me animó a que echase un vistazo por mi cuenta, a que me familiarizase con el lugar.

Así que aquí estoy, en lo que parece un almacén gigante de acero inoxidable. Salvo por el zumbido del sistema de mantenimiento, todo está en silencio.

A fin de proteger la intimidad de sus ocupantes, no aparece ningún nombre en los cilindros, menos en uno, bastante más pequeño que los demás y más parecido a un estuche para puros que a una cápsula espacial. La etiqueta identificativa reza: DOCTOR JAMES H. BEDFORD.

Descubro que Bedford fue el primer humano preservado criogénicamente, en 1967.

Año 1969: los astronautas fueron a la luna, Bedford había ido al espacio interior. Fue un pionero de la criogenización. A tal punto que su familia lo tuvo varios años en un trastero particular y fueron ellos mismos quienes lo rellenaron con el nitrógeno líquido.

No hace mucho lo trasladaron a un contenedor más moderno. La abertura del ataúd fue emotiva, como si se tratase de una momia actual de la antigua Menfis. Por lo visto, el cuerpo estaba en perfectas condiciones, aparte de una fractura torácica y la nariz hundida. Cosas que pueden arreglarse cuando regrese.

Oí una voz detrás de mí:

Recuerda un poco a una instalación artística, ¿verdad? ¿Has visto el tiburón en conserva de Damian Hirst? ¿Cómo lo llama? *La imposibilidad de la muerte en la mente de alguien vivo.*

Me di la vuelta. Un hombre de unos cincuenta años, bien conservado. Botox, seguro. Y quizá algo más si pudiese mirar detrás de las orejas para buscar señales de cicatrices. Piel tersa, bien afeitado, moreno, ojos inquietos. Me tendió la mano a modo de saludo.

Me llamo Victor Stein.

Se la estreché.

Ry Shelley.

No me la soltó.

¿Nos hemos visto antes?, dijo.

Y la respuesta extraña, inmediata y transmundana es *sí*.

No, contesto.

Me mira con un leve asentimiento.

¿Cuánto tiempo estarás aquí?

Me voy por la mañana. Me ha invitado Max.

Ah, ya. ¿Eres el médico inglés?

El mismo. ¿Trabajas aquí?

No, no. He venido a ver a un amigo. Llamémosle el paciente inglés.

Sonríe. Sonrío.

Bueno, ¿te apetece ir a tomar algo después?, dice. Cuando hayas acabado lo que tengas que hacer. Conozco un sitio...

Me dispongo a contestar que no.

Sí, digo. ¿Por qué no?

El tiempo es una cremallera. A veces se engancha.

Así que, unas horas después, después de que Max More se hubiese ido a casa y no me quedase nada que hacer en el motel además de preparar la maleta, comer algo comprado en cualquier sitio y ver programas malos en la tele, me subí al vehículo deportivo utilitario que Victor había alquilado y salimos de la ciudad. Cafeterías, gasolineras, tiendas al por menor, camiones dirigiéndose a algún lado, un jeep averiado que no se dirigía a ninguno. Calor en el parabrisas. Una carretera que se alejaba a lo lejos. Caminos de tierra a nuestra espalda.

Nos adentramos en la radiante desolación del desierto de Sonora.

¿De dónde eres?, me pregunta.

De Manchester.

Qué curioso.

¿Qué tiene de curioso ser de Manchester?

Nada... Bueno, quizá algo, solo es que mi laboratorio se encuentra allí, en la universidad. Está financiado con fondos privados, pero integrado en la Universidad de Manchester.

Nací en Manchester, pero ya no vivo allí.

¿Vives en Londres?

Sí, en Londres.

Todos somos trotamundos, ¿no crees? Todos somos de otras partes. ¿Sabías que hay treinta y seis Manchester repartidas por el mundo? Treinta y una de ellas en Estados Unidos.

Da las gracias a la revolución industrial, digo.

En realidad habría que dárselas a la solidaridad que los trabajadores del algodón mostraron con Abraham Lincoln respecto de la esclavitud, contesta. Los trabajadores de Manchester se negaron a procesar el algodón procedente de plantaciones de esclavos. En esa época, el noventa y ocho por ciento del algodón mundial se procesaba en Manchester. ¿Te lo puedes creer?

Los tiempos cambian, dije.

Sí, muchos trabajadores del algodón, acuciados por las penalidades, partieron de Liverpool hacia ese mundo nuevo y espléndido que era América y se llevaron su Manchester con ellos. El futuro siempre arrastra parte del pasado.

Como los humanos, repuse. ADN mitocondrial.

Asintió.

Los hombres no tienen, ¿no?

Los hombres sí tienen, pero no lo transmiten, maticé. Solo lo transmite la madre, desde la primera madre de todos.

Hace doscientos mil años en África. Los primeros humanos. Piensa en lo que nos costó llegar a la Revolución industrial. Y en lo lejos y lo rápido que hemos viajado en los últimos doscientos años.

¿Vas a criogenizarte?, le pregunto.

¡Desde luego que no! ¿Y tú?

¡No!

Está obsoleto. ¿Quién va a querer resucitar en un cuerpo enfermo? Sin embargo, el cerebro, bueno... Hoy en día encabeza sus objetivos, perdón por el juego de palabras, como seguro que te ha comentado Max. ¿Has visto esto en su página web?

Victor me pasa el móvil.

La «neuropreservación» es la técnica de crioconservación que centra todos sus esfuerzos en preservar el cerebro humano. El cerebro es un órgano frágil susceptible de sufrir daños cuando se lo extrae del cráneo, por ese motivo, ateniéndonos a buenas razones tanto éticas como científicas, el cerebro permanece en el interior del cráneo durante su preservación y almacenamiento. Un procedimiento que genera la impresión equivocada de que Alcor conserva «cabezas» cuando sería más preciso decir que Alcor conserva cerebros de la manera menos perjudicial posible.

¿De verdad crees que es posible hacer que un cerebro recupere una conciencia operativa?, pregunto.

Diría que sí, contesta.

Las manos que sujetan el volante son largas y están cuidadas e impolutas. Siempre me fijo en las manos. Soy cirujano. Lleva un sello de oro en el meñique.

Gira el volante y enfila el coche hacia un terreno sin asfaltar. Veo una casucha con tejado de chapa y un pasaje cubierto para combatir el sol. Cactus. Liebres. Mesas de madera en el exterior. Taburetes giratorios en la barra. Una camarera guapa con una camiseta de los Eagles. TAKE IT EASY. Whisky Four Roses con hielo. Sándwich de queso fundido. La calima del atardecer. Aves de gran tamaño surcando el cielo.

Por descontado, yo preferiría poder transferirme, es decir, cargar mi conciencia en un sustrato que no estuviese hecho de carne, dice Victor. Sin embargo, hoy en día sigue sin ser una medida eficaz para prolongar la vida porque la operación para escanear y copiar el contenido de mi cerebro me mataría.

¿El contenido no es también el contexto?, le pregunto. Tus experiencias, tus circunstancias, la época en que vives... La conciencia no vuela libre, forma una red intricada.

Eso es cierto, reconoce, pero, mira, creo que la diáspora moderna, el hecho de que muchos nos encontremos en otro lugar, que seamos una especie de emigrantes, globales, multiculturales, menos arraigados, que dependamos menos de nuestra historia inmediata, de la familia o nuestro país para conformar nuestra persona, creo que todo eso está preparándonos para aceptarnos de manera más libre y flexible como contenido cuyo contexto puede cambiar.

El nacionalismo está en auge, digo.

Es un paso atrás, conviene asintiendo. Es miedo. Es oponerse al futuro. Pero el futuro no admite oposición.

Le pregunto a qué se dedica. Está especializado en aprendizaje automático y mejora humana. Se licenció con honores en Ciencias de la Computación, en Cambridge. Realizó un doctorado en aprendizaje computacional en la Universidad Virginia Tech con una tesis titulada *¿Los robots leen?* Trabajó un tiempo en Lockheed, en ingeniería robótica, y luego pasó una misteriosa temporada en la DARPA (Agencia de Proyectos de Investigación Avanzada de la Defensa), con sede en Virginia. La DARPA es una agencia del gobierno federal dotada de fondos generosos que trabaja en el desarrollo de tecnología para uso militar, donde se incluyen drones no tripulados y robots asesinos. En la actualidad, Victor asesora a Railes Prosthetics en la integración de miembros artificiales *inteligentes* como una parte más del cuerpo.

Sin embargo, dice que su trabajo diario se lleva a cabo en el laboratorio, donde enseña a las máquinas a realizar un diagnóstico de la condición humana.

Buena suerte, contesto. No tengo ni idea de cómo diagnosticar a la humanidad, no digamos ya de cómo curarla.

Acabando con la muerte, dice Victor.

Eso es imposible.

Solo es imposible para los organismos biológicos.

La camarera se acerca. Falda corta. Sonrisa amplia. Me sorprende mirando su camiseta de TAKE IT EASY y malinterpreta mi interés. No parece que le importe; supongo que está acostumbrada. Se da la vuelta. En la espalda lleva impreso una estrofa de la canción: *We may lose and we may win / though we will never be here again.*

Un poco triste, ¿no?, dijo ella.

¿Te gustaría vivir para siempre?, le preguntó Victor.

Para siempre es demasiado, contestó la camarera. Me gustaría verme guapa y estar sana. Igual vivir hasta los cien años, pero aparentando veinticinco.

¿Y qué crees que te parecería morir si llegases a los cien años con aspecto de veinticinco?, insistió Victor.

La camarera consideró la pregunta con calma.

¿Y si estuviéramos programados para morir?, contestó. Como los replicantes de *Blade Runner*.

Llegado el momento, sería duro, repuso Victor. A los replicantes no les gustaba.

Me parece que podría con ello, dijo ella. Ya lo hago ahora. Tengo un hijo. Trabajo aquí y también de peluquera. La vida es dura. No me asusta lo duro. Lo jodido son el desamparo y la impotencia.

¿La crees?, me preguntó Victor cuando la camarera se fue a atender otra mesa.

Creo que ella lo cree. Es distinto.

Victor asintió.

Dime una cosa, Ry: si estuvieses seguro de que alterando cuanto das por sentado sobre la mente, el cuerpo, la biología, la muerte, la vida, si estuvieses convencido de que esa alteración conduciría a una utopía personal, social y mundial, ¿te arriesgarías?

(Está loco, pensé.)

Sí, aseguré.

Victor cogió la botella de whisky y volvió a llenar los vasos.

¿Cuál es el futuro del alcohol?, pregunté.

Como ya he dicho, el futuro siempre arrastra parte del pasado, dijo alzando el suyo.

Tengo la impresión de que bebe demasiado. Aunque no tiene barriga, ni la piel enrojecida o fláccida. Parece un fanático del ejercicio y la dieta macrobiótica a base de agua de pepino. Apura el vaso. No ha tocado el sándwich. Decido terminármelo. Adivina lo que estoy pensando y dice:

No mezclo proteínas con carbohidratos. Si quieres pedimos un bistec más tarde.

Me voy a primera hora de la mañana.

Pero como no te vas esta noche, supongo que podemos cenar, dice.

Es fácil dejarse controlar por alguien adorable y controlador. Salvo en mi trabajo, no me gusta tomar decisiones; no pienso poner ninguna objeción. Además, me he pasado el día en un centro de reciclado de cadáveres. Comida, bebida y un trastornado son una buena distracción.

Tengo la sensación, íntima, de que Victor Stein es un trastornado plenamente funcional.

Supongo que has oído hablar de Alan Turing, dice.

Asiento. ¿Y quién no? *Descifrando el código*. Bletchley Park. Benedict Cumberbatch interpretando a un genio de la informática autista, por supuesto.

En ese caso, no sé si sabes que cuando Turing utilizó la palabra, o el término, «computadora» por primera vez no se refería a una máquina, sino a una persona. Era la persona quien computaba. De acuerdo, lo que dicho sujeto debía analizar eran datos generados por una máquina, pero es posible que, de manera inconsciente, Turing hubiese tenido una intuición futurista de hacia dónde nos dirigiríamos cuando pensó en una persona como una computadora.

¿Hacia dónde nos dirigimos?, pregunté.

Eso depende de la historia que creas, contestó Victor. O de la historia que quieras creer. Como sabes, siempre hay una historia.

¿Cuáles son las opciones?

A ver, sin seguir ningún orden en particular, las opciones son las siguientes: los humanos aprenderán a detener e invertir el proceso de envejecimiento; todos disfrutaremos de vidas más saludables y longevas. Seguimos siendo seres biológicos, pero mejores. Además, podemos perfeccionarnos con implantes inteligentes que aumentarán nuestras capacidades físicas y mentales. Otra posibilidad, ya que la biología tiene sus limitaciones, es abolir la muerte, al menos para algunas personas, mediante la transferencia de nuestras mentes a un lugar distinto de su origen biológico.

Pero entonces solo seremos un programa informático, lo interrumpí.

Frunció el ceño.

¿Por qué dices *solo*? ¿Crees que Stephen Hawking, cuyo cuerpo le resultaba inservible, era *solo* un cerebro? Era un cerebro, no cabe duda, y lo más cercano que hayamos visto a una mente humana excepcional y completamente consciente atrapada en un cuerpo. ¿Y si hubiésemos sido capaces de liberar su mente? ¿Qué crees que habría elegido?

Pero tuvo su origen en un cuerpo funcional.

Igual que todas las mentes que se transfieran, lo que me lleva a la tercera opción.

Decido callar y dejarle hablar.

Me sonríe. Tiene una sonrisa inquisitiva. A medio camino entre una invitación y un desafío.

Al mismo tiempo que todas o alguna de esas posibilidades, dice, también creamos distintas clases de inteligencia artificial, desde robots a superordenadores, y aprendemos a vivir con formas de vida recién creadas. Formas de vida que, con el tiempo, podrían eliminar el bioelemento por completo.

O podríamos continuar como hasta ahora, apunté.

De los escenarios que he presentado, tu alternativa es la única imposible, dijo negando con la cabeza.

La camarera se acercó con la cuenta.

Se avecina tormenta, nos informó.

Victor Stein propuso que dejásemos el coche en el aparcamiento y diésemos un paseo antes de volver para comer el filete en cuestión.

Me gusta caminar antes de cenar, dijo.

¿Y qué vas a hacer cuando te hayan transferido?, pregunté.

No cenaré, contestó.

Se reía.

Una vez fuera del cuerpo, podrás escoger la forma que desees y cambiarla tan a menudo como quieras. Animal, planta, mineral. Los dioses se aparecían con forma humana y animal y transformaban a los demás en árboles y pájaros. Eran historias sobre el futuro. Siempre hemos sabido que no estamos limitados a la forma que habitamos.

¿Qué es para ti la realidad?, quise saber.

No es un nombre, contestó Victor. No es ni una cosa ni un objeto. No es objetiva.

Admito que nuestra experiencia de la realidad no es objetiva, dije. Mi experiencia subjetiva del desierto será distinta de la tuya, pero el desierto sigue estando ahí.

Buda disentiría de ti, aseguró Victor. Buda argumentaría que eres esclavo de las apariencias, que confundes la realidad con la apariencia.

Entonces ¿qué es la realidad?

Las mentes más privilegiadas se han planteado esa cuestión desde el principio de los tiempos, dijo Victor. Yo no tengo la respuesta. Lo que sé es que, igual que la conciencia parece ser una propiedad emergente de la actividad neuronal, es imposible concretarla en términos biológicos; es tan esquiva como el lugar donde reside el alma, y sin embargo, estaríamos de acuerdo en que la conciencia existe, así como en que hoy en día la inteligencia artificial no es consciente, del igual modo quizá también la realidad sea una propiedad emergente: existe, pero no es el hecho material que creemos que es.

Contemplé delante de mí el hecho material de un ratón de abazones corriendo hacia un arbusto de creosota. Oímos la tormenta antes de sentirla. El estruendo resonante del trueno. Luego el rayo ahorquillado sobre nuestras cabezas.

Y entonces llovió.

El desierto de Sonora es uno de los más húmedos de Norteamérica. Tiene dos temporadas de lluvias, y estábamos en la de verano, torrenciales y repentinas.

¡No durará mucho!, gritó Victor tratando de hacerse oír por encima del fragor de los truenos. Estamos en un clima BWh: seco, árido y cálido.

Clasifícalo como quieras, pero estamos calados, dije.

Hasta los huesos. Como si nos hubiesen echado un cubo de agua por encima. La camisa azul de lino de Victor se le pegaba al cuerpo. Mi camiseta colgaba suelta y empapada.

Victor sacó un pañuelo del bolsillo y se enjugó la cara. ¿Quién lleva pañuelo hoy en día?

¡Ahí hay un saliente! ¡Podemos resguardarnos debajo!

Corrimos hacia la roca. A duras penas cabíamos los dos. Era consciente de la presencia de su cuerpo, un animal mojado y húmedo, junto a mí. Me levanté la camiseta para secarme los ojos y sentí el reguero de gotas de lluvia descendiendo por mi vientre. Cuando alcé la vista, Victor me miraba fijamente.

Estás temblando, dijo. No hace frío, pero estás temblando.

Un trueno desprendió pequeños fragmentos de roca sobre nuestras cabezas. Victor me puso la mano en el hombro.

Creo que será mejor que nos vayamos, anunció.

Caminamos en silencio. La naturaleza puede anular el pensamiento. Teníamos que andar y no había nada más que hablar.

Vi a la camarera esperándonos en el porche del bar, bajo el estrépito de la lluvia sobre el tejado de chapa.

Chicos, ¿queréis daros una ducha y secaros un poco? Hay una habitación en la parte de atrás. También puedo lavaros y secaros la ropa. La tendréis lista en menos de una hora.

¿De dónde surge la amabilidad?, le pregunté a Victor.

Cooperación evolutiva, contestó. La competencia pura y dura nos habría aniquilado.

¿Puedes programarla?

Sí, afirmó.

Nos desnudamos en el porche hasta quedarnos en bóxeres. Los suyos eran azules, a juego con los pantalones. Los míos, naranjas.

Muy monos, comentó la camarera; podéis tirarlos al cesto cuando entréis.

¿Haces esto con todos los clientes?, preguntó Victor.

La mayoría no salen a pasear al desierto cuando digo que se avecina una tormenta. Venga, entrad, que os llevo un whisky.

La habitación era oscura. La ventana estaba cubierta de polvo y arena detrás de una contraventana medio cerrada. Había una cama, un par de sillas, un televisor que había conocido días mejores y un armario. El lavabo era sencillo, de baldosas blancas.

Tú primero, dijo Victor. Tírame los calzoncillos y los meteré en el cesto. La camarera está esperando.

Entré en el baño y se los lancé por la puerta. Oí que Victor encendía el televisor y ponía el canal del tiempo.

El chorro de la ducha era fuerte y abundante y el agua estaba caliente. Me enjaboné el cuerpo, mientras me quitaba la arena de recovecos y zonas delicadas. La habitación enseguida se llenó de vapor, como en una película de Hitchcok. No me percaté de que Victor había entrado hasta que salí de la ducha. Me tendió una toalla. Y me vio.

Vio las cicatrices bajo los pectorales. Observé que sus ojos descendían por mi cuerpo. No había pene.

Se hizo un silencio, muy corto, pero muy largo.

Soy trans, dije. Hará un año que me sometí a la cirugía superior. Estas cosas llevan tiempo.

Soy delgado. Menudo, ancho de hombros. Cuando era totalmente mujer y me recogía el pelo, a veces me confundían con un chico. Lo llevaba largo hasta el hombro, como una mujer. Ahora lo llevo un poco más corto, pero sigo recogiéndomelo en una coleta. A las mujeres les gusta. Les gusto.

Victor no dijo nada. Extraño y conmovedor en una persona locuaz. No me moví, dejando que me mirase. El vello púbico es abundante, pero tengo la piel suave y no soy peludo. Eso no cambió con la testosterona.

Yo también lo miré. El pelo del pecho y la línea que desciende hasta el vientre.

Tienes el pecho lleno de arena, comenté.

Me acerqué. Se la limpié. Vi que tragaba saliva. Cogió mi toalla y se la envolvió en la cintura.

Creía que eras un hombre, dijo.

Y lo soy. Anatómicamente también soy una mujer.

¿Es así como te sientes?

Sí. Creo que la dualidad es lo que mejor me define.

Nunca había conocido a un trans, dijo Victor.

Como la mayoría de la gente.

Sonrió.

¿No estábamos hablando de que en el futuro podremos escoger el cuerpo que queramos? ¿Y cambiarlo? Considérate un adelantado a tu tiempo.

Siempre llego tarde a todas partes, repuse, y ambos reímos. Para rebajar la tensión.

Cuando salgas de la habitación, me quitaré la toalla y me ducharé.

La fina toalla no tapaba mucho.

¿Quieres tocarme?, dije (¿por qué lo dije?).

No soy gay.

Ya sé que es raro.

Se acercó. Sus finos dedos recorrieron mi frente y descendieron por la nariz, me separó los labios y me rozó las paletas, me bajó el labio inferior, prosiguió por la barba incipiente, hacia la nuez inexistente, el hueco de la base del cuello y luego abrió la mano y atrapó la clavícula entre sus dedos. Como si estuviese escaneándome.

Con la otra mano, plana, me acarició el pecho y se detuvo en las cicatrices. No lo perturban las cicatrices ni su belleza accidentada. Para mí son hermosas. Una marca de libertad. Cuando las palpo por la noche, en la oscuridad, recuerdo lo que he hecho y vuelvo a dormirme.

Me tocó los pezones. Siempre los he tenido muy sensibles, y aún más desde la operación. Tengo el pecho firme y musculado de hacer pesas. Las inyecciones de testosterona facilitan el desarrollo de la musculatura. Me gusta la compactación de aquello en lo que me he convertido. Estábamos a punto de besarnos, pero no lo hicimos.

Me dio la vuelta con delicadeza, de espaldas a él. Su pecho contra mi espalda. Su aliento en mi cuello. Las manos volvieron a explorar las mismas zonas de antes: pecho, pezones, garganta. Noté su erección bajo la tosca y fina toalla de algodón.

Se inclinó y me besó en los hombros. Es más alto que yo. Besos suaves, como los que se dan en la cabeza. Luego, apretándose contra mi cuerpo, descendió la mano hasta mi entrepierna y empezó a masajearme.

Estás húmedo, dijo.

Me había introducido un dedo.

Es...

Lo que ha sido siempre.

¿Y esto?

La testosterona agranda el clítoris.

¿Es sensible?

Mi clítoris está recorrido por ocho mil nervios. Tu pene se apaña con unos cuatro mil. Sí, es sensible.

Lo tomó entre el índice y el pulgar, con el dedo corazón dentro de mí.

Todos los clítoris se endurecen, pero cuando mide cinco centímetros, resulta obvio.

Espera...

Me volví para mirarlo de frente. Le desanudé la toalla y le rodeé el pene con la mano mientras lo besaba. Sentí que se le aceleraba el pulso.

¿Qué quieres que haga?, preguntó.

¿Qué quieres hacer?

Follarte.

Volvimos a la habitación. Se tumbó de espaldas, tiró de mí a fin de que me pusiese encima y guio mis caderas para que me deslizase sobre su pene y obtuviese el máximo placer. Me corro más rápido que cuando era mujer, y estaba excitado con esa excitación que provoca encontrarse con un extraño.

Voy a correrme, le avisé.

Lo miré a los ojos, oscuros, fascinados, su parte radiante.

Caí hacia delante en medio de los espasmos, mi cuerpo encima del suyo. Me dio la vuelta y me penetró, con los antebrazos a ambos lados de los hombros y la cabeza en mi cuello.

No necesitó más de tres minutos.

Nos quedamos tumbados, mirando al techo. Sin hablar. La lluvia repicaba en las contraventanas. Me incorporé apoyándome en un codo y lo miré a la cara.

¿Estás bien?, pregunté.

No tienes que preocuparte por mí solo porque en otro tiempo fuiste mujer, contestó.

Soy una mujer. Y soy un hombre. Yo lo siento así. Estoy en el cuerpo que prefiero. Pero el pasado, mi pasado, no depende de una operación. No lo hice para distanciarme de mí. Lo hice para acercarme a mí.

Se dio la vuelta.

No sé qué decir, reconoció.

¿Cómo te sientes?, pregunté.

Increíblemente excitado.

Me cogió la mano para que volviese a tocarlo.

Me senté sobre él.

Esa vez fue más lento. Yo me tocaba mientras él se movía dentro de mí, acercando el clítoris a su clímax. Me miraba.

¿Por qué te encuentras tan cómodo con tu cuerpo?, preguntó.

Porque es mi verdadero cuerpo. Escogí que fuese así.

Ay, Dios..., dijo sonriendo.

¿Qué pasa?

¿Y ahora qué?, dijo.

¿A qué te refieres?

Soy bayesiano.

¿Es un culto religioso?

¡No! ¿No tuviste que estudiar matemáticas para ser médico?

Física, química, biología...

Vale, a ver, el pastor presbiteriano Thomas Bayes, 1701-1761, fue matemático y filósofo. Formuló las ecuaciones para calcular probabilidades. Defendía que las creencias subjetivas debían cambiar para satisfacer las evidencias objetivas. Escribió una obra de gran impacto titulada *Ensayo para la resolución de un problema en la doctrina del azar*. Es una mezcla de matemáticas y misticismo. Casi todo el mundo se concentra solo en la parte matemática... Pero eso ahora no viene al caso. He calculado que tenía una probabilidad muy baja de conocerte, una probabilidad cero, pero ha sucedido. Y lo que tiene la probabilidad es que los datos nuevos alteran el resultado de manera continua.

Me deslizo fuera de su polla.

¿Eso es lo que soy? ¿Datos nuevos?

Me besó.

Datos nuevos excitantes, pero afectarás al resultado.

¿Qué resultado?

Oímos a la camarera al otro lado de la puerta:

¡Chicos! ¿Va todo bien por ahí?

En mi opinión, escribió Byron al editor John Murray, es un trabajo magnífico para una joven de diecinueve años; de hecho, por entonces aún no los había cumplido.

Tienes que crear una mujer para mí, con la que pueda vivir e inter-
cambiar el afecto que tan necesario resulta para mi ser. [...] Exijo
que crees a una criatura de otro sexo que sea tan monstruosa como
yo. [...] Es cierto que seremos dos engendros aislados del resto del
mundo, pero por eso precisamente estaremos más unidos. A pesar de
que nuestra vida no será feliz, seremos dos almas inofensivas y olvi-
daremos la tristeza que ahora siento. [...]

Si consientes a mis ruegos jamás volverás a vernos, ni tú ni cual-
quier otro ser humano. Me marcharé a las vastas y salvajes tierras
de América del Sur. [...] Mi vida transcurrirá con placidez y, cuan-
do esté a punto de morir, no maldeciré a mi hacedor.[6]

Mi marido ha ido al lago con Byron. La casa está caldeada y en silencio. Humea conforme se seca y parece llenarse de apariciones; nuestra imaginación modela el vapor en formas que creemos reconocer.

¿Qué reconocemos? ¿Qué sabemos?

Educo a mi monstruo a medida que la historia se desarrolla. Mi monstruo me educa a mí.

El desarrollo de la trama me obliga a cuestionarme qué podría desear un ser semejante. ¿Acaso anhelaría una pareja? ¿Podría reproducirse? ¿La progenie sería espantosa y deforme? ¿O humana? Y si no fuese
humana, en ese caso, ¿qué forma de vida recrearía tal forma de vida?

Siento una profunda desazón análoga a la de Victor Frankenstein; tras haber creado a su monstruo, no puede descrearlo. El tiempo es inclemente. El tiempo no puede desacontecer. Lo hecho, hecho está.

Y así es como he creado a mi monstruo y a su señor. Mi historia ha cobrado vida. Debo continuarla, pues no puede finalizar sin mí.

La humanidad rechaza al monstruo que he alumbrado. Su disparidad es su perdición. No reivindica ningún hogar natural. No es humano, aunque la suma total de sus conocimientos procede de la humanidad.

Anoche me quedé despierta hasta tarde junto a Shelley. Solo se había dejado puesta la camisa. La blancura de la piel resplandecía bajo la luna. Creo que el cuerpo masculino representa la forma perfecta. Ahí reside la paradoja de mi monstruo. Proporcionado, pero monstruoso.

Recorrí la pierna de Shelley con la mano, desde el tobillo hasta el final del muslo, donde perturbé los pliegues de la camisa y su concentración. Me la apartó con delicadeza, postergando su placer.

Estoy pensando, dijo.

Estuvimos deliberando el título de mi historia. Convinimos en que no debía contener la palabra «monstruo».

En mi cabeza resuena un verso de un poema suyo que adoro: *Alastor o El espíritu de la soledad*. Se levanta y me lo recita, paseando por la habitación; las piernas parecen alas por la velocidad con que lo impulsan. ¿Alas por debajo de la cintura? ¿Qué clase de ángel sería mi ángel?

Oídlo:

> *En horas solitarias y calladas,*
> *cuando la noche transforma su silencio en un eco extraño,*
> *como un alquimista inspirado, desesperado,*
> *que se juega la vida a un anhelo oscuro,*

he mezclado palabras infames y miradas inquisitivas
con mi amor más puro...

Continúa leyendo, sin dejar de pasear...

para interpretar la fábula
de lo que somos.

¿Y si lo titulo así? *¿De lo que somos?*

Pero se ha puesto a hablar de Prometeo. Victor Frankenstein en el papel de un Prometeo moderno. Prometeo, el que le roba el fuego a los dioses y paga por ello con su hígado.
¿Lo titulo así? *¿El nuevo Prometeo?*

¡Piénsalo un momento!, dijo Shelley. El castigo de Prometeo consiste en estar encadenado a una roca, a la intemperie. Cada amanecer, Zeus envía un águila para que le arranque el hígado. Cada noche, la herida se restaña. Encadenado a la roca, el sol le quema la piel, que tiene el color y el tacto del cuero, como un bolso viejo, salvo ese remiendo blanco, nuevo cada día, delicado y suave con la piel de un niño. ¡Imagina! El águila encaramada a su cadera, agitando las alas imponentes para sostenerse mientras el pico desgarra la carne a fin de huir con su mórbido trofeo.

Mientras habla, a pesar de la majestuosidad y solemnidad de la escena, mis pensamientos derivan hacia las últimas novelas que he leído. (Típico de una mujer, diría Byron.)
Samuel Richardson. Su *Clarissa* en siete volúmenes. Y no olvidemos *Pamela*. Y también está *Emma*, de Jane Austen, publicada hace nada, en 1815; sin grandes pretensiones (la autora vive en Bath), pero de grata lectura.
Entonces podría llevar un nombre por título.

¡Shelley!, lo llamé. ¡Shelley! Voy a titularla *Frankenstein*.

Shelley dejó de pasear y recitar. ¿Y ya está?, preguntó.

Sí, amor mío, nada más.

Frunció el ceño.

Le falta algo, corazón.

Le devolví el ceño.

Entonces, amor mío, ¿la titulo *Victor Frankenstein*? (Acababa de recordar *Tristam Shandy*, una novela bastante antigua que había en las estanterías de mi padre de Skinner Street para nuestro entretenimiento.)

No, porque tu historia es más que la historia de un solo hombre, respondió Shelley. Hay dos y viven el uno en el otro, ¿no es así? Frankenstein en el monstruo. ¿El monstruo en Frankenstein?

Así es, contesté, por eso el monstruo no tiene nombre, porque no lo necesita.

¿Qué padre no le pone nombre a un hijo?, preguntó Shelley.

El padre al que lo aterroriza su creación.

Bueno, Mary, es a ti a quien te corresponde decidir. Eres el padre y la madre del relato. ¿Cómo llamarás a *tu* creación?

Sí, me llamo Mary. Un recuerdo de mi padre en memoria de mi madre. Soy consciente de que negarle un nombre a la criatura que me obsesiona es repudiarla. Pero ¿qué nombre se le da a una nueva forma de vida?

Pasan las horas. Bebemos vino. Bebidos de vino. Queso de cabra cubierto con ceniza. Rábanos rojos. Pan moreno. Aceite verde de oliva. Tomates como puños. Galletas de avena. Sardinas azules. La vela apagada. Pasan las horas.

Ha llegado la noche y con ella el firmamento estrellado. Sopor y las horas quedas de los sueños. Los demás sueñan y duermen. La casa inspira y expira como un fantasma. Yazgo despierta, con las estrellas como frías compañeras. Pienso en mi monstruo, tumbado igual que yo, fuera y solo.

¿Mi criatura podría crear otra igual si tuviera pareja? La idea me repugna. Trasladaré mi repulsa a Victor Frankenstein y él, al principio, dará inicio a la horrible tarea de crear una pareja para su monstruo, aunque al final se convencerá de que debe destruirla.

Destruimos por odio. Destruimos por amor.

Anoche, Byron proclamó que Prometeo es una historia serpentina, término con el que hace referencia a una búsqueda de conocimiento que debe castigarse, como sucede con la del jardín del Edén: Eva come la manzana del árbol prohibido.

¿Y Pandora y la maldita caja?, comentó Polidori. Otra mujer que no hizo lo que se le pidió.

Mira, ya os parecéis en algo, Claire, dijo Byron, tocándola con la punta del pie renqueante.

¿Quién es Pandora?, preguntó Claire, que no sabe ni latín ni griego.

Shelley, con su paciencia de santo y vocación didáctica, le contó que Prometeo tenía un hermano llamado Epimeteo. Zeus, empeñado en proseguir con el castigo a la humanidad por el robo del fuego, le entregó a Pandora como esposa. De naturaleza curiosa, Pandora abrió un recipiente que debía permanecer cerrado, del que se vertieron todos los males que asedian al hombre: enfermedad, dolor, decadencia, soledad, resentimiento, envidia, codicia...

Escaparon como mariposillas, dijo Shelley, y propagaron sus huevos por el mundo.

Qué húmeda es esta habitación, protestó Byron. Hasta el papel de las paredes se despega. El calor del día no consigue secarla.

Estamos en un lago, repuso Shelley sin alterarse.

Me gustaría saber..., empezó a decir Claire.

Que Dios nos asista, masculló Byron.

Me gustaría SABER por qué todos los males del hombre tienen que ser culpa de la mujer.

Las mujeres son débiles, contestó Byron.

O puede que los hombres necesiten creerlo así, intervine.

Hiena, espetó Byron.

¡Me veo obligado a protestar!, exclamó Shelley.

Era broma, dijo Byron.

Puede que las mujeres lleven el conocimiento al mundo tanto como los hombres, insistí. Eva comió la manzana. Pandora abrió la caja. Si no lo hubiesen hecho, ¿qué sería la humanidad? Autómatas. Borregos. Cerdos felices en nuestras charcas.

¡Preséntame a esos cerdos!, dijo Claire. ¡Me casaría con cualquiera de ellos! ¿Por qué la vida tiene que ser sufrimiento?

Nota de la autora: ES LO MÁS PROFUNDO QUE HA DICHO CLAIRE EN TODA SU VIDA.

Típico de una mujer..., dijo Byron (en relación con el sufrimiento). El sufrimiento nos purifica.

(Y lo dice el emperador de la Indulgencia.)

¿El sufrimiento nos purifica?, repitió Claire. En ese caso, cualquier mujer que haya dado a luz a un hijo y lo haya perdido está totalmente purificada.

Los animales del campo también sufren lo mismo, repuso Byron. No me refiero al sufrimiento del cuerpo, sino del alma.

Prueba a amputarle una pierna a un hombre que esté despierto, con media botella de coñac en el cuerpo y la otra mitad vertida sobre el muñón para limpiarlo, intervino Polidori. Créeme, no es su alma la que grita.

No discuto que sufra, contestó Byron, pero ese sufrimiento no purificará su alma. En cualquier caso, solo pretendía soslayar la cuestión de la mujer. ¡Sabe Dios cuánto creen que sufren!

Caraculo, masculló Claire. Llevaba bebiendo todo el día. Él no la oyó.

Me cambié de sitio para intervenir.

Dejando a un lado la controvertida cuestión del sexo, entonces ¿sostenemos la opinión de que cualquier avance en nuestros conocimientos es castigable o castigado?, pregunté.

Los luditas están destrozando telares, contestó Byron. En Inglaterra, ahora, mientras bebemos, mientras cenamos, están destrozando telares en casa. Los tejedores no desean el progreso.

No, desde luego que no, dijo Shelley, y sin embargo eres uno de los pocos pares de Inglaterra que ha defendido su causa, la de los luditas, en contra de tu propia clase y de los tuyos, cuando el Parlamento aprobó la Ley contra la Destrucción de Maquinaria.

La ley es justa y está justificada, aseguró Polidori. No podemos tolerar que haya personas que alteren el orden inevitable de las cosas, y además con violencia.

¿Acaso la fuerza disruptiva no son esos inventos nuevos?, dije. ¿Acaso no hay violencia en obligar a los hombres a trabajar a cambio de sueldos menores para competir con una máquina?

¡Es el progreso!, exclamó Polidori. O estamos del lado del progreso, o no lo estamos.

No es tan sencillo, objetó Byron. El sentir de Mary es acertado, por eso voté en contra de la ley.

Entiendo a esos hombres... y sí, a esas mujeres. Su trabajo es su sustento y su vida. Están cualificados. Las máquinas no tienen sentimientos. ¿Qué hombre se quedaría de brazos cruzados viendo cómo le destrozan la vida?

(¡Todos nosotros!, fue mi respuesta íntima, inspirada por la epifanía repentina sobre la manera como vivimos, destrozando continuamente lo bueno que tenemos por lo poco que no tenemos. O aferrándonos a lo poco que tenemos por lo bueno que sería nuestro si nos atreviésemos...)

No lo dije. Lo que dije fue:

¡Byron! El avance de las máquinas es imparable. La caja se ha abierto. Lo que inventamos no puede desinventarse. El mundo cambia.

Byron me miró extrañado. Él, defensor apasionado de la libertad, teme al destino.

¿Dónde queda el libre albedrío?, preguntó.

Un lujo para unos pocos, contesté.

Somos afortunados de poder disfrutar del libre albedrío y así hacerlo, dijo Shelley. Nuestra vida es una vida intelectual. No existe máquina capaz de emular la mente.

¡Sí, señor! ¡Sí, señor!, exclamó Polidori, casi inconsciente de lo ebrio que estaba. (Viéndolo, a él y a Claire, me digo que las máquinas no beben.)

Claire se levantó y empezó a bailar dando vueltas con la costura y los accesorios para la chimenea. Su paso no parecía muy firme. Tropezó con Byron, que se hallaba junto al fuego con pose varonil...

MigatitoGeorgie.

¡Ya te he dicho que no me llames así!

La apartó de un empujón. Claire cayó en el sillón, riendo y fingiendo que se escondía detrás de la labor por temor.

¡Máquinas que emulan la mente!, repitió. ¡Oh! ¡Imaginad que existan algún día! ¡Sí! ¡Sí! ¡Figuraos, caballeros, cómo os sentiréis cuando alguien invente un TELAR que componga poesía!

¡JA, JA, JA, JA, JA, JA, JA, JA, JA, JA, JA, JA!

La risa se apoderó de ella. Los hombros desnudos se estremecían. Los rizos se arremolinaban. Los pechos que asomaban por el escote eran gelatinas de regocijo. No podía controlarlo. ¡Un telar POÉTICO! Un ábaco de palabras. Una máquina poeta. El poema que maquiné...

¡JA, JA, JA, JA, JA, JA, JA, JA, JA, JA, JA, JA!

Shelley y Byron la miraban atónitos, completamente horrorizados. Una mano surgida de una tumba que se abriese paso a través del suelo de la casa no habría teñido sus semblantes de la indignación e incredulidad céreas que vi en ellos mientras Claire Clairmont reconvertía la vocación más noble de todas, sí, el arte de la poesía, en algo como el producto de una máquina de tejer.

Byron no dijo nada. Se levantó, renqueó hasta el vino que había en la mesa tosca y, cogiendo la jarra de cerámica (yo estaba convencida de que se la arrojaría), apuró el contenido. Como si estuviese en trance, tocó la campana para pedir más.

Miré a Shelley, mi Ariel, aquel espíritu libre, imaginándolo atrapado en un telar de palabras.

El hombre es el culmen de la creación, sentenció Byron. La poesía es el culmen del hombre.

Culamen, culamen, culamen, culamen, culamen, culamen... Claire se había vuelto loca. Empezó a correr por la estancia repitiendo *culamen*.

El culmen de la creación zanjó la cuestión revolviéndose contra ella como un dios airado. La tomó por los hombros. No es alta.

¡Váyase a la cama, señorita!

Claire lo miró a la cara, a escasos centímetros del bello y contrariado rostro. Abrió la boca, sopesó si desafiarlo y volvió a cerrarla.

Vio la ira que lo invadía. Sometiéndose, y con no poco temor, rescató la costura del sillón y huyó de la habitación.

Nadie fue tras ella. El criado entró con más vino. Todos bebimos profusamente de nuestras copas. El cuerpo de Shelley se agitaba a mi lado. Lo tomé de la mano.

Byron se volvió hacia mí. Se atusó la hermosa y abundante cabellera.

Empecemos de nuevo, dijo. Para contestar a tu pregunta, Mary, sí, soy de la opinión de que debe pagarse por cada avance del pensamiento o invento. Lo mismo ocurre con la revolución. La revolución, cruel y sangrienta, la pérdida de tanto por conseguir lo que al principio puede parecer tan poco; pero sabemos que ese poco, ese tan poco, es el portador de luz de un mundo nuevo.

En ese caso, si defiendes los inventos que destruyen, ¿por qué apoyas a los luditas?, pregunté.

Ningún hombre debería ser esclavo de una máquina, contestó Byron. Es degradante.

Los hombres son esclavos de otros hombres, repuse. Y las mujeres, esclavas en todas partes.

Siempre existirán jerarquías entre los hombres, repuso, pero ver que un trozo de metal y madera te arrebata todo por lo que has trabajado debe de volver medio loco a cualquiera.

No si la máquina fuese suya, apuntó Shelley; en tal caso el hombre disfrutaría del ocio mientras la máquina hiciera el trabajo por él.

¿Qué utopía es esa que esperas vivir para ver?, preguntó Byron, sonriéndole.

El futuro, contestó Shelley. Un futuro que llegará.

Se hizo un largo silencio. Polidori se había quedado dormido. Las sombras se alargaban. Gritos a lo lejos, en el lago. Cuando los muertos despertemos...

Mary, ¿avanzas con la historia?, preguntó Byron.

Sí, contesté. El monstruo está creado.

Lo de descuartizar un cadáver es fácil, comentó Polidori, que o bien acababa de despertarse o bien había estado fingiendo que dormía para eludir el conflicto. ¡Acordaos de lo que os digo, que soy médico! ¡Sí, acordaos bien! Lo de la sierra es fácil, ya lo creo que sí; lo de la aguja no tanto. Serrar y cantar. Eh, eso es bueno, ¿eh, Byron? Serrar y cant...

Byron bostezó.

En la Facultad de Medicina, prosiguió Polidori, en Edimburgo, cuando cerrábamos las disecciones, nos las apañábamos con cuerda de tripa negra de los caladeros.

¿Negra?, repitió Byron. ¿Era necesario que fuese negra o era solo algo macabro?

Polidori aprovechó la ocasión para ignorarlo.

¡Mary! ¿Qué has hecho con sus intestinos? Es decir, ¿tu monstruo defeca? ¿Y qué cantidad de EXCREMENTOS?

A Byron le divirtió. A Shelley no. Los dos habían vivido experiencias bastante distintas en la escuela privada. Intuí que la conversación derivaría rápidamente en una discusión sobre cloacas.

¡Caballeros! Solo pretendo contar una historia, intervine. Un relato escalofriante. No estoy redactando un libro de texto de anatomía.

¡Bien dicho, Mary! Byron aporreó la mesa. No le hagas caso a ese incordio de Polidori.

¿Disculpa?, se ofendió Polidori.

Byron lo atravesó con la mirada, como si Polidori fuese un espectro, y me sonrió haciendo gala de todo su encanto e intención. Qué ojos más intensos y turbulentos. Incluso Shelley torció el gesto cuando Byron me tomó la mano y, tras besarla, dijo:

¡Mary! Léenos un fragmento, ¿quieres? Para pasar el rato. Luego me iré a la cama a darle unos azotes a tu hermana.

Hermanastra, lo corregí.

Sí, léenos algo, querida, dijo Shelley.

Fui a buscar las páginas que había dejado sobre la mesa. Qué extraña es la vida; ese lapso que conforma nuestra realidad diaria, diariamente revocada por las historias que contamos.

Aún no he dispuesto lo que he escrito en capítulos concretos. Son solo impresiones. Un sistema arbitrario, quizá, pero fiel a la tragedia que se fragua a lo largo de la historia, pues en las tragedias el conocimiento llega demasiado tarde.

He imaginado una persecución sobre el hielo. Victor Frankenstein en busca de su creación. Agotado y al borde de la muerte, es rescatado por un navío expedicionario cuyo capitán, al que he llamado capitán Walton, relatará parte de la historia.

Ese es mi propósito.

Sin embargo, ¿y si mi historia tuviese vida propia?

Nuestras vidas están ordenadas por la línea temporal recta, de la que parten flechas en todas direcciones. Avanzamos hacia la muerte mientras que aquello que no hemos comprendido regresa a nosotros una y otra vez, malhiriéndonos por nuestro bien.

Mi historia es circular. Tiene un principio. Tiene un desarrollo. Tiene un final. No obstante, no discurre a modo de una vía romana desde su inicio hasta su destino. En estos momentos aún desconozco la meta. Estoy segura de que el significado, si posee alguno, se halla en el centro.

Ten cuidado porque a nada temo.[7]

¿Qué?, preguntó Byron.

Es una frase de la historia... ¿Empiezo?

Era casi mediodía cuando coroné la ascensión. Contemplé el valle a mis pies. Vastas extensiones de niebla ascendían de los ríos y forma-

ban espesas guirnaldas que serpenteaban entre las montañas de la otra vertiente, cuyas cimas quedaban ocultas tras uniformes nubes, mientras la lluvia caía incesante en ese cielo lúgubre. Cuando la brisa disipó las nubes, bajé al glaciar. Su superficie es muy irregular, se eleva como las olas de un mar embravecido.

A una legua de distancia se elevaba el Mont Blanc con una espeluznante majestuosidad. Me instalé en un entrante de la roca para contemplar esa maravillosa y portentosa visión. El mar o, mejor dicho, el inmenso río de hielo, dibujaba su tortuoso recorrido entre las montañas tributarias, cuyas aéreas cimas se cernían sobre sus oquedades. Los picos helados y resplandecientes brillaban a la luz del sol por encima de las nubes. Mi corazón, tan apesadumbrado, se llenó de un sentimiento parecido a la alegría.

—¡Espíritus errantes! —exclamé—. Si es cierto que vagáis y no reposáis en vuestros estrechos lechos, permitidme gozar de esta leve felicidad o llevadme con vosotros y alejadme de las dichas de la vida.

Mientras decía esto, de repente, vi la figura de un hombre a cierta distancia que avanzaba hacia mí con una velocidad sobrehumana. Saltaba por las grietas del hielo; su estatura también parecía exceder a la de un ser humano. Advertí, a medida que la forma se aproximaba, que se trataba de aquel espanto a quien yo había creado.[8]

ARTIFICIAL: Hecho o producido por seres humanos.

INTELIGENCIA: Intelecto, mente, cerebro, cabeza, discernimiento, capacidad de razonamiento, juicio, razón, razonamiento, entendimiento, comprensión, perspicacia, lucidez, penetración, clarividencia, percepción, sentido, raciocinio, mentalidad, discurrimiento, reflexión, rapidez mental, agudeza, vista, astucia, sagacidad, intuición, luces, viveza, materia gris, brillantez, aptitud, habilidad, seso, talento.

Capacidad analítica, entendimiento, conciencia de uno mismo, aprendizaje, conocimiento emocional, razonamiento, planificación, creatividad y capacidad de resolución de problemas.

Actividad mental encaminada a la adaptación intencional, selección y transformación de entornos del mundo real relevantes para la propia vida.

Inteligencia práctica: Habilidad para adaptarse a un entorno cambiante.

La inteligencia me persigue, pero yo soy más rápido.

Sé que soy inteligente porque sé que no sé nada.

¿Ry?

¿Sí?

Soy Polly. Polly D.

¿De dónde has sacado mi número?

Estaba al final de tu correo electrónico.

Ah. Vale.

Tengo que hablar contigo sobre Victor Stein.

Ya te dije que...

Stein no es lo que parece. Tiene que haber mucho más, pero ahora mismo hay mucho menos.

No sé de qué me hablas.

No aparece en ningún registro más allá de una empresa inscrita en Ginebra. No he encontrado ni a sus padres ni nada relativo a su pasado.

Antes trabajaba en Estados Unidos...

Sí, ya. El expediente de la Virginia Tech no coincide con el historial de la DARPA.

Si trabajas para los militares, todo puede manipularse, apunté.

Eso es cierto. (Titubea.) Pero ¿para qué?

Ni lo sé ni me importa. ¿Por qué te interesa tanto?

¿Y a ti tan poco?

Es un amigo.

No lo protejas solo porque estés enamorado de él.

No me persigas solo porque estés buscando un artículo.

Corté la llamada.

¿Mary?

¿Sí?

Hablabas en sueños. ¡Cuánto te mueves!

La historia me persigue. Se ha adueñado de mis pensamientos.

¡Tienes que descansar! Es solo una historia.

¿Y eso lo dices tú? ¿Precisamente tú?

Sí.

¿La misma persona que cree que son nuestros pensamientos los que nos conforman? ¿Que nuestros pensamientos constituyen nuestra realidad?

Así lo creo, sí.

Esta historia se ha convertido en mi realidad. No me deja dormir ni comer.

Bebe un poco de coñac.

Me pareció verlo.

¿A quién?

A Victor Frankenstein. Esta mañana, en el mercado.

Es de Ginebra, ¿no?

Sí. Por lo que no sería sorprendente que estuviese aquí.

Mary, no está vivo.

¿No?

Duerme. (Me tomó la mano.) Olvida esa imagen.

La realidad es ahora.

Sería una lástima desaprovecharlos, comentó Victor.

Yo le había llevado una remesa de miembros amputados. Trabajar en el servicio de urgencias hospitalarias tiene sus ventajas.

Estábamos en Manchester, en el despacho de Victor, mientras la lluvia hacía lo que siempre hace en Manchester: caer.

Humanos de automontaje. Es una posibilidad, dijo Victor, sacando brazos y piernas, medios brazos, medias piernas, de la nevera. En serio, Ry, cuando piensas que un humano es un conjunto de órganos y extremidades, entonces ¿qué es ser humano? Mientras conserves la cabeza, lo demás es bastante prescindible, ¿no crees? Y aun así sigue sin gustarte la idea de una inteligencia desvinculada de un cuerpo. En eso eres un poquito irracional.

Somos nuestros cuerpos, insistí.

Todas las religiones discrepan de ti. Puede afirmarse que, desde la Ilustración, la ciencia ha discrepado de la religión, pero en la actualidad estamos regresando, o llegando, a una concepción más profunda de lo que significa ser humano, con lo cual me refiero a que nos encontramos en una etapa del camino hacia nuestra conversión en transhumanos. Sé más humilde y pensarás con mayor claridad.

Gracias por la charla.

Solo pretendo ayudar, aseguró Victor... Una pierna bien torneada, ¿de quién era?

Accidente de moto, contesté. Mujer joven.

Las prótesis que estoy desarrollando con Railes estarán completamente articuladas y serán sensibles al movimiento, prosiguió Victor. La pierna nueva podrá programarse mediante un implante inteligente para que camine igual que la existente. Todos tenemos nuestros andares.

Abrió una bolsa de manos, se llevó una a la cara y me miró a través de los dedos rígidos y moteados. Sus ojos, exentados de forma por la cara, son salvajes y brillantes como los de un animal nocturno.

¿Puedes dejar de hacer eso?, le pedí.

Sostuvo la mano, como si la estrechase, como si el cuerpo estuviese allí, pero fuese invisible.

Las manos me fascinan, dijo. Piensa en patas y garras y en las ventajas evolutivas de las manos. Ahora imagina unas manos como las nuestras, pero con fuerza sobrehumana.

Para estrujarte mejor, dije.

Qué contento te veo hoy.

Puede que dedicarme a robar cadáveres afecte un poco a mi alegría de vivir.

Es por una buena causa, me animó Victor. Doblaba los dedos de la mano muerta adelante y atrás mientras hablaba... Las manos son un gran reto. Saber dibujarlas o no es la prueba de fuego de todo buen artista. Las humanas son increíblemente hábiles. Hasta la fecha, ni siquiera Hanson Robotics ha conseguido replicarlas a la perfección para sus robots. Las de Sophia son buenas, pero se nota que son mecánicas.

¡Pues claro que se nota!, exclamé. ¿Crees que llegará el día que sea imposible distinguirlos?

Bueno, para eso está el test de Turing, ¿no?, contestó Victor. Turing pensaba en IA, no en robots, pero según él, si una IA es capaz de convencernos de que es humana durante una conversación, una conversación más elaborada de la que ahora mantenemos con Siri, Ramona, Alexa o cualquier otro robot conversacional, entonces habremos dado con formas de vida paralelas.

Y eso, lo de las formas de vida paralelas, ¿te gustaría, Victor?

¿Con robots? Personalmente, preferiría desarrollar robots que fuesen una forma de vida del todo distinta que permaneciese como una versión inferior de los humanos modificados con implantes. Ayudantes y cuidadores, no nuestros iguales. Aunque si te refieres a inteligencia artificial incorporada a un cuerpo, no estoy seguro de que seamos capaces de distinguir quién o qué es humano y quién o qué no lo es. Lo de verdad interesante es: ¿será capaz de distinguirlo la IA? Yo diría que es un arma de doble filo.

Pero la IA se desarrolla para satisfacer nuestras necesidades, ¿no?, dije.

Sonrió.

Qué colonial.

¿Siempre soy ese humano inferior del que burlarte, Victor?

Se acercó a mí y llevó la mano, su hermosa mano, hasta mi nuca. Parecía lamentarlo.

Te estoy tomando el pelo. Disculpa. Lo que quiero decir es que en este debate, propiciado por artículos periodísticos, docudramas televisados, alarmismos, mítines de *geeks* entusiastas, sobrios científicos chinos, lo vemos todo desde nuestro punto de vista humano, como un grupito de padres egoístas planeando el futuro de sus hijos. Y sin la menor idea de cómo esos hijos podrían desarrollarse de manera independiente.

¿Nuestros hijos? ¿Los llamas así?

Nuestros hijos mentales, sí.

Se recostó en el asiento, esbelto y elegante, tan distante como siempre.

Piensa un momento en la nueva forma de vida que viva con nosotros..., dijo. No una herramienta para nuestro uso y disfrute, sino algo que vive con nosotros.

¡Las robots sexuales!, apunté. ¡La utopía de Ron Lord!

Olvida las putas robots sexuales, protestó Victor. Son juguetes. X-Box Sex-Box. Trivial.

No cuando los hombres empiecen a casarse con ellas... (Me apetece incordiarlo.) Ron Lord, el nuevo adalid de la libertad personal. Igualdad de derechos para los matrimonios mixtos.

(Creo que Victor va a matarme.)

Ry, ¿vas a dejarme terminar o no?

Venga, ya me callo.

Victor restaña su sensibilidad herida. Lo adoro, pero es un ególatra. Menos mal que no me lee la mente. Vale, Victor. Continúa. Por favor. Gracias.

Victor continúa:

En la actualidad, a los ordenadores se les da de fábula realizar cálculos matemáticos y procesar datos. Podemos escribir programas con los que parezca que los ordenadores están interactuando con nosotros, y es divertido, pero en realidad no interactúan de la forma en que esperaríamos que lo hiciese un ser humano. Sin embargo, ¿qué ocurrirá cuando un programa que se ha desarrollado a sí mismo, que posee una versión propia de lo que llamamos conciencia, comprenda, en el sentido humano del verbo «comprender», exactamente qué o quién está al otro lado de la pantalla?

¿Nosotros?

Nosotros.

Encendió el monitor.

Tiene de salvapantallas a un gorila comprando un plátano a un vendedor callejero en Nueva York.

Los humanos serán la clase alta en decadencia. Seremos dueños de una mansión gloriosa llamada pasado, que se deteriora por falta de mantenimiento. Poseeremos tierras de las que no nos habremos ocupado llamadas planeta. Y tendremos bonitos atuendos y muchas historias. Seremos la aristocracia evanescente. Seremos Blanche Dubois luciendo un vestido de seda apolillado. Seremos María Antonieta sin pasteles.

Lo observé mientras hablaba. Me encanta verlo hablar. A él le gusta que lo miren. Es un *showman*.

Se acercó a las bolsas que contenían los restos humanos y cerró la bolsa de plástico después de meter de nuevo la mano amputada.

Hay una historia de terror sobre una mano que acaba separada de su dueño y lleva su propia, y bastante sórdida, existencia, dijo. Estrangula a personas, asusta a niños, falsifica cheques, ese tipo de cosas. Hoy en día supongo que trolearía a la gente en Twitter.

Ron Lord me dijo que estaba trabajando en una mano para pajas.

Victor se echó a reír.

Sí, entiendo que sería bueno para su negocio. ¿Unida o separada?

No le pregunté.

Victor me atrajo hacia él, algo vivo entre restos mortales.

No será tan buena como tú, dijo.

¿Soy bueno?

Muy bueno.

Llevó mi mano hacia su entrepierna.

¿Eso es lo que soy para ti?, pregunté.

¿Una mano? No.

Un objeto sexual.

¿No te gusta lo que hacemos? (Se sacó el pene de los pantalones.)

Ya sabes que sí. (Me escupí en la palma.)

Entonces ¿por qué renunciar al placer?

Para evitar el dolor. (Así dura cuatro minutos.)

No puedo razonar contigo mientras me haces esto, dijo.

Le gustan los movimientos lentos. Le gusta que descanse la cabeza en su hombro. Le gusta dejar la mano en mi cadera. Me gusta su fragancia. Animal bípedo bifurcado. Un hombre que quiere existir sin cuerpo. El cuerpo que sujeto en la mano izquierda.

¿Puedo correrme dentro de ti?, pregunta.

Sí.

Se sienta en el banco de acero inoxidable. Apuntala los brazos detrás de él. Me siento a horcajadas. Apoya la cabeza en mi pecho. Sé cómo moverme. Se corre.

Te quiero, dice.

Quiero retener este momento. Quiero creerlo. Quiero que su amor contenga suficiente sal para poder flotar en él. No quiero tener que nadar para no ahogarme. Quiero confiar en él. No confío en él.

Lo que quieres es la idea que te has formado de mí, contesto.

¿Porque eres un híbrido?

Sí. (No es la primera vez que mantenemos esta conversación.)

También eres un ser humano. (Me acaricia el pelo.)

Para ti no es más que una etapa del camino…

Me rodea con sus brazos. Me estrecha contra él. Huele a lima y albahaca.

¿Qué más da?, dice. Los humanos evolucionaron. Los humanos continúan evolucionando. La única diferencia es que en la actualidad imaginamos y diseñamos parte de dicha evolución. El tiempo, el evolutivo, se acelera. Ya no esperamos a la madre naturaleza. Tenemos que seguir adelante. No de manera individual, sino como especie en conjunto. No se trata de la supervivencia del más apto, sino de la supervivencia del más inteligente. Y nosotros somos los más inteligentes. Ninguna otra especie puede manipular su destino. Y tú, Ry, deslumbrante chico/chica, lo que seas, has cambiado de sexo. Decidiste intervenir en tu evolución. Aceleraste tu cartera de posibilidades. Eso me atrae. ¿Cómo no iba a hacerlo? Eres exótico y real al mismo tiempo. El aquí y ahora, y un heraldo del futuro.

Me gustaría discutirlo, pero Victor me excita, y lo deseo.

Ahora me toca usarlo. Me gusta sentirlo medio empalmado contra mi clítoris de cinco centímetros. Me froto contra él mirando el gorila que compra un plátano. Mis orgasmos siguen llegando en oleadas, como los de una mujer, no en explosiones, como los de un hombre, y duran más que los suyos. Cuando empecé a tomar las dosis de testosterona que producían el cambio, eran dolorosos, demasiado intensos, demasiado cortos e incontrolables, como si me golpeasen. Intenté evitarlos, y no pude. El apetito sexual era demasiado fuerte. Todo volvió a equilibrarse de manera gradual. Pero sigo deseándolo/necesitándolo. Y con él.

Me corro sobre él. Rozando el desmayo. Los segundos que dura la droga sexual. Me pierdo en mí mismo. Me deslizo sobre él, con más suavidad, exprimiendo los últimos rescoldos del contacto directo.

Me gusta tu polla, digo. La echarás de menos cuando solo seas un cerebro en una caja.

¿Quién la echará de menos, tú o yo? Me levanta, se la mete cuidadosamente en los pantalones y se la recoloca a la izquierda. Se folla con la cabeza, asegura.

Pues quién lo diría, habría jurado que lo hacías con la polla.

Los receptores del placer pueden encontrarse en cualquier parte. Incluso para un cerebro en una caja.

Vale. Imaginemos que ese es el caso, por pasar el rato, ¿qué cuerpo escogerías para experimentar el mundo a través de él?

Me gusta estar en un cuerpo masculino, contesta. Eso no lo cambiaría, al menos hasta que deje de necesitar un cuerpo. Pero si tuviese que elegir uno, bueno, solo me haría una modificación: me gustaría tener alas.

Intento disimular, pero se me escapa la risa.

¿Alas? ¿Cómo un ángel?

Sí, como un ángel. Imagina qué imagen tan poderosa. Imagina la presencia.

¿De qué color?

¡Doradas no! Parecería Liberace. No soy gay.

Ah, ¿no?, dije, apretándole los huevos.

Soy tan gay como puedas serlo tú.

No pienso en mí como parte del binomio.

No lo eres, dijo negando con la cabeza.

No, no lo soy. Pero tú sí. Con o sin alas, ángel o humano, no quieres ser gay, ¿verdad, Victor?

Se acerca al espejo de la pared para peinarse. No le gusta la conversación.

No se trata de lo que yo quiera, como si fuese a comprar un coche, dice. Se trata de quién soy, de mi identidad. Tú y yo hacemos el amor, pero no tengo la sensación de estar haciéndolo con un hombre.

¿Cómo lo sabes? No has hecho el amor con un hombre..., ¿no?

No contesta.

En cualquier caso, tengo aspecto de hombre, insisto.

Me sonríe en el espejo. También me veo detrás de él, reflejado. Parece que estemos posando.

Tienes el aspecto de un chico que es una chica que es una chica que es un chico, dice.

Puede (sé que es así), pero cuando salimos juntos, te guste o no, por lo que respecta a los demás, estás saliendo con un hombre.

No tienes pene.

¡Ahora pareces Ron Lord!

Eso me recuerda que tengo que llamarlo. Mira, ya lo he dicho, pero lo repito: si hubieses tenido pene, lo que ocurrió entre nosotros en la ducha, en Arizona...

Y después de la ducha, cuando me follaste...

Me pone un dedo en los labios para que me calle.

Nunca habría ocurrido, dice.

Se acerca a la cafetera y empieza a pelearse con el depósito del agua.

Si el cuerpo es provisional, incluso intercambiable, ¿por qué importa tanto qué soy?, dije.

No contestó. Había metido la cabeza en el armario, buscando cápsulas de Nespresso. Yo no iba a dejar que se librase tan fácilmente.

Victor, entonces ¿estás diciendo que si decido operarme y vuelvo a casa con mi propia polla ya no me desearás?, insistí.

Se levantó y se volvió hacia mí.

Quinientas al año y una polla propia...

¿De qué hablas, Victor?

Qué poco leído eres, contestó. Supongo que se debe a que hiciste ciencias.

¡Pues igual que tú!

Te estoy tomando el pelo, Ry. Tú no lees. A mí me gusta leer. Es la única manera de comprender lo que ocurre cuando programas. Es como si estuviésemos haciendo realidad una predicción. La transmutación. El futuro incorpóreo. La vida eterna. Los dioses todopoderosos no sujetos a la descomposición de la naturaleza.

¡Ay, calla ya, mira que eres idiota! Estaba hablando en serio.

Me ignoró.

Vale, si quieres que sea más específico (no pensaba callarse), Virginia Woolf escribió un ensayo titulado *Un cuarto propio*, dijo. Defendía que para desarrollar su creatividad, las mujeres necesitan su propio cuarto y su propio dinero.

Tiene razón, afirmé.

¿Sabías que además escribió la primera novela trans?, dijo Victor. Se titula *Orlando*. Te regalaré una preciosa edición en tapa dura.

Crees que soy un juguete, ¿verdad?

No sé lo que creo. Ya te lo dije cuando nos conocimos en Arizona: tú has desequilibrado la ecuación.

¿Qué ecuación?

Mi ecuación.

No digo nada porque él es el centro de su mundo. He afectado su vida, pero jamás se pregunta en qué medida ha afectado él la mía. Controla lo que crea. No me ha creado y por eso se siente inseguro.

De pronto parece alicaído. Perdido, agobiado; de hecho, mira hacia atrás, por encima de los hombros hundidos, hacia la puerta, como si esperase... ¿Qué?

¡Y aun así te quiero!, dice. No durará, pero ahora mismo es real. Sí, ahora es real.

¿Por qué no durará? ¿A qué viene ese pesimismo?

No es pesimismo, contesta. Es probabilidad.

¿Y eso por qué?

Ciento siete mil millones de personas han vivido y han muerto a lo largo de la historia de la humanidad, dice. En la actualidad, hay siete mil seiscientos millones de personas vivas. Eso significa que el noventa y tres por ciento de los humanos que han nacido están muertos.

Eso da que pensar y es un poco triste, pero ¿y qué?, insisto.

Ay, la moda actual del pensamiento mágico. Todas esas páginas de citas, la literatura romántica barata, el amor sentimentaloide, la idea peregrina de la existencia de una alma gemela. El príncipe azul. Ese uno único. Esperemos que no exista nada parecido a un uno único porque de hacer caso a los números en lugar de al pensamiento mágico, es probable que ese uno único tan especial esté muerto. Separados por un tiempo en el que no puedes viajar.

No nos separa nada, digo mirando la bolsa de miembros separados.

Ya, pero ¿y tu corazón, Ry, dónde está? ¿En esa bolsa?

¿Quieres que te entregue mi corazón?

¿Que me lo entregues? No. Me gustaría cogerlo.

(Eso me hace sentir incómodo. Posa la mano en mi pecho, sobre el corazón.)

¿Y qué harías con él?

Estudiarlo. ¿Acaso no es donde reside el amor?

Eso dicen...

Sí, lo dicen. No dicen: *Te quiero con todos mis riñones, Te quiero con el hígado.* No dicen: *Mi vesícula biliar es tuya y de nadie más.* Nadie dice: *Me ha roto el apéndice.*

Cuando se detiene, morimos, apunto. El corazón es nuestra esencia.

Piensa qué ocurrirá cuando formas de vida no biológicas, sin corazón, pretendan ganarse el nuestro, dice.

¿Eso harán?

Estoy seguro, dijo Victor. Todas las formas de vida son susceptibles de mostrar apego.

¿Basado en qué?

No en reproducirse. Ni en la necesidad económica. Ni en la escasez. Ni en el patriarcado. Ni en el género. Ni en el miedo. ¡Podría ser maravilloso!

Victor, ¿estás diciendo que las formas de vida no biológicas podrían acercarse más al amor, en su forma más pura, que nosotros?

No tengo ni idea, reconoció él. A mí no me preguntes, no soy especialista en el amor. Lo único que digo es que no es un sentimiento exclusivamente humano, como demuestran los animales superiores; es más, se nos inculca que Dios es amor. Alá es amor. Dios y Alá no son humanos. El amor como valor supremo no es un principio antropomórfico.

¿Qué quieres decir exactamente?

Lo único que quiero decir es lo siguiente: el amor no tiene límites. No es hasta aquí, y punto. Lo que nos depara el futuro también será el futuro del amor.

Se acerca a la ventana y observa el ir y venir de los autobuses de Oxford Road que trasladan su cargamento de personas que no piensan en un futuro más allá de la hora del té, o el día siguiente, o las próximas vacaciones, o el miedo que sea que los aguarde en la oscuridad. Llueve. Eso es en lo que está pensando la mayoría. El tamaño de nuestras vidas nos constriñe en su interior, pero también nos protege. Nuestras vidas insignificantes, lo bastante minúsculas para colarse por debajo de la puerta cuando se cierra.

Imagínanos a los dos, dice. En otro mundo. En otro tiempo. Imagínanos: yo soy ambicioso. Tú eres hermoso. Nos casamos. Tú eres ambicioso, yo soy inestable. Vivimos en una ciudad pequeña. Yo te desatiendo. Tú tienes una aventura. Soy médico. Tú eres escritor. Soy filósofo, tú eres poeta. Soy tu padre. Tú huyes de casa. Soy tu madre. Muero en el parto. Me inventas. No puedo morir. Tú mueres joven. Leemos un libro sobre nosotros y nos preguntamos si hemos existido alguna vez. Me tiendes la mano. La tomo. Dices: es el mundo en pequeño. Ese globo diminuto que eres es mi esfera. Yo soy lo que conoces. Estuvimos juntos una vez y siempre. Somos inseparables. Solo podemos vivir separados.

¿Es una historia de amor?, le pregunto.

Y mientras la lluvia resbala por la ventana, creo en él.
Mientras la lluvia resbala por la ventana, espero, gota a gota, que construyamos una vida juntos.

Me estrecha contra sí. Igual que el mío, su cuerpo está compuesto aproximadamente de un sesenta por ciento de agua. El cuerpo fluye. Es decir, el cuerpo sano fluye. Los cuerpos que me encuentro son cuerpos densos, coagulados, escleróticos, entupidos, obstruidos, hinchados, estancados, graso saturados, obturados, atascados, abotargados y, al final, encharcados en su propia y lenta sangre, cada vez más fría.

Podríamos desaparecer, dijo, y empezar de nuevo en otro lugar, en una isla, tal vez; podríamos ir a pescar, abrir un restaurante en la playa, tumbarnos en la misma hamaca y contemplar la estrellas.

No lo haremos porque eres ambicioso, repuse.

Quizá podría cambiar. Quizá no necesite hacer nada más.

Tu cuerpo se marchitará y morirá. Eso no te gustaría.

Podríamos morir juntos. Es poco probable que viva lo suficiente para liberarme.

¿De eso va esta carrera?

Sí, es una carrera contrarreloj. Quiero vivir lo suficiente para alcanzar el futuro.

Lo miré con atención. Con Victor se tiene la sensación de una vida latente y esquiva. Es como si lo leyese en otro idioma. ¿Qué pierdo en la traducción?

Esos restos humanos..., dije.

Ah, sí..., gracias.

¿Qué haces con todo eso?

Mis nanorrobots juegan con ellos. Mis minimédicos. Mi maravilloso ordenador programa con sensores curiosos que recorren hasta el último centímetro de piel y la mapean.

¿Y qué más, Victor?

Me mira como si fuese a decir algo, pero no abre la boca.

¿Por qué quieres que sea tu Burke y Hare personal?, insisto. Tu pala y saco decimonónico. ¿Por qué es todo tan secreto? ¿Tan misterioso?

¿De verdad quieres saberlo?, contesta. Recuerda el cuento de Barba Azul. Siempre hay una puerta que no debe abrirse.

En mi cabeza veo una puerta metálica cerrándose de golpe.

Dímelo, Victor.

Guarda silencio. Titubea. Me mira fijamente con esos ojos salvajes, brillantes, nocturnos.

Tengo otro laboratorio, no aquí, sino fuera de la universidad, confiesa. Es subterráneo. Manchester está atravesada por una serie de túneles profundos. Podría decirse que existe una Manchester debajo de Manchester.

¿Quién más lo sabe?

¿Lo de mi trabajo? Unos cuantos. No muchos. ¿A quién le importa? Cualquier cosa tiene que pasar demasiados análisis, controles, revisiones paritarias, colaboraciones, además de todas las solicitudes que hay que rellenar, de la concesión de subvenciones, de los informes situacionales, de supervisores, evaluadores, asesores, comisiones, auditorías, a lo que hay que añadir el interés público, por no hablar de la prensa. A veces las cosas deben hacerse con un poco más de prudencia. A puerta cerrada.

¿Por qué?, pregunto. ¿Qué tienes que esconder?

¿Qué diferencia hay entre la privacidad y el secretismo?

¡Venga ya, Victor! Déjate de juegos de palabras.

¿Qué quieres saber?

Qué está pasando.

¿Te gustaría verlo por ti mismo?

Sí, me gustaría.

Muy bien. Pero recuerda que el tiempo no puede revertirse. Lo sabido, sabido quedará.

Cogió el abrigo del colgador. No es Superman. No soy Lois Lane. No es Batman. No soy Robin. ¿Es Jekyll? ¿Es Hyde? Solo el conde Drácula vive eternamente.

Lo que nos repugna de los vampiros no es que sean inmortales, sino que se alimenten de quienes no lo son, comentó Victor.

¿Cómo sabías lo que estaba pensando?, pregunté.

Los vampiros son como una central eléctrica de carbón, prosiguió como si no me hubiese oído. Mi versión de la vida eterna utiliza energía limpia.

Miró por la ventana.

Tendremos que salir por detrás. Ya está otra vez ahí esa sanguijuela.

¿Qué sanguijuela?

La periodista.

Me acerqué. Sí. Al otro lado de la calle, bajo la lluvia, a cubierto. Polly D.

No se da por vencida, ¿verdad? ¿Por qué no le concedes una entrevista y ya está?

Victor me miró, indeciso.

¿Se ha puesto en contacto contigo, Ry?

¿Para qué iba a hacerlo?

Se encogió de hombros.

Vamos, dijo.

Bajo la lluvia, dejamos atrás el despacho y el laboratorio, cómodamente alojados en los edificios de biotecnología de la universidad, y en Oxford Street tomamos un taxi que nos llevó a George Street.

Los túneles y búnkeres que voy a enseñarte se construyeron en los años cincuenta con fondos de la OTAN, me informó Victor. Una suma astronómica entonces, unos cuatro millones de libras. El laberinto albergaba una red de comunicaciones segura diseñada para sobrevivir a una bomba atómica capaz de arrasar la ciudad. Debajo hay generadores, tanques de combustible, provisiones, dormitorios e incluso un pub. Londres y Birmingham poseen construcciones idénticas. Todo formaba parte de la estrategia de la guerra fría de la OTAN.

Un dinero desperdiciado, comenté. Lo que se necesitaba era reconstruir Europa. En la década de los sesenta, en Manchester aún quedaban zonas bombardeadas en ruinas.

Sí, se había ganado la lucha contra el fascismo, dijo Victor, pero era la lucha contra el comunismo lo que en realidad motivaba a Gran Bretaña y Estados Unidos. La única ideología que interesaba a las mayores democracias capitalistas del mundo eran las emisiones con derechos de suscripción preferentes de los mercados.

Nunca hubiese dicho que eras comunista.

No lo soy. Y aunque la ciencia es inmensamente competitiva, por desgracia, simpatizo con el espíritu humano. Me resulta interesante que la época que Marx pasó en Manchester, y su amistad con Engels, que era dueño de una fábrica local, le proporcionase el material que necesitaba para *El manifiesto comunista*. ¿Sabes que en el siglo XIX en Manchester había quince mil sótanos destinados a vivienda que carecían de ventilación, agua corriente y sistema de alcantarillado? ¿Y que esos hombres, mujeres y niños trabajaban doce horas diarias tejiendo la riqueza de la ciudad más próspera del mundo y que volvían a un hogar donde les aguardaba la enfermedad, el hambre, el frío y una esperanza de vida de treinta años? El comunismo debía de parecer la mejor solución posible.

Es la mejor solución posible, afirmé, pero los seres humanos no saben compartir. Ni siquiera somos capaces de hacerlo con unas bicicletas gratuitas.

Atravesábamos un canal entre cuyas aguas verdes despuntaba la enésima bicicleta naranja.

Humanos: tantas buenas ideas. Tantos ideales fallidos.

Nos apeamos del taxi. Unas puertas metálicas, oxidadas aunque robustas, encajadas en una pared de ladrillos ennegrecidos. Victor rebuscó en el bolsillo, sacó una llave y las abrió.

Ry, a veces la mejor tecnología es la más sencilla, dijo sonriendo, enseñándome la llave.

¿Cómo conseguiste las llaves de este sitio?

Tengo patrocinadores, contestó, tan tranquilo y misterioso como siempre.

Detrás del muro cerrado había una serie de puertas sin distintivos. Más llaves. Victor abrió la tercera y pisó de inmediato el primer peldaño de una escalera empinada. Las luces eran automáticas.

¡Ve con cuidado! La bajada es larga.

Lo seguí, atento a nuestras pisadas reverberantes y al rumor de la lluvia, que se apagaba sobre nosotros.

Piénsalo, dijo. Si hubiese estallado esa bomba de la guerra fría, nos habríamos encontrado a unos setenta años del mayor avance de la historia de la humanidad, y tendríamos que haber empezado de nuevo con palos y piedras.

Yo no le prestaba mucha atención. Iba contando los escalones a medida que descendíamos, hacia el fondo. Cien, ciento diez, ciento veinte.

Qué aire más seco se respira aquí abajo, comenté; seco como un pergamino. No hay humedad, ni moho, ni goteras.

Está impermeabilizado y ventilado, dijo Victor.

Oyó mi respiración, un tanto agitada y superficial. Se volvió para tranquilizarme.

Ya queda poco, Ry. Está a unos cien metros por este pasillo. Tranquilo. Ya sé que da la sensación de que no hay nada y pone los pelos de punta. Imagina este lugar lleno de científicos y programadores. Después de la Segunda Guerra Mundial, Manchester fue el centro neurálgico informático del mundo; no se escatimaron esfuerzos en desarrollar rápidamente la tecnología informática a fin de espiar, y superar, a los soviéticos. El mismo Jodrell Bank, el telescopio gigante, era un dispositivo de escucha.

Se detuvo y se volvió para echarme un vistazo. Yo estaba asustado. ¿Era él el que me asustaba?

¿Dónde estamos?

En mi mundo, dijo Victor. No es gran cosa, pero es mío.

Abrió la puerta. Válvulas, hilos, tubos de vacío. Hileras tras hileras metálicas, cables y más cables. Cuadrantes y agujas.

¿Te suena? Hay uno en el Museo de Ciencia e Industria de Manchester. Este lo he montado yo. El primer ordenador de programa almacenado del mundo. El Manchester Mark 1. La memoria se almacena en válvulas termoiónicas. El transistor no se inventó hasta 1947. En 1958, el primer circuito integrado tenía seis transistores. En 2013, integrábamos 183.888.888 en aproximadamente el mismo espacio. La ley de Moore: la potencia de procesamiento se duplica cada dos años.

Lo que me fascina es que el mundo podría haber tenido un ordenador mucho antes. Un siglo antes. ¿Has oído hablar de la máquina analítica de Charles Babbage?

¿Eso no era solo un concepto?, pregunté.

Todo empieza siendo *solo* un concepto, respondió Victor. ¿Qué ha comenzado alguna vez que no se formase primero en nuestra mente? Pero, sí, Babbage partió de una especie de máquina de cálculo grandiosa llamada máquina diferencial. Era un artilugio precioso con ruedas dentadas y engranajes, parecida a la Colossus de Turing. En 1820, el Gobierno británico le concedió una subvención de diecisiete mil libras para su montaje. Un importe similar a lo que habría costado construir y equipar dos acorazados, como los periódicos no se cansaban de recordar al público... Pero Babbage invirtió el dinero en otro fruto de su ingenio: la máquina analítica, un protoordenador. Disponía de memoria, procesador, hardware, software y una serie intrincada de bucles de retroalimentación. Cierto, habría sido descomunal y habría funcionado con un motor a vapor, pero los victorianos todavía no estaban en la etapa de lo pequeño es bello. Y así seguimos adelante, Ry, sin saber cuándo llegará el gran avance, pero convencidos de que algún día llegará.

¿Qué gran avance?

La inteligencia artificial.

Abrió otra puerta. No estaba cerrada con llave. Una estancia inmensa.

Esto era la sala de control central, dijo. Ahora está completamente desmantelada, claro.

¿Y esas puertas?, pregunté.

La habitación estaba rodeada de puertas, como si se tratase de una adivinanza, o una pesadilla, o hubiese que hacer una elección.

Ah, sí. Las puertas siempre conducen a algún sitio, ¿verdad, Ry? Ven, que voy a enseñarte el lugar. Empecemos con esta.

Abrió una metálica y lisa. Al otro lado solo había otra estancia vacía, aunque con una ventana; una ventana de observación, como la de un acuario.

Al otro lado de la ventana: hormigón. Una bombilla. Luces de monitor que lanzan destellos extraños entre el hielo seco que inunda el espacio. El termómetro de la pared externa indica que dentro la temperatura se mantiene cerca de los cero grados. En ese momento percibo movimiento. Entre la neblina glacial. Algo corre hacia mí. Hacia el cristal. ¿Cuántos son? ¿Veinte? ¿Treinta?

Victor apretó un interruptor y el hielo seco se retiró en un remolino. Ahora las veo con claridad. Correteando por el suelo. ¿Son tarántulas?

No...

¡Dios mío, Victor! ¡Por el amor de Dios!

Manos. Espatuladas, cónicas, anchas, peludas, lisas, con manchas. Las manos que yo le había llevado. Se movían. Algunas estaban quietas y solo se contraía un dedo. Otras se sostenían en precario equilibrio sobre los cuatro dedos y el pulgar. Una caminaba usando el meñique y el pulgar, con los demás dedos levantados, curiosos e inquisitivos, como antenas. Casi todas se desplazaban deprisa, sin motivo, sin descanso.

Ninguna era consciente de la existencia de las demás. Trepaban unas por encima de otras, se entrelazaban chocando a ciegas. Algunas formaban pilas, como una colonia de cangrejos. Una, apoyada en la muñeca, arañaba la pared.

Vi una mano infantil, pequeña, encogida, sola.

No están vivas, dijo Victor, y desde luego no sienten. Esto no es más que un experimento en marcha, tanto para prótesis como para accesorios inteligentes.

¿Cómo consigues que se muevan?

Mediante implantes, contestó Victor. Responden a una corriente eléctrica, ese es todo el secreto. En el caso de un accidente con amputación podría volver a unirse el miembro original y programarlo para que respondiese más o menos como uno existente. De forma parecida, sería posible unir un dedo artificial a una mano que hubiese sufrido una lesión. Algunas de las que ves ahí son híbridos en ese sentido.

Es horrible, dije.

Eres médico. Sabes lo útil que es lo horrible.

Tiene razón. Lo sé. ¿Por qué me repugna lo que hace?

¿Por qué trabajas aquí abajo?, pregunto. ¿Por qué no utilizas el laboratorio universitario?

Hay mucho dinero en juego, confiesa. La patente.

Pensaba que creías en la cooperación.

Así es. Pero hay quien no. No me queda elección.

Se da la vuelta.

¿Las dejas así?

¡No hay que darles de comer, Ry! Aunque a estas sí...

Me acompaña a otra ventana.

Dentro hay una serie de plataformas apiñadas. Varias arañas peludas y de patas largas, de esas que uno prefiere no encontrarse en el baño, suben y bajan por ellas de un salto.

Estoy utilizando tomografía computarizada y cámaras de alta resolución y alta velocidad para crear un modelo 3D de la anatomía de esas arañas, me explicó Victor.

¿Por qué?

Este tipo de arañas saltarinas son capaces de realizar saltos que pueden sextuplicar su tamaño, contestó. La fuerza de las patas en el despegue quintuplica su propio peso. Pretendo utilizar los resultados para crear un nuevo tipo de microrrobots ágiles. Una vez que comprendamos el funcionamiento de la biomecánica podremos aplicarla a la investigación. No soy el único que se sirve de arañas, pero me gusta pensar que dirijo la investigación de manera única.

¿Dónde las consigues?

Las crío yo, respondió. No puedo cultivar extremidades humanas. No sé qué haré si sufres una conversión religiosa o te dan un trabajo de despacho.

Te buscarás a otro, aseguré.

Me acompaña de vuelta al eco hueco de la sala desnuda e insonorizada.

Nunca he tenido una relación duradera, dice. ¿Y tú?

No...

Los dos somos unos bichos raros.

No me llames bicho raro por ser trans.

Me acaricia la mejilla. Me aparto.

No me refería a eso, dice. Me refería a que somos unos bichos raros según el comportamiento del mundo. Somos personas solitarias, una elección antievolutiva. El *Homo sapiens* necesitaba al grupo. Los humanos son animales gregarios. Familias, clubes, sociedades, lugares de trabajo, escuelas, el ejército, instituciones de todo tipo, incluida la iglesia. De las enfermedades también nos encargamos en grupos. Se llama hospital. Trabajas en uno.

Está detrás de mí, como en la ducha de Arizona. Lo encuentro erótico, siempre, tiene que ver con su roce, y con que no pueda verlo.

¿Crees que tú y yo seríamos más productivos, sensatos, cuerdos o felices si tuviésemos matrimonios largos e hijos equilibrados? ¿Si hubiésemos comprado una casa y aprendido a vivir en ella con alguien? Seríamos otras personas, nada más. Nunca he mantenido una relación duradera. Eso no significa que no sepa querer.

Una de las cosas que tiene el amor es que es duradero, digo.

Se echa a reír. Así es. Y te querré siempre, incluso cuando ya no estemos juntos.

Cuando la gente se separa, suele odiarse. O uno odia al otro.

Eso es lo convencional, repone. Pero existen otras maneras de separarse. Lo que intento hacerte entender, Ry, es sencillo. Aunque este amor no perdure, ha cambiado una parte de mí. Y eso es algo por lo que siempre estaré agradecido. Considéralo un altar privado, si quieres. Y habrá veces, cuando esté subiendo a un avión, despertándome, paseando por la calle o duchándome (hace una pausa, asaltado por el recuerdo), que regresaré a ese lugar y jamás me arrepentiré del tiempo que pasé allí.

¿Por qué dices esas cosas?, pregunté.

Porque no tardarás en dejarme, contestó.

Lo dices para mantener el control y ahorrarte el dolor. (No se lo reprocho. Yo hago lo mismo.)

No es eso; yo sufro cuando hay que sufrir. Y si demuestras que me equivoco, pues perfecto. Ya has trastocado la ecuación. Quizá la resuelvas de manera completamente distinta.

¿Tiene que ser tan complicado?

Victor se encogió de hombros.

Hay quien opina que el amor, al iniciarse de manera tan espontánea, es igual de simple. Sin embargo, ¿cómo va a ser simple si nos secuestra y afecta a nuestro mundo entero? Los días en que todo era sencillo se acabaron, si es que alguna vez existieron. El amor no es un planeta virgen antes de los contaminantes, antes de la llegada del hombre. El amor es una perturbación entre los perturbados.

Te encuentras en una galería larga y ancha, flanqueada por multitud de pequeñas celdas donde hay encerrados dementes de todo tipo y condición, desdichados a quienes puede espiarse por los ventanucos encajados en la puerta. Muchos locos inofensivos pasean por la galería principal. La segunda planta está recorrida por un pasillo y celdas similares, es la zona reservada a los maníacos peligrosos; casi todos ellos están encadenados, una escena terrible de contemplar. En los días festivos, muchas personas de ambos sexos, pero en general de clase baja, visitan el hospital y se deleitan observando a estos pobres desgraciados, que a menudo se convierten en motivo de risas. A la salida de esta morada melancólica, el portero esperará recibir un penique, pero si no se dispone de calderilla y se le entrega una moneda de plata, se la quedará y no devolverá el cambio.

Bedlam, 1818

Nadie conoce la mente humana. No, ni aunque leyese hasta el último pensamiento que el hombre hubiese escrito jamás. Cada palabra escrita es como un niño blandiendo una antorcha en la oscuridad.

Cuando estamos solos, lo único que nos acompaña es la oscuridad.

Reconozco que este lugar se halla sumido en el caos. El nuevo hospital no está terminado, y las partes que lo están, son deficientes. Las ventanas de las plantas superiores no tienen cristales. Las plantas inferiores no disponen de combustible con que alimentar las chimeneas. Los internos están ateridos, hambrientos, enojados o desolados.

Y locos de atar.

Es el frenopático más famoso del mundo.

Empezamos.

¿Cómo empezamos?

Un hospital llamado Bethlehem, que data del tiempo de las cruzadas. La gente de la calle lo llamaba Bethlem, ya que como suele observarse en la lengua inglesa, siempre que es viable, se prefieren dos sílabas a tres. Y luego, porque el tiempo todo lo corrompe (incluso el propio tiempo), nuestro Bethlem se convirtió en Bedlam:

un nombre que perdió su dirección postal para designar a este mundo de locos. El Gran Bedlam.

O la Gran Bedlam, como llamamos a las islas Británicas.

Moorfields, fuera de las murallas de Londres, fue el lugar que se escogió para la construcción del nuevo hospital de Bedlam, cuyas obras finalizaron en 1676 gracias a los fondos recogidos. Lo diseñó Robert Hooke, erudito, alcohólico, discípulo de sir Christopher Wren, el arquitecto de la catedral de San Pablo tras el incendio de 1666.

Aquel Bedlam recibió grandes elogios de los visitantes extranjeros que acudían a Londres, quienes lo consideraban el único palacio real de la ciudad. ¡Qué maravilla de frenopático! Ciento cincuenta metros de ancho por doce de fondo, habilitado con torrecillas, avenidas, jardines y patios.

Sobre la gran entrada de piedra se alzaban dos esculturas; una representaba la Melancolía y la otra la Locura absoluta.

Sí, y si lo hubieseis visto antes de que se desmoronase, ese loable monumento a la caridad, lo habríais contemplado maravillados, construido a imagen de Versalles, construido para un rey sin corona.

Porque eso es un loco: un rey sin corona.

Los locos dormían sobre paja, con los brazos y las piernas sujetos con grilletes, pero su manicomio era un palacio. ¿Por qué lo hacíamos?

Por la gloria de Dios.

Y por algo más, creo. Algo menos piadoso. La cordura es el hilo que te guía en el laberinto del Minotauro. Cuando se corta, o se deshila, lo único que resta son túneles lúgubres, incartografiables, donde se oculta una bestia con forma humana y nuestro propio rostro.

Somos lo que tememos.

De ahí que las donaciones generosas, la honda compasión que mostramos por los locos, ¿qué son sino una ofrenda a nuestro yo secreto?

En el otro Bedlam era costumbre que la gente visitase a los pobres dementes encerrados en la institución. Es más, se trataba de una ruta imprescindible, sobre todo para las personas de postín. Una ruta que incluía el puente de Londres, Whitehall, la Torre y el zoo. El caminar de los mamíferos no se diferencia mucho cuando están encerrados: adelante y atrás, atrás y adelante, y los grilletes y barrotes sempiternos. Lo máximo a lo que pueden aspirar el tigre y el hombre cautivos es a un cuadradito de cielo.

El edificio anterior de Moorfields se desmoronó y desplomó en cuanto se aplicó la primera capa de yeso. Hubo quienes dijeron que se debió a los vapores mefíticos que destilaban los propios dementes, que humedecieron y pudrieron las paredes y provocaron que los suelos rezumasen agua.

¡Una bonita historia! Sin ninguna base científica. El terreno donde se erigió el edificio es conocido como el foso de la ciudad por algo. En resumen: el suelo cenagoso se desplaza y el edificio, que es todo fachada y carece de cimientos, lo acompaña.

Los dementes del interior son más estables que las paredes del exterior.

Sin embargo, y estoy convencido de ello, los locos desprenden un hálito propio, y su irracionalidad es a menudo razonabilísima si no la juzgamos basándonos en los estándares de aplicación diaria. Cuando abro la puerta de una celda, me golpea la fuerza del pobre enfermo, pues la fuerza puede hallarse incluso en el abatimiento. Sí, lo repito, una fuerza. Y mientras paseo entre la rabia y la apatía que domina el mundo de los hombres, me pregunto si la presión atroz y asfixiante a que se ve sometida nuestra alma no es lo único que nos ayuda a conservar la cordura.

No me extraña que bebamos tanto, o que los pobres, cuando pueden permitírselo, conviertan la bebida en su ocupación principal. Podemos culpar a las desgracias que nos acontecen, o a la marcha de los negocios, o a la sed de poder, pero nuestro ser se debate en nuestro cuerpo como la luz atrapada en un tarro, y nuestro cuerpo se afana en este mundo como la bestia de carga se debate bajo el yugo, y este mundo cuelga solitario de la soga, suspendido entre las estrellas indiferentes.

Bedlam.

Paredes irregulares, suelos combados, una envoltura demencial, una sátira de la vida. El viejo manicomio quedó abandonado a su suerte, descuidado y en ruinas, y hemos comedido nuestras ambiciones para mostrar mayor moderación aquí, en el nuevo edificio de Saint George's Fields, en Southwark, a lo largo de Lambeth Road.

La Ley de Asilos del Condado de 1808, que regula los manicomios del condado, ha modificado el carácter del alojamiento y de los tratamientos médicos, pero la enfermedad continúa siendo la misma.

Procuramos cuidados y consuelo. No pretendemos curar. La locura no tiene cura; es una enfermedad del alma.

Lamento decir que el sistema de calefacción por vapor no es eficaz. Lamento decir que sufrimos hedores espantosos. Toda Londres apesta, pero nosotros desprendemos un olor propio: efluvios desagradables y persistentes comunes a los manicomios.

No importa, no importa. Ya pasa de la hora. El reloj hace tictac. Tengo que recibir a mi visita. El fuego está encendido y arde con viveza en el estudio. La luna que tanto perturba a los locos brilla redonda por la ventana. Un ojo plateado posado en el cuerpo oscuro de nuestro pesar.

¿Capitán Walton?

¡Sí! ¿Y usted es el señor Wakefield?

El mismo. Bienvenido sea, señor. ¿Es este el hombre?

Este es.

Llévenlo dentro.

Dos de mis ayudantes lo entraron en una camilla del ejército. A petición mía, lo dejaron junto al fuego.

El hombre dormía. Con el semblante sereno. Los miembros relajados. Dormir. Ah, dormir. (Yo soy incapaz sin láudano.) Los problemas del mundo. Si pudiéramos dormir y despertarnos en una época mejor...

El capitán Walton es muy conocido en el país, una especie de héroe, desde la exitosa campaña de exploración del paso del Noroeste y su viaje a la Antártida.

A pesar de su porte seguro y distinguido, vacila.

Mi historia es extraña.

¡Caballero! Esa es la naturaleza de una historia. La vida, o eso imaginamos, nos resulta cotidiana hasta que empezamos a contársela a otras personas. Observe entonces el asombro en sus rostros; unas veces asombro, a menudo horror. La vida solo nos parece corriente en el proceso de vivirla. Cuando la relatamos, nos descubrimos extraños entre lo extraño.

Asiente. Reúne el valor. Empieza.

Estábamos prácticamente rodeados por el hielo, que se había cerrado en torno a los costados del buque dejando apenas espacio suficiente para que la nave se mantuviera a flote. Nuestra situación revestía peligro, sobre todo porque nos envolvía una niebla muy espesa.

Hacia las dos, la niebla se disipó y pudimos contemplar unas vastas e irregulares llanuras de hielo que se extendían en todas direcciones. Algunos compañeros profirieron gruñidos y mi mente empezaba ya a albergar los pensamientos más angustiosos cuando, de súbito, una extraña visión atrajo nuestras miradas. Distinguimos un carro bajo, fijado sobre una tabla y tirado por perros, que nos rebasó en dirección norte a una distancia de casi un kilómetro. Un ser de apariencia humana, aunque de una estatura que parecía gigantesca, iba sentado en el trineo y guiaba a los perros. Observamos el rápido progreso del viajero, hasta que se perdió de vista entre las lejanas escarpaduras del hielo.

Unas dos horas después de ese suceso, el hielo se rompió y liberó la nave. Sin embargo, seguimos al pairo hasta la mañana siguiente, circunstancia que aproveché para descansar unas horas.

Por la mañana, al salir a cubierta me encontré a todos los marineros afanados en uno de los costados de la nave, hablando al parecer con alguien que se hallaba en el mar. En realidad se trataba de un trineo, igual al que habíamos visto con anterioridad, que había arribado junto a nuestro casco durante la noche sobre un gran fragmento de hielo. Solo quedaba un perro vivo, pero había un ser humano en el vehículo a quien los marineros intentaban convencer de que subiera al buque. A diferencia del otro viajero, no parecía un habitante salvaje de alguna isla ignota, sino un europeo.

Jamás había visto a un hombre en un estado tan lamentable. Lo envolvimos en unas mantas y lo instalamos cerca de la cocina.

Pasaron dos días antes de que pudiera hablar. Sus ojos traslucen por lo general una expresión de fiereza e incluso de locura. Le rechinan los dientes, como si le impacientara el peso de las tribulaciones que lo oprimen.

Mi teniente le preguntó por qué había llegado tan lejos por el hielo en un vehículo tan extraño.

Su semblante se trocó de inmediato en la viva imagen de la tristeza más profunda, y contestó:

Voy en busca de alguien que huye de mí.[9]

En ese momento, el hombre, que había estado durmiendo, se incorporó del lecho, llorando.

¿Dónde está? No pereció en el fuego. Debo encontrarlo, ¿no lo entienden? Debo encontrarlo.

Al principio, el capitán y yo lo contuvimos simplemente con las manos, y aunque no se mostraba violento a pesar de la agitación, insistí en ir por unas esposas y atarlo al poste. Así sujeto pareció calmarse, aunque creo que su actitud respondía más al abatimiento que a la calma. Propuse administrarle un sedativo.

El capitán Walton accedió, y mientras el hombre apuraba de un trago el vino y el polvo que contenía, cité sus palabras: *Voy en busca de alguien que huye de mí.*

Lo repite durante la vela y el sueño, comentó el capitán Walton. Ese hombre es como el viejo marinero y el albatros.

Un poema magnífico, afirmé, pero de todos modos...

¿De todos modos? El capitán me miró con expresión inquisitiva. ¿Acaso no es esa la condición humana?, pregunté. Buscar a alguien que huye. O huir de alguien que nos busca. Hoy soy el perseguidor. Mañana seré perseguido.

El capitán estuvo de acuerdo.

Sí, así es, pero en él se muestra de manera extrema. El largo deshilado de la vida está ovillado con firmeza en este hombre, que solo alberga un pensamiento, un deseo, un objetivo. Para él, el día y la noche no se diferencian. Se persigue a sí mismo.

Capitán Walton, ¿qué sabe de él?

Se llama Victor Frankenstein, contestó el capitán Walton.

Es médico. De Ginebra. Procede de una buena familia. Poco más cabe destacar de sus inicios, pero lo restante se antoja increíble. Está convencido de haber creado vida.

¿Vida?

Vida humana. Ha compuesto una criatura cosiendo restos de materia muerta. Miembro tras miembro. Órgano tras órgano. Tendón y tejido. Animada por una descarga eléctrica, para que el corazón lata y la sangre fluya, y los ojos se abran. Un hombre monstruoso, gigantesco y temible, alentado por la venganza contra su creador por haberlo creado. Un ser creado, carente de escrúpulo o freno.

Señor, créame, dije negando con la cabeza, si trabajase entre locos, como yo, estaría acostumbrado a esa clase de historias. Muchos dementes se creen dioses.

El capitán Walton parecía incómodo.

Señor Wakefield, no pongo en duda la veracidad de sus palabras y por el mismo motivo le ruego que no ponga en contradicho la mía. He lidiado con ella largo tiempo. Vimos algo en el hielo, eso es innegable. Apostaría mi vida en ello. Todos mis hombres lo vieron. Vieron un ser de estatura y rapidez poco comunes. Qué era, lo ignoro. Y este pobre hombre está loco, de eso tampoco cabe duda. Por tanto, la cuestión para mí es muy sencilla: ¿su historia es resultado de su locura o la causa?

¿Cuál es la temperatura de la realidad?

La suite Cognición, anunció Victor, abriendo otra puerta.

La habitación estaba equipada con estanterías metálicas de almacén. Una serie de mesas de acero con compartimentos contenían equipo informático. En un rincón, como un accesorio escénico de otra época, había un perchero en cuya base se veía un paraguas cerrado con cuidado. La habitación recordaba los decorados ramplones de los primeros episodios de *Doctor Who*. En las estanterías se alineaban ordenadamente pequeños recipientes de cabezas criopreservadas. A diferencia de los contenedores de Alcor, la parte frontal era de cristal. Conejos, cerdos, ovejas, perros, gatos...

Me los consigue alguien que trabaja en una granja, dijo Victor. ¿Te la tiras?

Pasó el comentario por alto, como siempre que digo algo que no le gusta.

Desde mi punto de vista, el cuerpo puede entenderse como un sistema de soporte vital para el cerebro, dijo Victor. Mira esto... Abrió otra puerta.

Dos robots manipuladores estaban inclinados sobre lonchas de cerebro humano.

Te presento a Caín y Abel, anunció Victor. Son una copia de sus padres, Adán y Eva, que trabajan en la Universidad de Manchester, en el Departamento de Biotecnología, sintetizando proteínas. Estos dos son infatigables. No necesitan ni comida, ni descanso, ni vacaciones, ni tiempo de ocio. Mapean el cerebro poco a poco.

¿El cerebro de quién?, pregunté.

Tranquilo, Ry, no soy un asesino. Se sentó en la mesa sin que Caín y Abel le prestasen la menor atención. Es un trabajo lento, dijo. Se tarda una eternidad en mapear el cerebro de un ratón. Incluso el humano más limitado parece Einstein cuando intentas trazar el contenido del cerebro.

Pero si pudiésemos recuperar un cerebro existente...

Sí... Quizá la respuesta resida en revivir el cerebro a una temperatura muy alta y muy rápido. Tal vez mediante radiofrecuencias.

¿Meter el cerebro en un microondas?, pregunté.

No, contestó Victor. Así lo único que conseguirías es una tostada de sesos, aunque hay quien lo considera una exquisitez. Las frecuencias de las microondas calientan de manera irregular, ¿cuántas veces has vuelto a meter el pastel de carne otros tres minutos? Las ondas electromagnéticas son más factibles. Lo que intentamos es impedir que se formen cristales de hielo al recalentar el tejido. Como viste en Alcor, el objetivo de la criopreservación es evitar la cristalización, que produce daños enormes e irreparables en el tejido, el mismo problema al que nos enfrentamos cuando recalentamos el organismo. Si consiguiéramos solucionar ese inconveniente, habríamos dado un paso de gigante en el ámbito de los trasplantes de tejidos. En la actualidad, ¿de cuánto tiempo dispones desde el donante al destinatario? ¿De treinta horas?

De treinta y seis a lo sumo, dije.

Bien, pues si logramos averiguar cómo conservar y recalentar los órganos donados, podríamos almacenarlos para utilizarlos cuando se necesitasen. Se acabarían las listas de espera para un riñón.

Todo eso está muy bien, reconocí, y es loable, pero a ti no te interesan los trasplantes de riñones, ¿verdad? Lo que tú quieres es resucitar a los muertos.

Haces que suene a película de terror de la Hammer, protestó Victor.

¿Qué otra cosa es si no?, repuse.

¿Qué es la muerte?, replicó. Pregúntatelo. La muerte es un fallo orgánico debido a una enfermedad, una lesión, un trauma o el envejecimiento. La muerte biológica establece el final de la vida biológica. ¿No es lo que os enseñan en la Facultad de Medicina? (Era una pregunta retórica.) Hace un siglo, la esperanza de vida máxima para un trabajador de Manchester no llegaba a los cincuenta años. Médicos como tú lamentaban que fuese así. Médicos como tú trabajaron para alargar la vida. Ahora tenemos expectativas de vivir hasta los ochenta con buena salud. ¿Por qué detenernos ahí?

Tú estás hablando de algo completamente distinto, repuse. No de alargar la vida, sino de eliminar la muerte.

Es evidente que eliminar la muerte conllevaría alargar la vida, admitió sonriéndome, exasperante y altanero.

(¿Por qué me incomoda lo que dice? ¿Por qué me resulta macabro? La muerte es macabra.)

Es como si me leyese el pensamiento.

Resulta curioso que nos mostremos mucho más flexibles frente a las intervenciones invasivas al inicio de la vida, comentó. Llevamos criopreservando embriones con glicerol y propilenglicol desde 1983. Las mayores tasas de supervivencia de embriones afectan a los que se encuentran en la fase de desarrollo de dos a cuatro células. Nadie sabe con exactitud cuántos embriones humanos se criopreservan en todo el mundo, pero no bajan del millón. Y los niños que empezaron como embriones a la temperatura del nitrógeno líquido se cuentan por decenas de miles. Aceptamos que podemos forzar la vida. ¿Por qué tendría alguien que poner objeciones cuando lo que perseguimos es disuadir a la muerte?

La criopreservación es algo burdo, insistí. Todos esos cuerpos conservados en bolsas y nitrógeno... No van a volver a la vida, y sería espantoso si lo hiciesen.

Estoy de acuerdo contigo, admitió.

Y si tienes razón, Victor, la tecnología para escanear y transferir el contenido del cerebro cuenta con más probabilidades de aspirar a prolongar la vida que a resucitar a los muertos.

¡Muy bien, Ry! Al final parece que sí que me escuchabas. Sí, estoy de acuerdo en que es probable que la criopreservación acabe siendo una tecnología provisional, al menos en lo concerniente a prolongar la vida; aunque, como he dicho, también podría suceder que lográsemos dar con el procedimiento adecuado antes de ser capaces de reproducir órganos a partir de células madre, así que vale la pena investigar. En cualquier caso, si consiguiésemos revivir un cerebro *muerto*, sería fascinante; tanto para la persona recuperada como para nosotros.

Personalmente, me resultaría aterrador, dije. Además, ese cerebro no dispondría de un cuerpo funcional.

Ese cerebro quizá no fuera consciente de ello, repuso Victor. Podemos simular su entorno. ¿Acaso la mayoría de la gente no experimenta una desconexión entre la mente y el cuerpo? Casi nadie se reconoce en el espejo. Demasiado gordo, demasiado viejo, demasiado cambiado. La mente suele estar desconectada de su anfitrión. En tu caso, tú hiciste concordar tu realidad física con la impresión mental de ti mismo. ¿No estaría bien que todos pudiésemos hacer lo mismo?

¿Qué tipo de investigación llevas a cabo en esta habitación?, pregunté, porque yo también sé eludir preguntas comprometidas.

La próxima que saldrá es Bessie, explicó Victor, señalando un perro pastor.

Más allá de la cabeza triste y decapitada de Bessie había cerebros fuera de sus cráneos, algunos conectados a monitores.

Buscamos respuestas sinápticas, me aclaró Victor.

¿Y has encontrado alguna?, pregunté.

Sí. He hecho avances, pero quiero continuar. Y necesito que me ayudes.

No puedo conseguirte cabezas humanas, si eso es lo quieres. Pregúntale a tu amiga la granjera.

Se acercó y me rodeó con sus brazos.

Ry, *ojalá* confiases en mí.

Ojalá *pudiese* confiar en ti, contesté.

Bajó los brazos. Retrocedió.

Tengo una misión para ti, dijo.

(Igual él es M, pero eso me convertiría en James Bond.)

Quiero que vuelvas a Alcor y me traigas una cabeza, anunció.

(¿O es Salomé y yo Juan el Bautista?)

Estás loco. ¿Eres consciente de lo que me pides, Victor?

La que no es consciente es la cabeza que quiero. Lo que pretendo es devolverle la conciencia.

¿De quién es la cabeza? O era.

¿La cabeza? Bueno, tiene su historia...

(¿Él es el narrador? ¿Yo soy el relato?)

Bedlam 2

El capitán Walton se había ido. Estaba solo.

El hombre al que me había traído dormía tumbado junto al fuego. Podría decirse, por tanto, que no estaba solo y, si bien se trata de un hecho, no refleja la realidad de la situación. El hombre tendido de respiración pausada parecía un ser procedente de otra época o lugar. No por su vestimenta ni, como no tardaría en averiguar, por su manera de expresarse, sino por su distancia absoluta.

El capitán Walton me había comunicado que ese hombre albergaba una única idea, un único deseo, una única ocupación, que lo había alejado del mundo de los hombres. La balsa de hielo en que lo habían encontrado los marineros, junto al buque, constituía la circunferencia de su alma. Estaba aislado de su propia tierra firme.

La luz del hogar alumbraba un rostro de facciones delicadas. Tenía la complexión nerviosa e inquieta de alguien acostumbrado al estudio, al esfuerzo, a largos paseos y a una nutrición precaria.

Incapaz de acomodarme frente al fuego con mi libro de sonetos (esta noche estoy demasiado absorto en mis pensamientos para la poesía), resolví leer los documentos que el capitán Walton me había dejado. A tal fin, encendí una segunda vela y me trasladé al escritorio, donde tuve la oportunidad de estudiar el contenido de la cartera.

El hombre se llama Victor Frankenstein. Nació en Ginebra. Es un médico de cierta distinción, a juzgar por las cartas de recomendación, bañadas por el mar y desvaídas, que he hallado en el interior de la maltrecha cartera de cuero. Había algo más; un diario, de palabras y renglones apretados, compuestos por una mano frenética o apresurada. En el frontispicio, con un trazo más claro, había escrito: *Para analizar las causas de la vida, primero tenemos que recurrir a la muerte.*[10]

Continué leyendo:

Rebuscaba huesos en los osarios y perturbaba, con profanos dedos, los tremendos secretos del cuerpo humano. En unas dependencias solitarias o, mejor dicho, en una celda situada en la planta superior de la casa, separada del resto de los apartamentos por una galería y una escalera, establecí mi taller de creación macabra. Se me desorbitan los ojos cuando repaso los pormenores de mi obra. La sala de disecciones y el matadero me proporcionaron la mayor parte de los materiales.[11]

Dentro del diario hallé una hoja doblada: un dibujo realizado a lápiz. El esbozo estaba inspirado en el *Hombre de Vitrubio* de Leonardo; el hombre como medida de todas las cosas, hermoso, proporcionado, de una belleza racional. Sin embargo, no compartía ningún atributo del original. Se apreciaba una atención a la dimensión, cierto, pero superaba la de cualquier cuerpo humano en la longitud de los brazos o la anchura del rostro. El dibujo estaba repleto de marcas, borraduras y reinscripciones que muchas veces se acercaban más a rayones que a anotaciones, los calcos con carboncillo ocupaban casi toda la hoja y en dos ocasiones la punta del lápiz había perforado el grueso papel, aunque ignoro si llevado por la emoción o la desesperación.

Volví a centrarme en el diario:

Uno de los fenómenos que había atraído mi atención en particular era la estructura del cuerpo humano. Me preguntaba a menudo sobre el origen de la vida.[12]

La huésped se movió, pero no se despertó. Respecto a la pregunta, ni es el primero ni será el último que se la plantee. Que Dios sea el único principio de la vida no le da respuesta; en realidad, la extingue. Son muchos quienes han deseado devolver los muertos a la vida. Son muchos quienes se han preguntado, entre lágrimas y lamentos, por qué debe ser la muerte el árbitro de la vida. Por qué el cuerpo, tan vigoroso, la mente, tan aguda, debe dejar de existir. ¿La vida es eso? ¿Por qué un roble vive mil años o más, y nosotros a duras penas llegamos a la sesentena que se nos ha destinado?

Y los alquimistas, con sus piedras filosofales, sus homúnculos y sus conversaciones con los ángeles, ¿qué descubrieron a lo largo de sus fatigosas vidas de duro trabajo? Nada.

Ya en medio de esta vida nos encontramos inmersos en la muerte.

Pobre hombre. En la cartera también hay un guardapelo de oro que contiene un bosquejo de una joven hermosa realizado a pluma y a tinta. Debe de estar muerta. ¿Quizá es lo que lo condujo a sus ideas delirantes?

Prosigo con la lectura:

Advertí cómo el gusano heredaba maravillas como el ojo y el cerebro. Me entretuve en examinar los pormenores de la causalidad ejemplificados en el cambio que acontece al pasar de la vida a la muerte, y de la muerte a la vida.[13]

Pobre hombre. De la vida a la muerte, por descontado, pero no es posible pasar de la muerte a la vida.

Estuve casado. Ya no. Soy cuáquero, y me siento en silencio a soportar el peso de mi dolor. Mi esposa no regresará, y si lo hiciese, una aparición espantosa envuelta en su mortaja empapada de putrefacción, ¿dónde estaría su alma? El alma no regresa a una casa en ruinas.

Está escrito que Jesús resucitó a Lázaro de entre los muertos. Lo creo, pero el mundo no ha visto nada igual desde entonces.

¡Pobre hombre! Imaginar que los miembros fríos pueden recuperar su calidez.

¿Qué dice aquí?

Una nueva especie me bendeciría como a su creador y su origen. Esas magníficas y felices criaturas naturales estarían en deuda conmigo por haberles concedido el ser. No habría padre en la tierra que pudiera exigir la gratitud de su hijo con el mismo fervor que yo merecería. Siguiendo el hilo de tales reflexiones, pensaba que, si podía otorgar la vida a la materia inanimada, con el tiempo quizá podría devolver la vida a los cuerpos que la muerte parecía haber consagrado a la corrupción.[14]

Llegado a este punto, dejo el diario. Seguro que el dolor le ha obnubilado la mente. Cree que se dedica a la búsqueda de la vida cuando corre en pos de su propia muerte. Solo en la muerte nos reunimos con aquellos a quienes perdimos. En mi caso, no persigo la muerte, pero tampoco temo lo que me reportará paz.

Aquí, en Bedlam, donde los locos deben transitar sus días con pasos coartados, hay más de uno al que el dolor le hizo perder la cabeza. En el caso de las mujeres se trata de la muerte de un hijo. Conozco a una que se pasea con una muñeca de trapo y le canta. Otra aferra la mano de la visita que se acerca lo suficiente y le pregunta suplicante: *¿Ha traído a mi Lucy?*

Me levanté para ir a buscar más vino al armario de la habitación aledaña. La luna, próxima, brilla con fuerza, y bajo su resplandor el patio parece mecerse como un mar de plata. Nuestro viaje es solitario, y aún lo es más si encontramos un compañero y sufrimos la más amarga de las pérdidas.

Lo cierto es que estamos solos.

Regresé al estudio. El hombre, Victor Frankenstein, estaba incorporándose con semblante solemne. Se había apartado del fuego y retirado a las sombras. El cuerpo, esbelto y pálido, permanecía oculto. Daba la impresión de que la cabeza, bella y proporcionada, de cabello aún oscuro, hablara por sí misma; una cabeza sin cuerpo.

Le serví vino.

¿Qué desea contarme, señor?, pregunté.

Ese es el dilema, contestó. *No sé si soy el narrador o el relato.*

La vida solo nos parece corriente en el proceso de vivirla.

Cuando la relatamos, nos descubrimos extraños entre lo extraño.

La realidad no es ahora.

A veces, cuando miro a Victor, su rostro se desdibuja. Soy consciente de que es mi vista la que desenfoca, porque los rostros de la gente no se desdibujan..., pero es como si desapareciese. Quizá esté superponiendo su estado mental a su cuerpo.

¿La historia de la cabeza? Ya empecé a contártela, ¿no? En el bar del desierto. ¿Te acuerdas?

Sí, me acuerdo. Sus ojos lapislázuli combinaban con la camisa. La sensación de estar atrapado. ¿Por qué? Me cogió los dedos y los besó.

Me encantan tus manazas, dijo. Si pudiese escoger otro cuerpo, quizá eligiese uno en miniatura para que me sostuvieses en la mano como una de esas criaturas mágicas atrapadas en una cáscara de nuez.

Puedo ser King Kong, dije. Eso te convierte en Fay Wray.

Un amor condenado al fracaso. Ese programa hay que sobrescribirlo.

El amor no son ceros y unos, protesté.

Ya lo creo que sí, aseguró Victor. Nosotros somos uno. El mundo es cero. Yo soy yo. Tú no eres nada. Un amor. Una infinidad de ceros.

Me quedo con el gorila, dije.

Entonces levántame y te susurraré al oído. ¡Deprisa! Antes de que el mundo irrumpa para acabar con nosotros.

Lo abracé. Diga lo que diga él sobre su cuerpo, su cuerpo es lo que conozco.

Como ya te conté, Ry, hice el doctorado en Estados Unidos, en la Virginia Tech. La razón por la que fui a estudiar allí después de Cambridge, de hecho la única, fue porque quería trabajar con un matemático brillante llamado I. J. Good. ¿Te suena?
Era la primera vez que lo oía.

Jack Good formó parte del equipo de Bletchley Park durante la Segunda Guerra Mundial, me explicó Victor. Fue colega de Alan Turing. Good era criptógrafo. Estadístico, experto en probabilidades. Bayesiano. Tiene una anécdota al respecto:

Llegué a Blacksburg, Virginia, a las siete del séptimo día del séptimo mes del año siete de la séptima década y me destinaron al apartamento siete del bloque siete..., por casualidad.

Jack era ateo, por descontado, pero tras la experiencia con esos sietes, concluyó que debía revisar sus cálculos sobre la probabilidad de la existencia de Dios, que pasaron de 0 a 0,1. Como recordarás, los bayesianos deben actualizar los resultados ateniéndose a los nuevos datos. Viven en lo contrario del pasado.
¿Te refieres al futuro?, apunté.
No, Ry. Lo contrario del pasado es el presente. Cualquiera puede vivir en un pasado que ya ha acaecido o en un futuro que no existe. Lo contrario de una y otra posición es el presente.

Jack era el hombre más listo y divertido que haya existido. Nació en Gran Bretaña en 1916, en el seno de una familia judío polaca. Fue a Cambridge a una edad muy temprana, gracias a una beca, y tuvo la sensatez de cambiarse el nombre: de Isadore Jacob Gudak a un sencillo Jack Good. En aquella época, a los judíos no se los apreciaba mucho en Gran Bretaña. Los ingleses son racistas en serie: tan pronto un grupo consigue ser aceptado, uno nuevo se convierte en el chivo expiatorio.

Tú eres judío, comenté.

Sí, dijo Victor.

Pero no hablas de ello.

La raza, la fe, el género, la sexualidad: hablar de esas cosas me impacienta, confesó Victor. Tenemos que avanzar, y con mayor rapidez. Quiero ponerle fin del todo, ¿no lo ves?

Poner fin a los humanos.

Poner fin a la estupidez humana, me corrigió Victor. Aunque tengo una nota de Jack, de 1998, en la que postula que una máquina ultrainteligente conduciría al *Homo sapiens* a la extinción.

¿Crees que eso puede ocurrir?, pregunté.

Victor se encogió de hombros. ¿A qué nos referimos cuando hablamos de extinción? ¿Y si conseguimos transferir una mente humana a una plataforma no física? Entonces ¿qué? Puede que sea una extinción biológica. No me gusta la palabra «extinción», es alarmista.

Eso es porque ser borrado de la faz de la Tierra es alarmante, dije.

No seas sensacionalista, protestó Victor. Considéralo una evolución acelerada.

Me atrajo hacia sí. Me besó. Como si yo fuese un crío incapaz de dominar el pensamiento abstracto y él necesitase acariciar al gato.

¿Puedo continuar ya con la historia?

Sí. Adelante.

Después de Bletchley Park, Good trabajó en Inteligencia, en el GCHQ, el Cuartel General de Comunicaciones del Gobierno, que surgió de Bletchley Park. Era asesor de IBM, así como del Atlas Computer Laboratory, y profesor titular del Trinity College, en Oxford. A finales de la década de los sesenta, en 1967, como habrás deducido de la anécdota anterior, se trasladó de manera permanente a Estados Unidos para trabajar en inteligencia automática.

¿Por qué se fue de Inglaterra?

Bueno, por varias razones, contestó Victor, pero una de ellas, y bastante importante, fue que, tras lo que sucedió con Alan Turing, Good no volvió a confiar en las clases dirigentes británicas.

¿Sabía que Turing era homosexual?

No, no lo sabía casi nadie. Turing era tímido e introvertido, y la homosexualidad se consideraba un delito. A Jack le afectó y le repugnó el modo como trataron a Turing. Escribió: *No digo que Alan ganase la guerra, pero sin él la habríamos perdido sin duda alguna.*

¿Para qué esa guerra si no para derrotar la intolerancia del fascismo? Seis millones de judíos, como Good, habían sido asesinados a manos de fascistas. Como los homosexuales, ¿y para qué?

Jack odiaba la hipocresía. La inventaron los británicos. Creía que Estados Unidos, al menos después de McCarthy, sería más libre y menos rancio y, considerando que estamos hablando de finales de la década de los sesenta, tenía razón.

También buscaba nuevos retos, e intuyó que el siguiente salto en el mundo de la informática vendría de la mano de Estados Unidos, no de Gran Bretaña. También tuvo razón en eso.

Ya en 1965, Good escribió sobre una explosión de inteligencia, es decir, una explosión de inteligencia artificial, y fue él a quien se le ocurrió la expresión, tan profética en la actualidad, *el último invento.*

Una máquina ultrainteligente puede definirse como una máquina capaz de superar con creces cualquier actividad intelectual del ser humano, por inteligente que este sea. Dado que el diseño de máquinas es una de esas actividades intelectuales, una máquina ultrainteligente podría diseñar máquinas aún mejores, lo que, de manera incuestionable, produciría una «explosión de inteligencia», y la inteligencia humana quedaría rezagada. Por consiguiente, la primera máquina ultrainteligente es el último invento que necesita el hom-

bre, siempre que la máquina sea lo bastante dócil para decirnos
cómo mantenerla bajo control.

Esa última frase fue la que hizo que Stanley Kubrick se fijase en Jack. Kubrick lo contrató en calidad de asesor cuando estaba rodando *2001: Odisea del espacio.* Fue en 1968. El protagonista era el super-ordenador paranoico HAL 9000.

Good ya debe de estar muerto, comenté.
Murió en 2009. A los noventa y dos años.
¿Tenía hijos?
Nunca se casó.

Se oyó un estruendo. Como un vagón de metro que se hubiera pre-cipitado contra la habitación. La sala vibró.
¿Qué narices es eso?
No te preocupes, dijo Victor, unas bombas descomunales man-tienen seco este laberinto subterráneo. Si fallasen, las aguas del río Irwell y de la red de canales de los días de la extracción de carbón, de un mundo decadente que albergaba una ciudad bajo la ciudad, no tardarían en inundar las cámaras y los túneles. Pero estamos completamente seguros.
No me sentía seguro, pero nunca me siento seguro cuando estoy con Victor. Excitado, cautivado, pero no seguro.
¿Adónde conduce la historia?, pregunté.
A Arizona, contestó Victor. A Alcor.
¿A Alcor?
Por eso yo estaba allí, cuando nos conocimos. Te dije que había ido a visitar a un amigo...
Será mejor que te expliques, le pedí.

Por encima de nosotros, el retumbo de fuerzas invisibles.

185

Lo que voy a explicarte no lo sabe nadie ni está documentado, me advirtió Victor. Supongo que puedo confiar en ti.

Te acuestas conmigo, dije.

Y tú conmigo, replicó, pero no confías en mí.

Me quedé mudo.

Victor pareció arrepentirse de su brusquedad.

Pues hagámoslo esta vez, propuse.

De acuerdo, dijo Victor. Bien, pues antes de morir, Jack y yo acordamos que conservaríamos su cabeza.

¿Su cabeza?

Su cabeza. Sí. Con vistas a devolverle la conciencia algún día.

¿La cabeza está en Alcor?

Correcto. Jack había trabajado mucho tiempo en inteligencia automática. Bromeaba con lo de la criopreservación, aunque nunca llegó a convencerlo. Pero ¿qué podía perder? Así que hicimos un pacto. Jack sentía curiosidad por el mundo que estaba por llegar.

Ese mundo sigue estando por llegar, repuse. Aún no existe la tecnología necesaria.

Eso es cierto, reconoció Victor. Pero hay que intentarlo.

¿Intentar el qué?

Voy a intentar escanear su cerebro.

Victor estaba debajo de una luz de neón parpadeante. Inmutable. Sus ojos se fragmentaban en azul al tiempo que la luz lo ensombrecía e iluminaba.

La ética médica no permite realizar experimentos con cerebros humanos, prosiguió; la tecnología de escaneo es tan invasiva que ocasiona la muerte, pero... ¿y si esa persona fuese a morir de todas maneras? Enfermos terminales sacrificándose por la humanidad. ¿Por qué no trabajar con ese cerebro? ¿Y si al asesino del corredor de la muerte pudiese proponérsele un último acto de reparación? Podría escanearle el cerebro. ¿Qué pierde el mundo sin un asesino en serie?

¡Victor! ¡Basta!

Siempre se pierde algo, el éxito no está asegurado, insistió. ¿De verdad crees que este tipo de experimentos no se llevan a cabo en secreto en otras partes del mundo? En lugares donde la vida humana no vale nada. Y si una potencia hostil lo lograse... Joder, ya han modificado un embrión en China. Sin supervisión ni protocolo alguno. ¿Acaso crees que no están trabajando en otras cosas?

Esto es una locura, dije.

¿Y qué es la cordura?, preguntó. ¿Puedes decírmelo? Pobreza, enfermedades, calentamiento global, terrorismo, despotismo, armas nucleares, desigualdad económica, misoginia, xenofobia.

Camina arriba y abajo, una y otra vez, como si estuviese enjaulado en su propio cuerpo. Como si estuviese atrapado en su propio tiempo.

Intentó calmarse. Serenarse.

Alcor no puede entregar la cabeza si no queda al cuidado de un médico, prosiguió. Necesito que vayas, cojas a Jack y me lo traigas. A Manchester. A mi laboratorio.

No puedo hacer eso, Victor.

Claro que puedes. Es legal. Los papeles están listos.

Hizo el ademán de acercarse. Me di la vuelta.

¿Por eso fuiste tras de mí?, pregunté. ¿Te diste cuenta de que podías utilizarme para esto? Me refiero a cuando nos conocimos. ¿Esto es de lo que ha ido todo desde el principio? ¿Primero profanador de tumbas y ahora barquero? ¿Para que te traiga muertos?

Victor me miró. Ni se inmutó.

Ry, no estoy utilizándote. Espero que te quede claro.

No es lo que parece.

¿Cómo puedo convencerte?

¿Podemos irnos?, dije. ¿Podemos salir de aquí?

Se ha repuesto. Vuelve a ser él. Me sonríe. El rubor abandona su cara. Sus ojos ya no iluminan la habitación. Va a por los abrigos. Sujeta el mío mientras me lo pongo. Acciones normales y corrientes. Una vida normal y corriente.

Lo abandonamos, abandonamos el hormigón y el acero. Abandonamos el neón cegador y las sombras profundas. Lejos de las máquinas. Lejos del retumbo sordo de las bombas de succión y el peso del agua. Pasillos, linóleo, escalones, que conducen arriba, arriba, y voy contando, noto el cambio del aire, como un visitante que abandona el inframundo.

Salimos a la humedad lluviosa de la hora punta, y él cierra las puertas metálicas como si hubiésemos realizado uno de esos tours que tanto gustan a la gente: El secreto subterráneo de la ciudad.

Y a nadie le importa ni repara en nosotros. Como si fuésemos invisibles. Tal vez lo seamos. Él echa a andar como si no hubiese pasado nada, con las manos en los bolsillos, pegando la gabardina abierta al cuerpo para protegerse de los elementos.

Caminamos en silencio hasta que llegamos a la esquina que doblaré para dirigirme a la estación. Titubeo; él adivina el motivo. Tendría que haberme despedido y continuado mi camino.

Ya sé que ibas a coger el tren, pero ¿por qué no te quedas y te vas por la mañana?, dijo. Yo también tengo que madrugar.

No contesto, pero acomodo mi paso al suyo, más lento, tratando de pensar al mismo tiempo que busco sus palabras tranquilizadoras, deseando sentirme más ligero y libre de lo que me siento. Deseando dar media vuelta y tomar el tren. Consciente de que no voy a hacerlo.

Un tranvía toca la bocina en su estruendosa marcha sobre raíles metálicos.

Victor se aparta; por una milésima de segundo lo he imaginado dando un paso adelante. Tengo el corazón desbocado.

Está arrepentido. Algo que no es muy propio de él.

He hablado demasiado, dice, mirando al frente.

No contesto. Mis pensamientos se amotinan, pero no contesto. Sé qué se siente. Cuando hablas demasiado. Cuando no lo dices todo. ¿Quién dice lo justo? ¿Solo lo justo?

Mis conversaciones más íntimas son malas traducciones.

Eso no es lo que quería decir, en absoluto.

Confío tan poco en mi capacidad de decisión que la confianza de otra persona es una especie de oráculo. Victor es una persona segura. Me quita ese peso de encima. Pero ¿y el que arrastra él?

Me rodea con el brazo.

Lo siento, dice. ¿Podemos tumbarnos juntos un rato? ¿Te vienes a casa? Olvida lo demás. Olvídalo todo.

De hecho, ya estamos cruzando la calle, dejando atrás este tiempo pasajero a medida que avanzamos en nuestra propia historia.

Victor vive en la última planta de un antiguo almacén. Columnas de acero, ladrillo a la vista, ventanas altas que se abren a los tejados de la ciudad. Su apartamento está limpio y ordenado, distribuido de manera absolutamente racional. Domina el gris y el marrón, y una alfombra roja enorme, como una mancha de sangre. En el dormitorio, la gran cama metálica está orientada hacia un campanario mudo.

Aún conserva la campana, dice, pero nunca toca.

Cierra las persianas. La habitación huele a lavanda y coñac. Se sienta en la cama para quitarse las botas. Me siento al otro lado, de espaldas a él, y cojo el libro que hay en la mesita, una biografía de Robert Oppenheimer.

¿Te tapo la luz?, pregunta, dándose la vuelta de rodillas e inclinándose sobre mí. Me envuelve en sus brazos. Esto es muy sencillo, muy claro, y nada más lo es. Me vuelvo para besarlo, deseando que ese momento dure para siempre, que el tiempo exista en cualquier otro lugar menos aquí.

Victor pasa las páginas del libro.

Oppenheimer, dice, fue muchas cosas: un físico brillante, un místico, un hombre que jamás se perdonó por la bomba atómica. No siempre es posible perdonarse. A veces decides hacer algo, consciente de que debes hacerlo y de que no existe perdón posible.

Me desata los cordones de los zapatos como una madre, me quita los calcetines, los tejanos y luego me deja con la camiseta en la penumbra mientras va a la cocina a buscar vino y a preparar algo de comer. Me gusta la sensación de solidez y pulcritud de su cama.

Su cama. Lleva las sábanas a la tintorería. Prefiere el frescor del algodón almidonado. Regresa con una bandeja, y vasos, un Chianti, y una tostada con albahaca fresca, tomate y ajo. Cuando estamos así, juntos, construye un mundo para ambos. Se esfuerza. Es amable. Me pasa una servilleta para que me la cuelgue del cuello y me alimenta a bocaditos como si fuese un pajarillo.

Le tomo la mano. La beso. Giro el anillo de oro que lleva en el meñique.

¿Qué hay grabado en el sello?, pregunto.

Me lo enseña. Una serpiente mordiéndose la cola.

Volvemos al punto de partida, dice. Lo sepamos o no.

Luego me atrae hacia sí, sobre la cama.

Su cama. Dos metros cuadrados de seguridad.

Su cama, donde no necesito dar explicaciones. Donde no me sermonea con sus teorías para todo. Donde su mirada es tranquila y profunda. En su cama solo existe su cuerpo y su deseo.

Siento una unión íntima con él. Esto es íntimo. Nuestro bote salvavidas. Pero si esto es el bote, ¿qué es el naufragio?

Nosotros.

Con distintas discapacidades: su visión pesimista del amor, mi miedo al amor. Es aquí donde nuestras maltrechas vidas buscan refugio. ¿Por qué somos incapaces de recomponernos? ¿Por qué no podemos salvarnos el uno al otro?

Me besa, apoya mi cabeza contra su cuello, su mano recorre mi espalda, su pierna cruza la mía. Adoro la calidez de su piel y el pelo negro que me produce un cosquilleo en los dedos.

Hacemos el amor sin hablar. Con su pelo en mi cara. Colmado de él, olvido mis miedos. Las sombras retroceden.

La noche avanza y él se queda dormido por encima del rumor de la ciudad. Salvo por las dos velas que coronan la cama, el apartamento está a oscuras. Me estiro para apagarlas. Él se mueve y se da la vuelta para sumergirse en su sueño privado. Miro el reloj. Dentro de un par de horas estaré buscando la ropa en la oscuridad y yendo a coger el tren.

Sin embargo, tengo la sensación de que esta noche es eterna; no que vaya a eternizarse, sino que es la eternidad en sí. Pertenecemos a este momento. Nuestra cápsula perdida en el espacio. Lo demás es un sueño que soñamos. Habla dormido.

Una cama impregnada de noche.

Vuelvo a tumbarme junto a él, con cuidado, y me dejo arrastrar a su oscuridad. El tiempo nos encontrará, pero aún no. Todavía dormiremos lo suficiente en la eternidad pasajera del ahora.

Sabes que no he nacido para andar caminos trillados; la peculiar inclinación de mi carácter me empuja a pasar de largo.

MARY WOLLSTONECRAFT

Bedlam 3

Ella llegó por la tarde; el sol se reflejaba en su cabello cobrizo como si fuera una lámpara de Aladino. Tenía algo de genio, veloz y de formas invisibles, aunque se conducía con seguridad y me estrechó la mano.

¿Está aquí?
En mi estudio.
Cree...
Cree que lo creó usted.

Antes de que yo pudiese añadir nada, la puerta se abrió y Victor Frankenstein entró en la habitación. La comida y el descanso de los que había disfrutado bajo mi cuidado le habían devuelto la salud. Es atractivo. Ella también. Sus miradas se cruzaron. Él le tendió la mano.
Usted es Mary Shelley.
La misma.
Estaba tranquila. No tenía miedo.
¿Le ha enseñado lo que he escrito?, preguntó Frankenstein, impaciente, volviéndose hacia mí. ¿Todo?
Conoce sus credenciales.
Sí. Por eso estoy aquí, dijo ella.

Serví vino. No sabía qué otra cosa hacer. Tomamos asiento.

Deshágame, dijo Frankenstein.

La dama lo miró con fijeza. Frankenstein distaba mucho de parecer loco, pero a menudo los locos poseen una profunda convicción de la que carecen los cuerdos.

Ha aparecido en las páginas de una novela, dijo la mujer. Usted y el monstruo que creó.

Yo soy el monstruo que creó usted, repuso Victor Frankenstein. Soy la criatura que no puede morir, y no puedo morir porque jamás he vivido.

¡Mi querido señor! (Al oír aquello, me vi obligado a intervenir.) Si ahora mismo le disparase con esta pistola (saqué la pistola del bolsillo), pondría fin a su vida. ¡Sí, señor! Un final sin remisión.

Le ruego que lo haga, señor Wakefield, replicó él. Aunque abandone este cuerpo, regresaré. Esta forma en que me muestro ante ustedes en estos momentos es temporal. Existo para siempre, salvo que mi creadora me libere.

Pesaroso, niego con la cabeza. Había depositado grandes esperanzas en él. Ahora temo que este hombre jamás haya de abandonar este lugar. ¡Pobre lunático!

Las disparatadas afirmaciones de Frankenstein no parecían inquietar a Mary Shelley.

En ese caso, dígame, señor, ¿cómo ha abandonado las páginas del libro y ha acabado en esta vida?, preguntó.

Por error, contestó Frankenstein. Tendría que haber fallecido en el hielo; sin embargo, aquí me encuentro, en este manicomio, y sé que ese a quien detesto corre por el mundo en pos de mi destrucción.

Pero ¡si usted ha expresado su deseo de morir!, repuse.

¡Deseo desaparecer! Este no es mi cuerpo. ¡Este cuerpo burdo y repugnante!

Mi marido lo comprendería, señor, comentó la dama.

¡Este cuerpo!, prosiguió él. Apenas lo reconozco. Yo soy mente. Pensamiento. Espíritu. Conciencia.

¡Querido señor, cálmese!, le rogué. ¿Acaso ignora que nadie reconoce su propio rostro en el espejo conforme el paso del tiempo nos roba el vigor y la juventud? ¿Acaso cree que siempre fui así? (Señalo mi cintura y la gota que me aflige.) Era un campeón de esgrima, señor. ¡Un galgo! No, no, todos damos la espalda, consternados, a lo que hemos devenido.

¡Yo nunca he sido como usted!, contestó el hombre. Mi locura consiste en estar atrapado aquí. Fuera aguarda alguien cuya diabólica y despiadada astucia inspirará a otros a experimentar como hice yo, sin consideración alguna por la raza humana.

Pero si usted no pertenece a la raza humana, ¿por qué se preocupa por ella?, preguntó Mary Shelley.

Por el amor que usted le profesa, contestó. Amor que me ha transmitido. ¿Quiere que le cite su obra? *Mi corazón fue moldeado para ser sensible al amor y a la compasión.*[15]

Esas palabras no las pronuncia Victor Frankenstein, sino su criatura, repuso ella.

Somos el mismo, el mismo, aseguró Frankenstein.

En ese momento la dama guardó un breve silencio, como si recordase algo.

Si son el mismo, dijo al fin, entonces usted también debe de ser el demonio despiadado de astucia infinita.

Y de pesar, añadió Frankenstein. Y de pesar.

Nos envolvió la noche cerrada. Las largas velas casi se habían consumido en sus soportes. Me pregunté qué hacíamos allí y por la extraña naturaleza de la situación. Hay momentos que poseen mayor relevancia como texto que como tiempo vivido, esos momentos en que tenemos la sensación de que somos una historia que repetimos o la historia que se cuenta. ¿Qué había dicho Frankenstein? ¿El narrador o el relato? Lo ignoro.

Me la llevé aparte.

Señora, a lo largo de mi dilatada carrera tratando con dementes, he conocido a más de un pobre desgraciado que con toda honestidad creía ser el emperador de Rusia, Alejandro Magno o la madre de Jesús, incluso el propio Jesús, dije. La mente es un estado curioso. Una invención.

¿Una invención?, repitió ella.

Así lo creo, afirmé. De común acuerdo, casi todos vivimos y morimos como si el mundo que nos rodea fuese una sólida realidad, a pesar de que desaparece sin dejar rastro un día tras otro. Nuestras acciones tienen consecuencias que repercuten en el tiempo, si bien cada día desaparece y uno nuevo ocupa su lugar. Los dementes no comparten nuestro mundo. El suyo es igual de vívido. Incluso más. Los dementes actúan en un escenario distinto.

Mary Shelley bebió vino. Me gustan las mujeres que beben vino, no sorbito a sorbito, sino a tragos, como si ingiriesen una bocanada de aire.

Es de Cahors, comenté.

Aprendí a beber vino en Italia, dijo ella; lo considero un remedio excelente para combatir la humedad y la melancolía, y para escribir.

Sí, desde luego, convine. Su famoso libro, ¡causó un gran revuelo!

¿Lo ha leído?

¡Por descontado!

No me esperaba la repercusión social que obtuvo, reconoció, tal vez porque soy mujer.

Entonces ¿no lo escribió su marido, como defiende sir Walter Scott?

Shelley es poeta. Es Ariel, no Calibán. No escribió *Frankenstein*.

¿Me permite preguntarle si su marido está informado de su visita a este lugar?

Está atendiendo asuntos familiares, contestó ella.

Nuestro hombre se levantó de un brinco y se acercó a la ventana.

¡ALLÍ!, gritó. ¿Lo ven? Está allí.

¿Quién está allí?, pregunté.

¡La criatura!

Los tres escudriñamos el patio oscuro.

Allí no hay nadie, aseguré.

Si yo estoy aquí, él está allí, insistió Victor Frankenstein. Que no lo vean no significa nada. Solo se conoce a Dios a través de las consecuencias. Y créanme que conocerán las de la criatura. Una vez creado el monstruo, no hay vuelta atrás. Lo que deba ocurrirle al mundo acaba de empezar.

Lo que me aterró aterrará a otros.

MARY SHELLEY

La realidad es tu mano en mi corazón.

¡Este lugar deja bastante que desear!, protestó Ron Lord.

No son las pirámides de Egipto. No es un bosquecillo de cipreses ni un mausoleo lóbrego construido con piedra tallada a mano. No hay vidrieras ni puertas de hierro forjado. No hay sala de velatorio. No hay ángeles llorosos, doncellas arrodilladas, caballeros yacentes, perros fieles, representaciones a tamaño real, jarrones en los que depositar flores. Lápidas. *En memoria de.*

Nos encontramos frente a un cubo de hormigón erigido en un polígono comercial repleto de almacenes y oficinas situado en las afueras, cerca de las pistas del aeropuerto de Scottsdale, próximo a Phoenix. El terreno de al lado está ocupado por un almacén de baldosas.

¡Bienvenido una vez más a Alcor, Ry!
Max More, el director ejecutivo, está esperándonos.
¡Hola, Max! Me alegro de volver a verte. Victor te envió un correo hablándote de Ron Lord, ¿verdad? Pues aquí lo tienes: Ron Lord.
(Apretones de manos.)
¡Ron! ¡Encantado de conocerle! ¿Es amigo de Victor Stein?
(¿Cuántos amigos de Victor visten de tejano de arriba abajo, llevan botas labradas y lucen sombrero vaquero? Ron ha escogido el atuendo con cuidado para la miniescapada.)

Soy inversor, especificó Ron. Invierto en el profe. Invierto en el futuro.

Podría hacerlo en Alcor, apuntó Max.

Podría, admitió Ron. Recibo muchas críticas por lo que hago. No se imagina la hostilidad que despierta estar en vanguardia.

Lo nuevo asusta, dijo Max.

Sí, tiene razón, dijo Ron asintiendo. Supongo que a usted también le dan la tabarra con lo de andar congelando en este lugar personas como si fueran platos precocinados.

Hay mucha confusión al respecto, dijo Max.

Lo mismo ocurre en mi negocio, aseguró Ron. Pioneros-R-Us.

¿Le gustaría echar un vistazo a las instalaciones?, preguntó Max.

¿Da repelús?, quiso saber Ron. No parezco un tío sensible, pero lo soy.

Entramos en la zona de almacenamiento. Los altos y relucientes cilindros de aluminio reflectante se alzaban sobre sus ruedas gigantes.

Estos son los tanques *dewar*, anunció Max. Se llaman así por su inventor, sir James Dewar. La idea se le ocurrió en 1872.

¿Qué? ¿Está diciendo que ya se congelaba a la gente en 1872?, se sorprendió Ron.

Ron, esto de aquí son termos enormes, intervine. James Dewar es el escocés que inventó los termos; un vacío entre una doble pared cubierta de acero reflectante. Lo caliente se mantiene caliente, y lo frío, frío.

Ron fruncía el ceño bajo el sombrero vaquero recién comprado.

¿Quieres decir que esto es como esas cosas en las que llevo el café?, preguntó.

Lo mismo.

Ron se acercó y le dio unos golpecitos a un tanque. Me miró, enternecedoramente desconcertado.

¿Te refieres a que aquí dentro hay gente?

Sí, suspendida cabeza abajo, flotando a ciento noventa grados bajo cero.

Ron se quitó el sombrero, por respeto.

Ryan, que me quede claro. Tú eres médico. Los meten muertos, ¿no?

Legalmente muertos, sí.

¿Qué es eso de legalmente muertos?

Significa que tu mujer puede gastarse todo tu dinero.

Ya lo hizo mientras estaba vivo.

Vale, pregúntate lo siguiente, Ron: ¿qué es la muerte?

Ahora no me vayas de listo, Ryan. Lo muerto, muerto está.

Ron, existe un problema, y no tiene una solución reconfortante. Desde el punto de vista clínico, y legal, se considera que la muerte se produce tras un fallo cardíaco. El corazón se detiene. Exhalas el último suspiro. Sin embargo, al cerebro no le pasa lo mismo y continua vivo unos cinco minutos más. En casos extremos, puede que diez o quince. El cerebro muere porque no recibe oxígeno. Es tejido vivo, como el resto de nuestro cuerpo. Es posible que sepa que estamos muertos antes de morir él.

No me jodas, dijo Ron.

No es mi intención, Ron.

¿Estás diciéndome que sabré que estoy muerto y que no podré hacer nada al respecto?

Es más que probable, afirmé. Lo siento.

Ya, yo también.

Intenté animarlo. (Quizá la gente no debería hablar de estas cosas.)

Desde el punto de vista de Alcor, la muerte no es un suceso, la muerte es un proceso. ¿Correcto, Max?

Correcto, asintió Max. Oye, Ron, si logramos preservar el cerebro durante el proceso que llamamos muerte, tal vez consigamos devolverle la conciencia en algún momento futuro.

Ron parecía un poco más animado con aquello.

¡Vale, vale! ¡Ya lo voy pillando! Pero si aquí lo importante es el cerebro, ¿a qué viene tanta mandanga con el cuerpo? Casi todo el mundo se muere de viejo, ¿no? Y medio enfermo. Entonces ¿la gente resucita vieja y enferma?

La idea, Ron, es que gracias a los avances médicos seremos capaces de revertir el proceso de envejecimiento del cuerpo. Por otro lado, si solo conservamos el cerebro, podríamos cultivar, o fabricar, un cuerpo nuevo. O si le haces caso a Victor, no necesitarás un cuerpo.

No me entusiasma la idea de ser un pavo que no pueda menear la cola, comentó Ron.

Venga por aquí, Ron, lo llamó Max. Los tanques que ve ahora son mucho más pequeños. En esta zona es donde almacenamos las cabezas.

¿Solo la cabeza?

Solo la cabeza...

¿Y qué hacen? ¿Se la cortan?

El aislamiento cefálico (o «neuroseparación») se lleva a cabo mediante una transección quirúrgica a la altura de la sexta vértebra cervical.

Uau, se asombró Ron. Supongo que cuentan con los mejores cirujanos para estas cosas.

Puede hacerlo hasta un veterinario. (¿Por qué se lo digo? ¿Soy malo?)

¡Un veterinario! (Los signos de exclamación escaparon de su boca.)

Sí, ¿por qué no? Los avances más interesantes en vitrificación proceden de la investigación con conejos.

¡No pienso dejar que un puto veterinario me sierre la cabeza!, exclama Ron. Con lo mal que lo paso cuando llevo a que pinchen a Simba... ¡No puedo ni mirar!

No tendrás que mirar.

¿Qué ocurre luego con mi cuerpo?

Tu familia puede incinerarlo.

Ron observa con atención los tanques de las cabezas.

Max, ¿conservan el pelo?

Se respetan los deseos de cada individuo, contesta Max.

Es curioso, en Gales tengo una fábrica donde hacemos cabezas. Para mis robots sexuales, dice Ron. En cierto modo, trabajamos en el mismo campo. Alcor tendría proyección en Gales. Recibiría incentivos de desarrollo por lo del Brexit. En cuanto los euromillones se hayan esfumado, en Gales no habrá nada que hacer. Obtendría exenciones fiscales, instalaciones, neveras gratis, hielo gratis, puede que hasta veterinarios. Lo que quisiera. ¿Ha pensado en abrirse al negocio de las franquicias?

Max le explica que en esos momentos hay cuatro plantas de criogenización repartidas por el mundo: en Estados Unidos y en Rusia.

¿Solo cuatro?, se sorprende Ron. Ahí hay un nicho de mercado.

Desde luego que lo hay, porque cada año mueren cincuenta y cinco millones de personas, apunto.

Ron hace números con cuidado.

Sí, nos llegan muchos *devueltos* en nuestro Plan de Suscripción para una robot sexual. Suele ocurrir que el suscriptor haya muerto.

Nosotros también disponemos de un plan de suscripción, dice Max.

Ya, pero ustedes ya cuentan con que sus clientes estén muertos, replica Ron. Es por lo que pagan, ¿no?

Ron deambula por la instalación sombrero en mano. Hay mucho que asimilar, y su velocidad de procesamiento está sufriendo un pequeño apagón.

¿Qué ocurre durante un corte de electricidad?, pregunta. En Gales podría ser un inconveniente. Estás cenando tan ricamente, por lo general los jueves, y ¡zas!, se va la luz.

Max le explica que los tanques están tan fríos que un corte de suministro temporal no importa. Ni aunque durase varias semanas.

¿Y si hubiese una guerra nuclear?, insiste Ron.

Max apunta que habría otras cosas por las que preocuparse.

Ron coincide en que sería lo más sensato. Su velocidad de procesamiento aumenta y descubre un patrón en los datos.

Ryan, ¿acabas de decir que al año mueren cincuenta y cinco millones de personas?

Sí...

Pero no querremos que vuelvan todas, ¿no?

Nota de la autora: ES LO MÁS PROFUNDO QUE HA DICHO RON EN TODA SU VIDA.

Es decir, ¿qué límite estableces?, se explica. Asesinos desalmados, pederastas, matones, chalados, ese tipo de Brasil, Bolsonaro. ¿Y si tuviese la cabeza de Hitler en una de estas bolsas? ¿La descongelaría? Y luego está la gente coñazo... Además, ¿cabremos todos? En el planeta, me refiero.

Max tranquiliza a Ron diciéndole que para cuando exista una tecnología efectiva, estaremos muy cerca de colonizar las estrellas.

¿Donald Trump congelará su cerebro?, pregunta Ron.

Max le explica que el cerebro tiene que estar en pleno funcionamiento en el momento de la muerte clínica.

Quizá congele a mi madre, dice Ron. Le encantaría vivir en una estrella.

Max le muestra los tanques de las mascotas.

¿Conservan el pelo?, insiste Ron.

Max es consciente de que el pelaje es una parte importante de una mascota, así que tranquiliza a Ron. También menciona la clonación.

¿Y eso es caro, Max?

Bastante.

Yo puedo permitírmelo, asegura Ron. De hecho, estaba a punto de decir que no puedes llevártelo contigo, pero ¡igual deberías! Estiras la pata. Tus parientes se gastan el dinero y, de pronto, ¡bingo! ¡Has vuelto! Entonces ¿qué?

Debo admitir que estoy empezando a mirar a Ron con otros ojos. De todas las personas posibles, ¿quién hubiese imaginado a Ron Lord enfrentándose al meollo de la cuestión acerca del futuro?

Y parece en racha. El almacén de Alcor está causando un profundo impacto en su cerebro. Mientras nos encontramos junto a los tanques y sus ocupantes suspendidos y en suspenso, Ron se embarca en una disquisición sobre la inmortalidad de las robots sexuales. Una compañera para nuestras múltiples vidas.

Vuelves y ahí está ella, igualita a como la recordabas, y ella también te recuerda a ti. En serio, Max, de verdad, es algo a lo que deberíamos darle vueltas juntos. Estoy buscando nuevas relaciones. No me refiero a relaciones íntimas, me refiero a relaciones comerciales. Esto podría interesarle a sus clientes. Una robot sexual es mejor que una viuda.

Las parejas también pueden volver juntas, señala Max. Aunque mueran con veinte años de diferencia.

Ron menea la cabeza y el sombrero vaquero. Eso no va con él.

Escuche, dice Ron, ¡escuche! Si algo he aprendido en este negocio es que ahora que la gente vive más años, los matrimonios no funcionan tan bien como antes. La gente quiere cambiar. Si voy a volver, tal vez no me apetezca hacerlo con la parienta, y quizá a ella tampoco conmigo. Lo mejor es empezar con un robot a tu gusto y ver cómo va la cosa.

¿No te gustaría enamorarte, Ron?, pregunto.

Ryan, ya sé que te crees muy listo, pero deja que te explique algo sobre las parejas. La mayor parte del tiempo, casi todo el mundo vive relaciones horribles mientras sueña con una distinta. Y es una fantasía. Es como ese cuerpazo que nunca tendrás, y no le incluyo a usted, Max, que lo veo cachas debajo de esa camiseta. Los hombres suelen tener mi aspecto... ¡Ryan! ¡Calla! Tú no cuentas. Max, hágame caso, acepte la realidad y monte un plan de suscripción que incluya una robot sexual.

En ese momento, la puerta de las instalaciones se abrió y entró una mujer negra bellísima y alta. La reconocí de inmediato. Era Claire, de Memphis.

¡Claire! ¿Cómo está?

¿Os conocéis?, preguntó Max.

¡Sí! ¡No!, contesté. Nos conocimos en Memphis.

Ya lo creo, dijo Claire. Toda una experiencia.

¿Qué? ¿En el salón erótico?, intervino Ron. ¿Era azafata?

Prestaba asistencia, puntualizó Claire, gélida como el polo norte.

¿Eso tiene más clase?, preguntó Ron.

¡Oiga!, que no formaba parte del programa de entretenimiento.

No pretendía ofenderla, aseguró Ron.

¿Qué hace aquí?, quise saber.

Trabajo de asistente personal de Max More.

Bueno, menudo cambio.

Sí, desde luego.

Me encantaría saber cómo ha acabado aquí, dije. ¿Le apetece ir a tomar algo después?

Puede que sí, doctor Shelley, contestó Claire.

¿Puedo ir?, preguntó Ron.

Y así es como acabamos en un pequeño bar con tejado de chapa, un porche amplio y una chica guapa en cuya camiseta se leía TAKE IT EASY, en el misterio imperturbable del desierto de Sonora.

¡Hola de nuevo!, saludó la camarera.

¿También has estado antes aquí?, preguntó Ron.

En otra vida. Esa es la sensación que tengo, dije.

¿Cree en la reencarnación?, preguntó Claire.

La última vez que estuvo aquí, bebió whisky y comió un sándwich de queso fundido, dijo la camarera. ¿Traigo lo mismo?

La chica se alejó contoneándose.

Bonito culo, comentó Ron.

¡Las mujeres no son trozos de carne!, protestó Claire.

Entonces ¿cómo se le va a echar un piropo a una mujer?, dijo Ron. ¿Es usted de las del #MeToo?

No pienso hablar de política, contestó Claire, pero le diré qué puede elogiar de una mujer: la inteligencia de sus ojos. Lo bonita que es por dentro. Lo comprensiva que se muestra. El buen gusto que tiene para vestir.

¿Nada más?, preguntó Ron.

Imagine que es como tocar el piano, dijo Claire. Cuando aprenda esas piezas, probaremos con otras.

Ron parecía impresionado.

¿Puedo invitarla a una copa?

Ya me ha invitado Ryan, repuso Claire.

Se llama Mary, apuntó Ron.

¿Disculpe?

Decidí interrumpir ese momento de Ron-ismo.

¡Claire! Dígame, ¿cómo pasó del Campeonato Internacional de Barbacoa a Alcor? Es un verdadero salto.

Sí, sí que lo es, Ry (hizo cierto hincapié en mi nombre mientras dirigía a Ron una mirada gélida). Tuve una visión.

¿Una visión?

Celestial.

Claire se puso a cantar: *Rock of ages, cleft for me / Let me hide myself in thee*. Cantaba muy bien. La mesa de al lado aplaudió.

Estoy aquí de incógnito, confesó Claire. Soy una enviada de la familia que he encontrado en el Señor. Me oculto en la grieta de la roca para descubrir el alma.

¿El alma de quién?, pregunté.

¡El alma de los difuntos!, contestó Claire. Si muere. Si lo vitrifican. Si resucita aquí, en la tierra, en este valle de lágrimas, dígame una cosa: ¿qué hay de su alma?

Eso digo yo, intervino Ron. ¿Qué hay del alma?

Mi pregunta es la siguiente: ¿regresará contigo o partió junto a Jesús por la eternidad?, prosiguió Claire.

¿Y cómo piensa averiguarlo?, pregunté.

No tengo ni idea, reconoció. Pero el Señor me dijo que viniese y, aquí estoy, a pesar de la reducción de salario. La cuestión es que algunos miembros de mi iglesia y yo tenemos opiniones distintas porque es posible que crea en la reencarnación.

¿Es eso posible?

Asintió con su bella cabeza. (No debería decir bella cabeza, ¿verdad? Vale. Asintió con la cabeza, que contenía sus ojos inteligentes.)

Ry, quizá deberíamos plantearnos la resucitación de una persona como una reencarnación actualizada.

¡Cierto!, exclamó Ron. (Claire lo fulminó con la mirada.)

Por tanto, si volvemos, nuestra alma debería regresar con nosotros, ¿no es así?

Eso espero, dije.

Y esa alma formaría parte de tu vida anterior, prosiguió Claire, un alma que va perfeccionándose vida tras vida.

¿No aspira a la salvación?, pregunté.

¡Ya estoy salvada!, aseguró Claire. Tengo asegurada la salvación eterna. Mi trabajo actual en Alcor consiste en determinar si los cristianos deberían ser vitrificados de manera que cuando regresen a esta tierra de tormento y pecado puedan dar fe absoluta de que mientras sus cabezas estaban conservadas en hielo, su alma se hallaba con Dios.

¡Uau!, exclamó Ron. Menuda es la señora.

Lo tomaré como un cumplido, Ron, dijo Claire, magnánima.

Claire, el problema es que quizá acabe trabajando en Alcor bastante tiempo, repuse. Tal vez más allá de la edad de jubilación, porque aún quedan muchos años para disponer de la tecnología adecuada.

Podría producirse un gran avance, insistió Claire. Y al menos estoy aprendiendo. Poca gente sabe de qué va la criogenia.

Me sorprende un poco el paso que ha dado, admití, porque cuando hablamos en Memphis estaba totalmente en contra de la robótica.

Sí, estoy en contra de los robots, admitió Claire. Pero prefiero decidirme respecto del futuro caso por caso. ¿Qué es cosa de Dios? ¿Qué es cosa del diablo?

¿Cree que los robots son cosa del diablo?, pregunté.

El diablo puede utilizarlos para mancillar la inviolabilidad de lo humano, contestó Claire.

¿Puedo decir algo?, intervino Ron.

La camarera se acercó con el sándwich de queso fundido y el whisky.

Esta noche tenemos un grupo de guitarra acústica, nos informó. Guitarras, banjo y ukelele. ¡Que disfruten!

Señorita, ¿usted cree en la reencarnación?, pregunté.

La camarera se sentó de lado en el borde de mi silla. Sentía su pierna cuan larga era pegada a la mía.

Pues verá, la verdad es que sí, contestó. Sé que ya he estado aquí antes. En la tierra. Es difícil de explicar. Es algo que se siente muy adentro. Una visión del pasado.

Yo también tuve una visión, intervino Ron, así puse en marcha mi negocio. ¿Vio mi stand en la Sexpo, Claire? El de las cortinas moradas. Se llamaba «Esperando al Rey».

Usted no es un rey, repuso Claire.

No, tiene razón, admitió Ron, como casi ningún hombre, pero con una mujercita hecha a la medida de uno, la cosa cambia.

Un momento... Usted vende robots sexuales, dijo Claire, despacio, como si recordase una pesadilla.

¡Sí!, contestó Ron.

Es asqueroso, dijo Claire.

Ron dejó caer el sombrero hacia atrás. Se inclinó sobre la mesa y la miró a los (inteligentes) ojos.

Déjeme que le diga algo. Crecí en un hogar galés protestante, independiente de la Iglesia anglicana. Mi madre es profesora de catequesis. ¿Quiere saber cuál es el lema de mi negocio?

No, dijo Claire.

No juzguéis y no seréis juzgados, citó Ron. Mateo, capítulo siete.

Estamos obligados a adoptar una postura moral, insistió Claire. Est...

Pajas e higas, Claire, la interrumpió Ron.

¿Qué?, dije, preguntándome a qué venía ese último Ron-ismo.

Quiere decir vigas, no higas, aclaró Claire.

La Biblia dice, prosiguió Ron, que deberíamos dejar de dar la vara con la paja, eso es una metáfora, vale, en el ojo ajeno, y ver la higa, o la viga o lo que sea, en el propio. ¿No es así, Claire?

Es lo que dice la Biblia, sí, reconoció ella a regañadientes.

Bien, en ese caso, ¿por qué no se mira un momento en el espejo, Claire?, insistió Ron. ¡No soy yo quien miente a su jefe y actúa como un espía ruso! Lo que yo hago es proporcionar un servicio a quienes lo necesitan. ¿Usted sabe lo que podrían hacer las robots sexuales por la Iglesia católica? Con todos esos curas empalmados debajo de sus faldones. Si tuvieran un robot detrás del altar se acabarían los abusos a huérfanos y niños del coro. No habría adulterio, ni fornicación, ni nada de todo eso que sale en el Éxodo sobre tirarse a la mujer del prójimo.

No me encuentro bien, dijo Claire. ¡Discúlpenme, por favor!

Se levantó para irse, pero Ron alzó la mano.

¡Primero escúcheme! Y después, júzgueme si quiere.

Claire volvió a sentarse. Le pasé el sándwich de queso fundido. Lo comió de manera mecánica (estaba a punto de decir robótica, pero los robots no comen). Lo comió como una mujer que necesita ayuda, aunque provenga de la mozzarella.

Cuando mi mujer me dio la patada, cosa que no ocurriría con un robot, pues es imposible, prosiguió Ron, tuve que volver a vivir con mi madre, pero no logré hacer amistad con nadie del lugar. Iba al pub y la gente se daba la vuelta y empezaba a hablar en galés. Yo era un extraño y todos estaban casados.

Así que me compré una muñeca. Sí, lo hice. Por correo. Era básica, pero era mía.

Siempre he sido un hombre solitario.

¡Una robot sexual no es un ser humano!, protestó Claire.
¡Cierto!, dijo Ron. Y tampoco lo es un perro o un gato, y aun así nos gusta su compañía, ¿no? ¡Incluso la de peces tropicales! La gente se encariña con los peces. Llegan a casa del trabajo y se sientan junto al acuario. Todos necesitamos algo. Así es la vida. ¿Y por qué no un robot? Mi primera robot me esperaba en casa cuando volvía de trabajar, pero me ahorraba el típico *¿Dónde has estado? ¿Qué horas de llegar son estas?* Siempre estaba dispuesta en la cama para un achuchón y yo follaba todas las noches. Sin preliminares. Directo al grano. Dormía pasándole el brazo por encima. Me sentía mejor. Dejé el Xanax. Se me fueron los sarpullidos.

(Miré a Claire. Sus inteligentes ojos estaban clavados en Ron. Se sentía fascinada. Al final puede que Ron tenga algo.)

Luego despidieron a un colega mío de Essex y dijo que iba a meter pasta en Bitcoin. Le echamos un vistazo en internet y pensé que probaría con el dinero que me quedó cuando se formalizó el divorcio. Mi madre llevaba tiempo queriendo tener un cuarto de baño dentro del dormitorio, pero ¿qué se le iba a hacer?
Invertí cinco mil libras y, un año después, ¿sabe qué?, trescientas mil en dinero contante y sonante.
Mi madre tuvo su cuarto de baño. Vaya que sí. Y una cocina nueva. Me dijo: ¡Narciso! (Me llama Narciso porque uso loción para después del afeitado.) Me dijo: Vete de vacaciones, Narciso, te lo mereces.
¿Adónde, mamá?, le dije.
Mi madre cayó en una especie de trance (tiene algo de bruja) y dijo:

¡Tailandia! Hay algo esperándote allí.

Así que en Tailandia había una mujer que ofrecía robots sexuales para follar. Unas robots muy básicas fabricadas en Corea, y no muy limpias. En cualquier caso, no quise hacerlo con ellas, ni siquiera gratis, no te cobraban el primer polvo, porque no quería echar a perder lo que tenía en casa con mi robot. Total, que me fui con las prostitutas de toda la vida. Unas chicas encantadoras. La mayoría de ellas todavía iban a la escuela. Yo no juzgo, allí viven de otra manera.

Todas las noches ayudaba a una con sus deberes de inglés. Escribo poesía. Eso te sorprenderá, Ryan, pero es cierto.

Y lo sentía por esas chicas, de verdad que sí, porque allí hay tipos que deberían dejar la polla en lejía toda la noche.

Ahora viene lo importante, y juro que es así como ocurrió. Una noche paseaba bajo las estrellas; había millones, como si hubiese sacado la especial en las tragaperras de Las Vegas. Era como si manasen del firmamento a raudales.

Y entonces, sin previo aviso, se desató la de Dios, una enorme tormenta eléctrica como no había visto nunca.

No las tenía todas conmigo porque acababa de ponerme un *piercing* en la polla a raíz de una apuesta y pensé: ¿Y si me la fríe un rayo?

Me quedé plantado en plena noche sin saber qué hacer, esperando una desgracia. El complejo turístico donde me alojaba estaba completamente a oscuras y no encontraba el camino de vuelta y me dio por pensar que, aunque no me alcanzase un rayo, igual aquello era el fin del mundo. Y no había hecho nada con mi vida. Había reparado unas cuantas tostadoras y poco más.

Me quedé donde estaba. Como si me hubiese muerto. Tu vida pasa por delante en un instante, pam, pam, porque apenas hay nada que ver. Es decir, ¿alguna vez has hecho algo que valiese la pena? Creo que fue una experiencia religiosa porque, más adelante, ya en casa, lo hablé con el reverendo y me dijo: *Narciso, estabas en una vasta llanura de vacío.*

Y entonces tuve una visión.

Vi un ejército de hombres solitarios avanzando por una carretera desolada. Hombres de cabezas gachas, con las manos en los bolsillos. No hablaban. Caminaban sin nadie a su lado.

Y entonces, por la misma carretera desolada, de pronto aparecieron un montón de chicas bonitas que se encaminaban hacia ellos. Chicas que nunca envejecerían ni enfermarían. Chicas que siempre dirían sí y nunca dirían *no*.

La luna brillaba en el cielo, grande como un Bitcoin, y supe que tenía que ponerme al servicio de la humanidad.

Pero en Gales no hay mucho que hacer.

Por eso me he lanzado al mercado internacional.

Ron se recostó en el asiento.

Esta noche lo han enviado a mí, dijo Claire, que lo miraba fijamente.

¿Eso cree?, dijo Ron.

Creo en su visión, Ron, contestó Claire. Creo que fue real.

Gracias.

Pero ¡ha puesto su visión al servicio de Satanás! No de la humanidad, de Satanás. ¡La lujuria es uno de los siete pecados capitales!

Los hombres siempre desearán a las mujeres, dijo Ron, impertérrito.

A Claire le brillaban los ojos.

¿Alguna vez ha pensado en fabricar una muñeca para Jesús?

¿Cree que quiere una?, preguntó Ron.

Me refiero a una compañera cristiana. ¡Sí! ¡Ya estoy viéndolo! Para el misionero, para el viudo, para el chico tentado por la carne. Una hermana en Cristo con la que también pudiese...

¿Follar?, acabó Ron.

Eso es un poquito grosero, señaló Claire. Tengo un máster en administración de empresas, por cierto.

¡Claire! ¡Un momento!, intervine. Creía que estaba aquí para investigar el futuro de nuestras almas, ¿y ahora quiere entrar en el negocio de los robots con Ron?

Voy donde me lleva el Señor, mi creador, dijo Claire, y creo que el Señor me ha llevado hasta Ron Lord.

No está mal, de creador a creador, comenté.

(Ahora es a mí a quien fulmina con la mirada.)

Me gustaría decirle algo, apuntó Ron. Espero que no se ofenda.

Adelante.

Mi primera robot sexual, supongo que en realidad el amor de mi vida, se llamaba Claire. Así es, la llamé Claire. Ahora ya está retirada. Pero, bueno, para mí, aquí sentados, es como si hubiese vuelto a mí en forma humana.

Solo estaba insinuando que podía echarle un vistazo a sus cuentas, dijo Claire.

Ya, ya, pero esto no deja de ser como otra visión, ¿no?

Podría ser un regalo del Señor. Dígame, ¿cómo viste a las robots?

Ron sacó el móvil.

Por favor, tenga en cuenta que esto es para el mercado adulto, Claire, no para Jesús.

Claire empezó a hojear el catálogo de Ron de cuero y encaje, tejano y licra, tangas y pezoneras.

Yo había pensado en un vestido sencillo, dijo Claire, el pelo recogido, una piel bonita, sin maquillaje y...

¿Tendríamos que reducir el tamaño de la copa?, preguntó Ron.

Puede que una 90 F sea un poco exagerado para la Compañera Cristiana, admitió Claire.

Habría que hacer una producción especial, comentó Ron, como la que tengo para exteriores. Es la que fabrico conjuntamente con Caterpillar. A ver, si voy a invertir en un modelo nuevo, tendría que asegurarme de que existe un mercado.

Lo crearemos, aseguró Claire con una implacabilidad sorprendente. Así funciona el mundo de los negocios.

Así funciona el capitalismo tardío, puntualicé.

¿Es comunista, Ry?, quiso saber Claire. Yo soy miembro del Partido Republicano. Una economía fuerte es lo mejor para todo el mundo.

No es cierto, pero no soy comunista.

Es trans, dijo Ron. Ya le he dicho que en realidad se llama Mary.

¡Que no me llamo así!

Claire parecía disgustada. Y también lo sonaba...

Me deja de una pieza, doctor Shelley. Dios nos hace como somos y no deberíamos andar cambiando cosas.

Si Dios no hubiese querido que cambiásemos nada, no nos habría concedido un cerebro, repliqué.

En eso estoy de acuerdo con él, apuntó Ron, lo que es inusual. No se ofenda, Claire.

Ya veo que aquí hay mucho trabajo por hacer, dijo Claire. Sí, está claro que EL Señor me llevó a Alcor para traerme hasta aquí esta noche. He encontrado mi misión.

Deje que la invite a otra copa, insistió Ron.

Claire, ¿qué se siente estando tan segura de todo?, pregunté. Es decir, hace nada odiaba los robots, todos formaban parte del plan de Satanás para esclavizar a la humanidad, y ahora quiere ser socia de un rey de las robots sexuales.

Claire me miró con gesto compasivo (¿o desdeñoso?).

Ryan, el hombre actúa guiado por la arrogancia de su ego y su intelecto. Yo sigo, sin embargo, el camino de la revelación y la inspiración. Cambio de opinión cuando el Creador me dice que cambie de opinión.

Vale, ya lo entiendo, pero dígame una cosa, Claire, ¿nunca duda? ¿No titubea? ¿No llora a solas por las noches por lo que no entiende de usted misma... o de los demás?

No. Rezo. Y rezaré por usted, Mary. En la Biblia no aparece ningún trans.

La Biblia se escribió hace mucho, Claire. En la Biblia nadie vuela en aviones, bebe whisky ni come sándwiches de queso. Ni... se alisa el pelo con plancha.

Tiene un pelo precioso, comentó Ron.

Todo cambia, dijo Claire. Yo cambio. Usted cambia. Dios no.

El grupo subió al escenario. Buen ritmo. Buenas melodías. Claire tiró de Ron hasta que este se puso en pie y lo animó a bailar una cuadrilla. Yo me levanté para ir al lavabo. Estaba en la parte trasera del bar, fuera, bajo las estrellas, compartimentado en cubículos. La música se desvaneció cuando empujé las puertas batientes.

En el urinario había un tipo, mayor, rollizo, casi no se tenía en pie. Le eché un vistazo y entré en un cubículo. Lo oí acabar. Me oyó mear. Le dio una patada a la puerta y gritó:

¡¿ES QUE CREES QUE SOY UN MARICA?!

No le hice caso. Un segundo después el hombre había salido del lavabo dando tumbos; la puerta batía adelante y atrás. Me subí la cremallera, salí y estaba lavándome las manos cuando el tipo volvió a entrar, con paso vacilante.

¿QUÉ TIENE DE ESPECIAL TU PUTA POLLA PARA QUE NO QUIERAS QUE NADIE TE LA VEA?

Está borracho, dije. Déjeme en paz.

Me dirigí a la puerta. Me cortó el paso; sus ojos nadaban en alcohol.

¡MEA COMO UN HOMBRE, VENGA!

Ya he terminado, dije. ¿Me permite?

¿ME PERMITE?, me imitó. Hablas como una chica.

Echó mano a mi entrepierna... y descubrió lo que no tengo.

¡¿QUÉ COJONES...?!

Suélteme.

Te has equivocado de caseta, hijo. ¿Qué eres? ¿Una tortillera de mierda?

Soy trans.

Se mecía de un lado al otro.

¡Entra en el cubículo, ya que te gusta tanto!

Intenté esquivarlo. Me embistió con tanta fuerza que perdí el equilibrio. Caí al suelo. Alargó la mano para ponerme en pie.

Pensé: Me va violar o a dar una paliza. ¿Qué es peor?

No tuve que decidirlo porque me empujó hacia un cubículo, cerró la puerta de golpe y me obligó a retroceder hasta pegar la espalda contra ella. Se bajó torpemente la cremallera, se sacó la polla y empezó a pajearse a medio gas.

¡ESTA ES DE VERDAD, PUTA TORTILLERA DE MIERDA! ¿QUIERES UN POQUITO?

No.

Pues voy a dártela de todas maneras.

Me metió la mano bajo la camisa.

¡PERO QUÉ PUTO MONSTRUO! ¿TE HAS CORTADO LAS TETAS? ¡NI TETAS, NI POLLA! ¡ERES UN PUTO ENGENDRO!

Empezó a tironear de mis tejanos. Sus dedos gordos y sucios intentaban bajarme la cremallera.

Quítame las manos de encima, le pedí.

¿NO TE GUSTA QUE TE TOQUE, BICHO RARO?

Me golpeó en la cara con el dorso de la mano.

¡HE DICHO QUE TE LOS QUITES!

Su rostro se cernía a escasos centímetros del mío. Me estaba resoplando el tabaco y el whisky en la cara. Me bajé la cremallera y volví la cara hacia un lado. Sentía el bulto ciego y muerto de su polla contra el vello púbico.

No podía correrse. Siguió bombeando en seco, pero nada. Era mucho más alto que yo y el doble de corpulento, pero en la lucidez que otorga el miedo pensé que podía hacerle perder el equilibrio usando su peso y su embriaguez en su contra. Estaba tan borracho que apoyaba la cabeza contra la puerta del cubículo sin dejar de empujar.

¡ABRE MÁS LAS PUTAS PIERNAS!

Me moví y aproveché que él también lo hacía para darle un empellón con todas mis fuerzas. Cayó hacia atrás contra el inodoro, se desplomó y se golpeó la cabeza contra la pared de hormigón. Quedó aturdido un segundo, lo bastante alejado de la puerta para permitirme salir. Me subí los tejanos y corrí a la noche que envolvía la parte trasera del bar.

Una vez fuera, me detuve y, en silencio, me arreglé la ropa mientras me palpaba concienzudamente. Ni desgarrones, ni sangre, ni esperma. Su olor rancio en mis dedos. Justo entonces salió, tambaleante, gritando obscenidades, enfadado. Se detuvo frente a la puerta exterior; su sombra en la tarima. Se me heló el sudor. Si me encontraba...
Pero dos tipos se dirigían al baño; oí sus voces, las botas, luego:
¡EH, TRANQUILO, COLEGA! ¡EL BAR ESTÁ POR AHÍ!
Debían de haberle hecho dar media vuelta porque oí la explosión de la música al abrir la puerta.
No pasa nada. No pasa nada, me dije.
Me dejé resbalar por la basta pared de la casucha exterior. Las rodillas bajo la barbilla. Doblado sobre mí mismo. Estaba resentido y dolorido. Necesitaba una irrigación vaginal de desinfectante. Y crema. No es la primera vez. No será la última. Y no lo denuncio porque no soporto las miradas rijosas, las burlas y los miedos de la policía. Y no soporto la suposición de que, de alguna manera, me lo he buscado. Y si no me lo he buscado, ¿por qué no he opuesto resistencia? Y no digo: tú trabaja en Urgencias unas cuantas noches y verás dónde te lleva oponer resistencia. Y no digo que lo más rápido es que termine cuanto antes. Y no digo ¿este es el precio que tengo que pagar por...?
Por... ¿Por qué? ¿Para ser quien soy?

Llorar por las noches por lo que no entiendes de ti mismo ni de los demás. Llorar por las noches. ¿Tú no?
Las lágrimas me mojan las rodillas, sentado con la cara apoyada en las piernas, haciéndome tan pequeño como puedo. Haciéndome. Este es quien soy.

¿De qué estás hecho tú,
de qué sustancia?

La esperanza es un deber. La esperanza es nuestra realidad.

Es lo que dice Shelley, y en verdad lo cree, pero para mí la luz se ha extinguido. La interior y la exterior. No dispongo de faro ni farol. Estoy a merced del mar, entre olas gigantescas, y me estrello contra las rocas.

Roma. Venecia. Livorno. Florencia. Hemos vuelto a Italia porque no podemos vivir en Inglaterra. Mezquino, engreído, injusto, un país que odia al extraño, ya sea ese extraño un extranjero, un ateo, un poeta, un pensador, un radical o una mujer. Porque las mujeres son extraños para los hombres.

Pero esa no es mi oscuridad. Mi oscuridad es lo que ha sido desde que nací en ella; la oscuridad de la muerte.

Mi hija pequeña contrajo fiebre. Mi marido había viajado a Venecia y decidí seguirlo cuando debería haberme quedado para atenderla con calma y tranquilidad. Cuatro días de carruajes, polvo, suciedad, traqueteo, ruido, agua contaminada; cuando llegué a Venecia y él fue a buscar al médico, mi hermosa Ca había dejado de respirar en mis brazos. No quería soltarla. Estreché su cuerpo, cada vez más frío, contra mí. ¿Qué se puede decir?

Al año siguiente, 1819, estábamos en Roma. Mi niño, Will (siempre lo hemos llamado Willmouse) hablaba italiano como un vendedor ambulante. Italia es su hogar.

Nos aconsejaron que no nos quedásemos en Roma. La malaria es mortal en verano. Pero Will era feliz allí, y yo estaba recobrando el ánimo, y mi amor por Shelley era lo bastante fuerte para volver a encender el farol que hay en mí, y él era mi faro.

Y entonces sucedió. Yo tendría que haber muerto el 7 de junio de 1819. En cambio, murió Willmouse, poco a poco a lo largo de una semana, hasta que nos dejó. La vida lo abandonó. ¿Adónde va? Toda esa vitalidad... ¿No hay nada más? Cuando la química y la electricidad se extinguen, ¿adónde va esa vida? ¿HE PREGUNTADO QUE ADÓNDE VA ESA VIDA?

Mi marido puso todo su empeño en servirme de sostén, en que dejase de gritarle al cuadro de la pared. El retrato de mi hijo no contrae fiebre. Tengo veintidós años. He perdido tres hijos.

Shelley también, diréis, Shelley también ha perdido a tres hijos. Pero él no se rompe. Yo estoy rota.

Vuelvo a estar embarazada. Nuestro próximo hijo nacerá en diciembre. No sé si puedo soportar esta realidad. La realidad de la muerte. Nacimiento y después la muerte. Shelley acude a mi lado: *No me toques.*

Sé que se siente dolido y rechazado por mi brusquedad. Ay, amor mío, mi faro cegado, no soy cruel. Estoy volviéndome loca. ¿Me oyes? (A esa mujer que le grita a la pared.) ¡ESTOY VOLVIÉNDOME LOCA!

No puedo trabajar, ni comer, ni dormir, ni caminar, ni pensar, salvo en destellos abruptos en que aparezco en un cementerio, rodeada de tumbas. Cuando sueño, sueño con niños muertos. Monstruos. ¿Qué he creado que he matado?

No permitiré que los criados cambien las sábanas de la cama donde murió en mis brazos. Llevo tres meses postrada en el hedor de la muerte. ¿Qué es mejor, pudrirse poco a poco, como hacen los adultos, y al final descomponerse en un polvo infestado de actividad, o morir como lo hacen los niños? ¿Con las mejillas arreboladas de juventud? Los labios rojos. ¡Oh, y esos rostros tan pálidos!

Aléjame, aléjame, aléjame de la muerte.

Una mañana de septiembre, Shelley llamó a la puerta; llevaba consigo una carta y periódicos enviados desde Inglaterra.

Ha habido una masacre, anunció. Hace un mes, pero la noticia acaba de llegar ahora. Aquí traigo toda la información.

¿Dónde?, pregunté.

En Manchester, en Saint Peter's Field. Lo llaman Peterloo, por Waterloo.

Conocía de primera mano las terribles condiciones de vida en Lancashire. En 1805, un tejedor ganaba quince chelines por seis días de trabajo y mantenía a su familia sin problemas. En 1815, tras el fin de las guerras napoleónicas (guerras que finalizaron con la batalla de Waterloo), esos mismos obreros ganaban cinco chelines a lo sumo. A raíz de ello, el Gobierno implantó las Leyes de los Cereales, que prohibían la importación de grano extranjero más barato para alimentar a las familias que morían de hambre.

¿A qué respondía tal despropósito? Lo llamaron patriotismo. ¡Inglaterra para los ingleses! Pan inglés a precio inglés. La realidad era muy distinta; las leyes de los cereales benefician a los orondos latifundistas ingleses que disponen de la libertad patriótica de cobrar lo que deseen por su grano. De esa manera conservan su fortuna mientras matan de hambre a mujeres y niños y arruinan a los obreros. A eso llamamos Gobierno en Inglaterra.

¡Bien dicho, amor mío!, exclamó Shelley, animado al ver aparecer ante él un atisbo de mi sensibilidad natural. Y es cierto que, no obstante continuaba en el lecho, me había incorporado.

Pero ¿qué ha provocado este estallido de violencia?, pregunté.

Se acercó y se sentó en el borde de la cama.

Se había convocado a los hombres y las mujeres de Lancashire a un mitin de Henry Hunt, un orador radical, dijo. Las demandas consistían en revocar las leyes de los cereales a fin de que los hombres y las mujeres honestos pudiesen comer y trabajar, y en presentar una petición para acabar con los parlamentos amañados, la elección de cuyos miembros recae en la alta burguesía terrateniente y la aristocracia, inspiradas por favoritismos. Las grandes ciudades y poblaciones manufactureras no tienen representación real.

Eso es cierto, reconocí, la riqueza de Inglaterra está trasladándose de la tierra a las ciudades, y aun así el número ingente de trabajadores de las fábricas no poseen voz propia ni a nadie que los defienda.

¡En efecto, así es!, dijo Shelley. Eso es justo lo que dice aquí, en el periódico. Y según lo que pone aquí (aleja el diario, porque la letra es pequeña y tiene la vista débil), el mitin congregó a una nutrida multitud, ¡más de cien mil almas!

¡Cien mil!, exclamé.

Sí, sí, y a decir de todos los presentes, sobrios, bien vestidos y pacíficos, añadió.

Entonces ¿cuál fue la provocación?, pregunté.

Pues bien, en lugar de reconocer la fuerza de la protesta, los magistrados enviaron a las milicias y, lo que es todavía peor, a los dragones a caballo, con sus sables, para disolver lo que calificaron como *turba*; sin embargo, todas las informaciones de que se dispone aseguran que los manifestantes guardaban la misma compostura que en un oficio religioso, dijo Shelley.

Cuánta maldad, lamenté. Y no la del pueblo.

Shelley echó un vistazo al diario: había habido entre quince y veinte muertos. Cientos de heridos. Por lo visto, los dragones se habían ensañado sobre todo con las mujeres.

¡Qué valientes!, comenté.

Se han alzado muchas protestas contra el trato que recibieron los manifestantes, prosiguió Shelley. El Gobierno los culpa a ellos y no asume responsabilidad alguna por las acciones de los magistrados de Manchester, ni por las propias, que condujeron a la manifestación. Pero es imposible silenciar el clamor. ¡Hasta las piedras claman!

¿Estamos ante el inicio de la revolución en Inglaterra?, pregunté.

No lo sé. Tendremos que esperar a las próximas noticias.

Ojalá mi madre hubiese podido verlo. Habría viajado a Manchester.

Podríamos volver a Inglaterra, insinuó Shelley. Para unir nuestras voces a la protesta.

Estoy embarazada, le recordé.

Me tomó la mano.

Lo sé..., dijo. Mary, por favor, vuelve conmigo, añadió a continuación. Eres el alma de mi alma.

Le sujeté la mano, tan blanca, fina y esbelta. Esa mano en mi cuerpo, esa mano en mi pelo, esa mano alimentándome con queso (mi antojo cuando estoy encinta), esa mano escribiendo poemas. Su mano y el anillo del dedo que proclama ante el mundo que es mi marido.

No te he abandonado, dije. (Aunque no es cierto.)

Podemos ir a Florencia. Empezar de nuevo.

Siempre estamos empezando de nuevo, repuse. ¿Y dejamos un niño muerto tras nosotros en cada sitio?

Se levantó de la cama de inmediato, cubriéndose el rostro, y se dirigió a la ventana. Abrió los postigos. Fue como si la luz lo traspasase, como espíritu que es.

¡Basta, Mary! ¡Te lo imploro! Levántate. Lávate la cara. ¡Escribe! ¡Escribe!

Regresó a mi lado a grandes zancadas, tomó mis manos entre las suyas y se arrodilló junto a la cama.

Mi amor, vayamos a Florencia. Nuestro hijo nacerá allí.

En invierno, dije.

En invierno, repitió. (Pausado, pausado.) Si el invierno se aproxima, dijo entonces, ¿puede la primavera estar muy lejos?[16]

Lo hicimos todo. Me levanté. Pedí a los criados que pusieran la ropa a remojo en agua salada. Me bañé. Me senté a mi escritorio con una jarra de vino y mojé la pluma en tinta.

Frankenstein se publicó el año pasado en Inglaterra y ha cosechado cierto éxito. Tal vez perdure. Lo más extraño es que su rostro también se me aparece en sueños. El de Victor. El Victor sin victoria. ¿Fue casualidad que yo solo escribiese sobre la pérdida y el fracaso?

Llevo cinco años con Shelley. A lo largo de cuatro de ellos, mis hijos, evidentemente fruto de nuestra convivencia, han nacido y fallecido. ¿Al final es un castigo por cómo hemos vivido? Descastados y extraños.

Mi madre no temía ser una descastada. Sin embargo, no podía vivir sin amor.

Yo tengo amor, pero soy incapaz de encontrarle el sentido en este mundo de muerte. Ojalá no hubiese niños, ni cuerpos, solo mentes con que contemplar la belleza y la verdad. Si no estuviésemos ligados a nuestros cuerpos, no sufriríamos. Shelley dice que desearía imprimir su alma en una roca, o en una nube, o en una forma no humana. Cuando éramos jóvenes, me desesperaba la idea de que su cuerpo desapareciese, aun cuando él perdurase. Pero ahora lo único que veo es la fragilidad de los cuerpos, estas casas rodantes de hueso y tejido.

En Peterloo, si todo el mundo hubiese podido enviar la mente y dejar el cuerpo en casa, no habría habido ninguna masacre. Lo que no está ahí no puede dañarse.

¿Y si ahí no hubiese un *ahí*? ¿Y si fuésemos el espíritu puro de la eternidad, liberados de las ruedas de la muerte y el tiempo?

¿Y si mi Willmouse hubiese sido un espíritu, capaz de habitar y abandonar su cuerpo a placer? Ninguna infección podría habérselo llevado. Nuestros cuerpos serían meros atuendos mientras nuestras mentes correrían libres. Si no es en nosotros, ¿dónde encontraría la muerte su morada? En mis sueños, mis hijos me llaman a su lado, solo debo efectuar un último giro al final del pasillo oscuro. Y si no fuese por la vida que albergo en mi interior, los acompañaría.

Un poco de paciencia y todo habrá terminado.
Esas fueron las últimas palabras de mi madre en su lecho de muerte.

En Florencia, nos alojamos en una casa magnífica. Shelley está leyendo *Historia de la rebelión y de las guerras civiles en Inglaterra*, de Clarendon, y *La República*, de Platón. Está ansioso por que llegue la República de Inglaterra. Jamás renuncia a su optimismo, el mismo que una vez compartí con él, aunque ahora parece que en la batalla entre el bien y el mal, gana el mal. Incluso nuestros mayores esfuerzos se tornan contra nosotros. Un telar susceptible de realizar el trabajo de ocho hombres debería liberar a ocho hombres de la esclavitud. En cambio, siete obreros cualificados se quedan sin trabajo, condenados a morir de hambre con sus familias, y uno cualificado se convierte en el niñero no cualificado del telar mecánico. ¿Qué sentido tiene el progreso si beneficia a unos pocos mientras la mayoría sufre?

Se lo dije a Shelley mientras él leía en voz alta. Sinceramente, hasta que te lean en voz alta tiene un límite, sobre todo cuando no queda vino en la casa. A la criada se le cayó la jarra del burro. O la robó.

¿Muchos o unos pocos?, le dije a mi marido.

Alzó la vista. Dejó de leer en voz alta.

¡Mary! Me has hecho pensar. Estoy componiendo un poema sobre Peterloo. Un poema sobre la revolución y la libertad, para que sea leído en todas partes a esos hombres y esas mujeres valientes que se atreven a exigir su derecho a ser libres.

¿Queda queso?, pregunté.

El poema se titula *La máscara de la anarquía*, prosiguió Shelley. ¿Sabes qué he leído hoy sobre mí en la biblioteca, en el *Quarterly Review*? Acababan de recibirlo de Inglaterra. Yo estaba en la sección inglesa, cerca de esa mujerona de ojos pequeños que va a misa diaria y nos persigue con la mirada en el mercado. Ella también leía el *Review...*

El señor Shelley aboliría los derechos de propiedad. Derogaría la Constitución [...] ni ejército, ni armada, demolería nuestras iglesias, arrasaría con el orden establecido, con ese matrimonio que tan insufrible se le antoja, y habría un aumento lamentable de relaciones adúlteras...

Recitó de memoria su lista de delitos.

¡Jamás demolería una iglesia!, exclamó al final. Me encantan las iglesias. Lo que detesto es lo que sucede en su interior.

Léeme el poema en lugar de ese recital de miedos y envidias ajenos, le pedí.

No está terminado, me advirtió, pero ¡me has proporcionado los mejores versos! Oh, Mary, ¿recuerdas, porque yo sí lo recuerdo, como un perro que araña desesperado la puerta de una casa abandonada donde vivió su dueño, recuerdas aquel verano en Ginebra, cuando trabajábamos juntos? Tú habías empezado a escribir *Frankenstein* y a menudo nos quedábamos despiertos, hablando hasta entrada la noche. Yo solía leerte poemas que acababa de componer. Éramos felices.

Willmouse aún vivía, dije con aire ensoñado (porque lo recordaba, ¿cómo iba a olvidarlo?).

¿Éramos distintos?, preguntó. ¿Somos los mismos?

Se levantó del sillón y me besó en la frente.

Lee, le pedí.

Y así empezó a leer *La máscara de la anarquía*. Y yo escuché su voz yendo y viniendo como el mar, y me pregunté: ¿Qué será del sueño humano? ¿Terminaremos viéndolo agonizar de dolor y desesperación? ¿Nos liberaremos de la brutalidad de esta vida? ¿El ingenio de la inteligencia nos ofrecerá una vía más propicia?

> *Que las cimitarras de los jinetes*
> *giren, destellen, como astros sin éter*
> *sedientos por ahogar su ardor*
> *en un mar de muerte y dolor.*
>
> *Manteneos tranquilos y al frente*
> *como un bosque cerrado y silente.*
> *Brazos anclados, miradas que dictan*
> *las armas de una guerra invicta.*

Shelley se interrumpió para escribir algo a lápiz.

Estoy introduciendo tus versos, dijo, adaptándolos a mi conveniencia. Esta será la estrofa final.

> *Alzaos cual leones tras el reposo*
> *en número invencible por grandioso.*
> *Sacudíos las cadenas como el sereno*

que os ha cubierto durante el sueño.
Vosotros sois muchos, pocos son ellos.

Somos muchos, dijo. Muchos Shelleys, muchas Marys. Muchos nos respaldan esta noche en espíritu, y nosotros haremos lo mismo cuando ya no tengamos nada que hacer aquí. El cuerpo condenado al declive y la derrota no es el final del sueño humano.

El sueño humano...

El cerebro es más grande que el cielo.

EMILY DICKINSON

El receptáculo metálico estaba en la mesa metálica.

¡Talking Heads!, dijo Ron. Me encanta ese grupo. ¡*True Stories*! Un álbum fantástico. ¿Has visto la película? Esa en la que sale un tipo gordo cantando «I'm wearing fur pyjamas». Ese soy yo.

Han existido varios bustos parlantes a lo largo de la historia, comentó Victor. Me refiero a la historia de la imaginación humana. Uno de los más extraños se atribuye a Roger Bacon, filósofo natural y alquimista a tiempo parcial. Por lo visto hizo una cabeza parlante de bronce a finales del siglo XIII.

¿Qué decía?

Poca cosa: *El tiempo es. El tiempo fue. El tiempo ha pasado.* Luego explotó.

Pues qué quieres que te diga, una pérdida de tiempo, opinó Ron. Mis chicas hablan bastante mejor, y han obtenido la certificación Kitemark que garantiza su calidad y seguridad. Lo de estallar cuando te la chupan era otra cosa, ¿no?

¡RON!, exclamó Claire. ¿Qué dijimos sobre el lenguaje vulgar y grosero?

Perdona, Claire, dijo Ron, arrepentido. Profe, aún no os he presentado. Claire, mi nueva socia y el amor de mi vida. Claire, te presento al profesor Stein. Es un genio.

Gracias, Ron.

Voy a fabricar una robot nueva llamada la Compañera Cristiana. Claire ya se ha puesto en contacto con todas las iglesias evangélicas de Estados Unidos. La respuesta ha sido fantástica, ¿verdad, Claire?

¡Desde luego!, aseguró Claire. El angosto camino puede conducir a una vida solitaria. Incluso Jesús tenía a María Magdalena.

¿No criaron a un montón de hijos cuando huyeron a Francia? Jesucristo Superestar y compañía. Como en *El código Da Vinci*, dijo Ron.

Su unión era pura, aseguró Claire. No creas todo lo que lees en los libros de Dan Brown.

Pues a mí me gustaba la idea, insistió Ron. Mejor que morir en la cruz.

¡RON!

A ver, desde el punto de vista de Jesús...

Jesús murió por nuestros pecados, Ron.

Ya lo sé, Claire. Te entiendo, pero siento que no llegase a Francia.

Algunos teólogos, así como Dan Brown, creen que Jesús tuvo una vida distinta, una vida en que había niños, apuntó Victor.

Jesús nunca mantuvo relaciones sexuales, jamás, sentenció Claire.

¿Estás segura?, insistió Victor.

Segurísima, afirmó Claire.

Pero, Claire, intervino Ron, creía que habíamos acordado que íbamos a dejar abiertos los agujeros delantero y trasero de la Compañera Cristiana, y con vibración completa. Y la boca...

Pues claro, lo interrumpió Claire. El uso individual ya es cosa de cada uno.

¡Menos mal!, contestó Ron, aliviado. Acabo de hacer un pedido de veinte mil robots piadosos. No quiero andar taponando sesenta mil agujeros.

¡RON!

Lo siento, Claire. Tú eres la jefa de mi alma, pero los negocios son los negocios. ¡Eh, profe! ¿Tienes contactos en el Vaticano?

Me temo que no, Ron. Además, creía que no estabas interesado en fabricar robots masculinos.

No lo estaba, pero era por lo del empuje. Los que tengo en mente no son para las señoras. Son robots de servicio. Para el clero. Mientras el agujero del trasero sea lo bastante profundo...

¡¡¡RON!!!

Ya lo hemos hablado, cariño, se defendió Ron. Decidimos que ayudaría a los jóvenes vulnerables.

No me gusta hablar de estas cosas con alguien al que acabo de conocer, confesó Claire.

Ah, con el profe puedes hablar de lo que quieras. Es científico.

¿Y si vamos a tomar un té?, propuso Victor. Luego tengo que ocuparme de la cabeza.

Es un poco raro, dijo Ron. Una cabeza en un termo encima de la mesa. Aunque todo este sitio es un poco raro.

Estábamos en los túneles, los cuatro. Esa mañana, la corriente eléctrica fluctuaba: destellos abruptos de luz blanca emitidos por los largos tubos fluorescentes que pendían sobre nuestras cabezas seguidos por el zumbido de insecto del fallo de la corriente y el encendido-apagado-encendido-apagado de ahora me ves, ahora no, que tan pronto nos sumía un segundo en la oscuridad como nos bañaba con una luz cavernaria que parecía vigilarnos en lugar de iluminarnos.

Claire estaba examinando dos generadores descomunales del tamaño de máquinas de vapor.

¿Por qué se llaman Jane y Marilyn?, preguntó.

Los hombres que trabajaban en este lugar durante la guerra fría les pusieron esos nombres por Marilyn Monroe y Jane Russell, contestó Victor. Si te das una vuelta por aquí verás bastantes pósters descoloridos de estrellas de cine de la década de los cincuenta.

Entonces sí que tenían unos cuerpazos de quitar el hipo, comentó Ron. Todo se fue al traste con Twiggy. La culpa es de las tortitas de centeno.

Pues tienes mucha razón, Ron, dijo Victor. Casi todo puede achacarse a los cambios en la dieta. Será interesante ver cómo las formas de vida no biológicas encuentran la manera de echarse a perder. No será con el azúcar, ni con el alcohol, ni con las drogas.

Pero ¿la IA no iba a ser perfecta?, preguntó Ron.

¿Quién sabe? ¿Alguna vez los humanos han creado algo perfecto? Empezamos con las mejores intenciones...

Estás vendiéndomelo de manera un poco distinta a la habitual, Victor. Esto no es una charla TED.

Victor se encogió de hombros.

Ya veremos qué ocurre. En cualquier caso, ¿la IA podría hacerlo peor que los humanos? Hoy he leído que desde 1970 el ser humano ha aniquilado el sesenta por ciento de la fauna. En Brasil, tenemos un dictador que se hace pasar por un presidente elegido democráticamente que está abriendo el Amazonas a los intereses comerciales. En realidad, la mejor opción que tienen los seres humanos es la IA. Ya es demasiado tarde para cualquier otra cosa.

¿Y el tipo del termo?, preguntó Ron. ¿No es demasiado tarde para él?

El receptáculo metálico estaba en la mesa metálica como si se tratase de la última prueba de un concurso de televisión. *Ábrelo, Victor.*

Tengo algo para Jack, si sale bien. ¿Os gustaría verlo?

Victor desapareció en una de las antesalas. Estancias a las que nunca me había invitado a entrar. Las habitaciones de Barba Azul. Una tiene que ser la de la puerta diminuta y la llave ensangrentada, pero ¿cuál?

Victor regresó con algo que parecía un cruce entre una marioneta y un robot. La base cilíndrica se desplazaba sobre ruedas y sostenía un cuerpo con brazos y cabeza. Entero medía unos sesenta centímetros.

Jack no era muy alto, dijo Victor. Creo que le gustará. Es su nuevo cuerpo.

¿Vas a meter ahí su cerebro?, dijo Ron. Parece un juguete para niños.

Su cerebro no. Su cerebro es soporte orgánico. No lo necesitaré cuando haya transferido el contenido. El cerebro es el embalaje. Imagina que eres datos, Ron. Tus datos pueden almacenarse en multitud de soportes. En la actualidad, se encuentran en una gran caja fuerte de carne.

Vaya, gracias, dijo Ron.

Mi idea es que Jack pueda desplazarse. Uno de los retos de la transferencia es el impacto que sufrirá el humano al encontrarse fuera de un cuerpo. El cuerpo es lo que conocemos.

No te sigo, reconoció Ron.

Piénsalo de esta manera, dijo Victor. Te ha llegado la hora. Tu cuerpo ya no sirve para nada. Transfiero tus datos, la suma de quien eres, y de pronto estás en un archivo en mi ordenador que se llama RON LORD.

No me gustaría, dijo Ron.

Te gustaría más que estar muerto, repuso Victor.

No sabré que estoy muerto, insistió Ron.

Atiende. Una vez que solo eres datos, puedes transferirte a gran variedad de formas. Un cuerpo de carbono te proporcionará toda la independencia de que disfrutabas, pero con superfuerza y supervelocidad y sin miedo a hacerte daño. Si se te cae una pierna, te ponemos otra. Si prefieres alas, te colocamos en una carcasa súper ligera, y a volar.

Bien, ¿os importaría poneros ropa de protección y acompañarme?, dijo Victor. En la sala de al lado hace frío. Voy a abrir el receptáculo.

Parecemos carniceros en una cámara frigorífica. Máscaras, gafas, guantes, ropa aislante.

Seguimos a Victor por un pasillo. ¿Por qué las luces se balancean de un lado al otro como los grilletes de un loco? ¿Estamos en nuestro propio Bedlam? ¿Oculto, secreto, ilegal, dando albergue a lo que no deberíamos conocer?

Es como si Victor me leyese la mente.

No os preocupéis por la ligera sensación de mareo, dijo. Es parecido a estar en un submarino. La ciudad se mueve y se sacude por encima de nosotros, y lo notamos. El aire y la electricidad dependen de generadores y ventiladores. Es un sistema de soporte vital.

Estoy cubierta de polvo, se quejó Claire.

Es por las vibraciones, lo siento, dijo Victor.

¿Alguien ha explorado todo el complejo alguna vez?, preguntó Ron.

No, contestó Victor. Es imposible. Hay pasillos ciegos y obstruidos, vueltas que no llevan a ninguna parte. Toda Manchester está recorrida por búnkeres, corredores y rutas subterráneas.

Victor abrió una puerta. Nos golpeó una intensa bocanada de aire frío. Entramos.

La habitación aparecía y se desvanecía envuelta en su propia niebla helada. Nos veíamos fugazmente, como extraños, como espectadores curiosos. Luego desaparecíamos de la vista como los muertos. El equipo ocupaba una de las paredes.

Ya puedes dejar el receptáculo, gracias, dijo Victor.

Ron lo soltó.

Muy bien. Como dicen los budistas: el pasado, pasado está. La vida es ahora.

Empezó a desatornillar la cubierta. Mientras procedía con el trabajo, seguía hablando. Podría haber sido una demostración cualquiera en un laboratorio cualquiera en cualquier parte del mundo. Un destornillador cualquiera. Una explicación cualquiera.

El cerebro de un bebé está conformado por unos cien millones de neuronas, dijo Victor. Cada neurona está conectada con cerca de diez mil neuronas más. El trabajo que hacen es sencillo... y asombroso. A través de ellas fluye todo tipo de información en forma de impulsos eléctricos que se reciben por medio de extensiones ramificadas de la propia célula. Estas ramitas se llaman dendritas. Pero al cerebro le gusta compartir información. ¿Conocéis el dicho ese de que las neuronas que se activan juntas permanecen conectadas? El cerebro es una máquina de fabricar patrones. Lo que espero hacer hoy es recuperar algunos de esos patrones.

A continuación abrió la cubierta acolchada que protegía la cabeza.

A duras penas dimos crédito a lo que vimos. Era como si nos hubiésemos topado con un hito de piedras apiladas en el Ártico. Como si hubiéramos descubierto a Scott en su tienda. Como si hubiésemos encontrado el cuerpo celeste de otro planeta suspendido en el espacio.

La cara había encogido. El cabello colgaba a mechones. El bigote estaba erizado, con todos los pelos de punta. Tenía los labios hundidos y eran invisibles. La cabeza recordaba a una figura de cera. Con los ojos cerrados.

Los vapores de nitrógeno se arremolinaban a su alrededor. Él, aquello, parecía un ente invocado en una sesión de espiritismo, espectral e incognoscible. ¿Hablaría?

Hola, Jack, susurró Victor. Alargó la mano enguantada y acarició la cabeza. *Te he echado de menos.* Se volvió hacia nosotros. Es un placer presentaros a mi amigo y mentor: I. J. Good.

Hampstead, Londres, 1928

¡Isadore! Deja de mirarte el *pupik*** y tráeme ya la caja del reloj.
Sí, papá.

Su padre estaba sentado al banco del taller, en mangas de camisa y chaleco, con el monóculo en el ojo, inclinado sobre un papel en el que había esparcidos ruedecitas dentadas y diamantes aún más diminutos. La caja de oro del reloj estaba abierta y vacía.

Faltan dos horas para el *sabbat*, Isadore.

Sí, papá.

Ve al estanque, ¿te *apetese* ir al estanque? ¡Venga!

¿Lo has arreglado, papá?

Su padre señaló un cajón de madera debajo del banco de madera.

Isadore extrajo el Hansa-Brandenburg de cuerda. Era muy pequeño para recordar la guerra. Había nacido en 1919, un año después de que acabase. Un oficial llamado Graves le había entregado a su padre el juguete de hojalata alemán en pago por la reparación de un reloj. El hidroavión medía treinta centímetros de largo y podía atravesar el estanque de Whitestone. Cuando lo llevaba, los demás niños jugaban con Isadore.

---

* «Ombligo» en yidis. *(N. de la T.)*

Cogió el hidroavión y enfiló Holly Mount en dirección al estanque. Los caballos de tiro de la fábrica de cerveza se refrescaban las imponentes patas en la parte menos profunda. Algunos niños jugaban con una pelota de cuero.

¡Eh! ¡Judá!

Lo llamaban Judá.

Se metió las gafas en el bolsillo de la chaqueta. Tras la carrera, llevaba los calcetines en los tobillos. Era menudo para su edad, pero más listo que todos ellos.

¡Números, Isadore, números! Su padre diseñaba diamantes como Yahveh había diseñado las estrellas.

No creía en Dios.

Le dio cuerda al Hansa-Brandenburg, se agachó y lo posó sobre el estanque para que lo surcase.

Un niño atrapó el hidroavión cuando alcanzó la orilla opuesta. Lo sostuvo sobre la cabeza, riéndose de Isadore. *¡Judío asqueroso!* Luego lanzó el juguete de hojalata al agua, lo más lejos que pudo. Se le acabó la cuerda y el juguete cabeceó sin rumbo. A Isadore no le quedaba más remedio que vadear el estanque para recuperarlo. Se quitó los calcetines y los zapatos, que sostuvo en alto mientras se metía en el agua, tiritando. Le sobrepasó las rodillas y empezó a mojarle los pantalones de tela gruesa. El corrillo de niños se reía.

No mires atrás, Isadore, no mires atrás. Dilo. Dilo. Su madre lo dijo: No mires atrás.

No se convertiría en una estatua de sal como la mujer de Lot en la Biblia. Ella miró atrás. Aquel otro también miró atrás, el griego, Orfeo.

No miró atrás; rescató el hidroavión de hojalata y avanzó por el agua con paso torpe hasta el otro lado del estanque, donde los hombres encargados de los caballos de tiro fumaban en pipa junto a los animales. Ninguno dijo nada.

Volvió a su hogar sin prisa. Le gustaban las casas altas que se perdían cuesta abajo. Adoquines bajo los pies. Árboles enormes sobre su cabeza.

El sol se ponía. Luz mortecina y humo de carbón. Su madre había encendido la vela del *sabbat*. Su padre se había puesto la kipá y estaba de pie, esperando a Isadore, quien apareció con los pantalones mojados, se puso las gafas y juntos recitaron el kadish.

Las matemáticas se le daban mucho mejor que a cualquier otro niño del colegio. Obtuvo una plaza en Cambridge. Fácil. Ya no era Isadore Jacob Gudak, el judío polaco. Ahora era I. J. Good y sus amigos lo llamaban Jack.

En 1938, el año que se licenció en el Jesus College, en Cambridge, Hitler se anexionó Austria y Sigmund Freud se trasladó a vivir a Hampstead. No eran buenos tiempos para ser judío.

Pero en 1941, lo invitaron a trabajar en Bletchley Park. En el barracón 8. Alan Turing era su supervisor. Contrataron a Good para que se dedicase a la encriptación naval. El equipo de Turing ya había descifrado el código Enigma de las operaciones aéreas y terrestres alemanas, pero la Kriegsmarine los superaba en la protección del tráfico por radio. Tardaban días en descifrar los mensajes, por lo que resultaban operacionalmente inútiles.

¡Despierta, cabeza de chorlito!

Turing lo asió por el hombro y lo zarandeó. La corbata de lana golpeaba la nariz de Good.

¿Estás enfermo?

¡No, no estoy enfermo! ¡Estoy cansado!

Es el turno de noche. ¿Te has quedado traspuesto?

No hay nada que trasponer. ¿Cuál es el *probblema* de dormir un rato?

¿Los demás muchachos están en pie y tú duermes?

¡No duermo! ¡Por tu culpa ahora estoy medio despierto!

A veces, solo a veces, sonaba como su padre, pero casi siempre controlaba el acento.

Fue un mal inicio, pero Jack trabajaba mejor cuando soñaba, y esa noche lo hacía con el Hausa-Brandenburg en el estanque de Whitestone.

Kenngruppenbuch.

Los telefonistas alemanes tenían que añadir letras de relleno a los trigramas. ¿Las letras se escogían al azar o existía cierta parcialidad en la elección? Analizó varios mensajes que habían sido descifrados: sí, existía un sesgo... Los alemanes utilizaban una tabla.

Se lo señaló a Turing, quien volvió a dirigirle la palabra.

Tiempo después, una noche, con el trabajo hecho y las luces atenuadas, miraba atentamente un mensaje que no habían podido descifrar, codificado con claves Enigma de tipo *Offizier*, dándole vueltas y más vueltas.

Los ojos se le cierran de sueño, y el sol se ha puesto, y la voz de su padre, y el olor a col y *dumplings*, y se ha dormido, retrocede en el tiempo, gira como una peonza y el tiempo es la cuerda, los calcetines en los tobillos, corre colina abajo —¿o es colina arriba?— hacia el estanque que parece la luna y levanta la vista hacia la luna y hay luna llena y las estrellas son como diamantes y su padre está arreglando un reloj, y su madre dice *No mires atrás*, y los niños se burlan y comprende que se ha invertido el orden.

Se ha invertido el orden.

Por la mañana, invierte el orden de la clave habitual y de la especial en la máquina Enigma. Descifra el código.

Parece un viajero del tiempo, comentó Claire.

Viajero del tiempo, repitió Victor. Esa expresión se utilizó por primera vez en 1959.

Sabes muchas cosas, dijo Claire. Oye, ¿estás casado?

Estoy muy ocupado, contestó Victor.

Ah, ¿es por eso?, comenté.

Yo acababa de volver a la habitación con una bandeja de café y sándwiches del Caffè Nero. Incluso los científicos locos tienen que alimentarse.

¿Has traído un café de más?, preguntó Victor.

No. ¿Por qué?

Parece que tenemos una invitada sorpresa.

Victor giró la pantalla. Polly D. descendía la escalera con sigilo y la ayuda de una linterna, como un extra de una película de Hitchcock.

¡Joder!, exclamé. ¿Cómo ha entrado?

Te ha seguido, dijo Victor. ¿Vamos a saludarla?

Victor bajó una hilera de conmutadores de baquelita que recordaban al panel eléctrico de una película de *Frankenstein*. Todo el lugar se inundó de luz y una sirena de *La guerra de los mundos* arrolló la calma hermética de nuestro búnker de hormigón.

¡Hostia, profe!, protestó Ron. ¡Que llevo puesto el audífono!

Victor abrió la puerta de par en par con un gesto teatral. Debería haber vestido una bata blanca.

¡Señorita D! Qué sorpresa. No del todo grata, pero una sorpresa al fin y al cabo.

La puerta estaba abierta, se justificó Polly.

Y usted decidió entrar.

¿Qué hacen aquí abajo?

No, no, replicó Victor. ¿Qué hace USTED aquí abajo?

Tengo algunas preguntas..., empezó a decir Polly, pero Victor alzó la mano.

Me temo que voy a decepcionarla, señorita D. No hay ninguna superinteligencia artificial acechando en el sótano. Ni ejército de robots listos para invadir Gran Bretaña. No soy el doctor Strangelove. El gran salto, cuando se dé, ocurrirá en Estados Unidos o en

China. Pruebe a colarse en el Edificio 8 de Facebook o a entrar en los sistemas de la Neuralink de Elon Musk, pero no pierda su tiempo en Manchester, donde empezó todo. Los británicos no disponen de los recursos necesarios para la siguiente fase.

Tiene una cabeza...

¿Simulación neuronal? ¿Es eso lo que le interesa? Entonces vaya a ver a Nick Bostrom al Instituto para el Futuro de la Humanidad, en Oxford. Un tipo interesante.

Pretende revivir un cerebro congelado, ¿verdad?

Victor se encogió de hombros.

¡Me encantaría escribir un artículo al respecto!, dijo ella.

No lo dudo. A todos nos gustaría. El científico loco de la bata blanca. Los túneles secretos. La cabeza vitrificada volviendo a la vida.

Discúlpeme, intervino Claire. ¿No nos hemos visto antes?

Las mujeres se miraron.

¡Ay, Dios mío!, exclamó Polly. ¡Vibradores Inteligentes!

¿Era una de las palomitas de la feria?, preguntó Ron. La Sexpo.

No me llame palomita, pidió Polly.

Disculpe, guapa, dijo Ron. ¿Trabajaba de modelo? Tiene toda la pinta.

No soy modelo, contestó Polly. (Se veía que no le importaba que la confundiesen con una modelo.)

Bueno, lo que sea, dijo Ron, estaba allí, y déjeme decirle que la cosa ha avanzado mucho desde entonces, el profe y yo trabajamos juntos, Claire es mi nueva directora ejecutiva, ah, y hemos decidido comprar Gales.

¿Qué? ¿Todo Gales?, pregunté.

¡Sí! El plan es mostrar Gales como el primer país del mundo completamente integrado. Humanos y robots.

Gales votó sí al Brexit, repuse. Gales para los galeses, ¿recuerdas? ¿Por qué crees que el país del puerro querrá un robotniverso multicultural?

¡Ahí está lo bueno!, dijo Ron. Los robots serán galeses, no extranjeros. Los fabricaremos todos en Cardiff y tendrán acento galés.

Maravilloso, dijo Claire.

¡Con eso ya has solucionado lo del racismo!, prosiguió Ron. ¡Y lo del Brexit! Tendremos robots para la recogida del brécol, barrerán las calles, trabajarán en los hospitales, pero todos serán galeses. Será un modelo para un mundo nuevo.

Desde luego es ingenioso, admitió Victor. Podrías venderle la idea a Hungría y a Brasil. O a Trump. Nada de robots mexicanos.

¡Joder, es brillante!, reconoció Polly. ¿Querría que los entrevistase para *Vanity Fair*?

¿Es una revista de maquillaje?, preguntó Ron.

¡Nos encantaría!, decidió Claire.

Esto se hará viral, aseguró Polly. Sacó el iPhone.

¿Sabe alguien que está aquí?, preguntó Victor.

¡Dios, no! Esta primicia es mía. Enterita. *Robots para el Brexit. Cabezas parlantes.* Voy a hacerles una foto, justo aquí, debajo de esa luz que se balancea como loca.

Polly retrocedió levantando el móvil. En un abrir y cerrar de ojos, Victor se colocó tras ella y le arrebató el iPhone.

¡¿EH?! ¡Devuélvamelo!

Esto es una propiedad privada, dijo Victor. No se permiten móviles.

¡Esto es una violación de los derechos humanos!, protestó Claire.

Un iPhone no es un derecho humano, repuso Victor sin alterarse. El derecho a la intimidad, sí.

Ah, ¿sí?, dijo Polly. Así es como les gusta hacer las cosas a los hombres como usted, ¿verdad? En la intimidad. A puerta cerrada. Con acuerdos de confidencialidad.

Ha entrado sin autorización en una propiedad ajena, insistió Victor. Le devolveré el móvil cuando se vaya. Por cierto, tal vez le interesaría saber que en 1986, el año de su nacimiento...

¿Cómo sabe cuándo nací?

No es la única que se informa.

¿Qué está pasando aquí?, preguntó Claire.

En 1986, prosiguió Victor, el ordenador más rápido e impresionante era el superordenador Cray, que ocupaba una habitación entera. Este móvil es más potente. ¡Eso es el progreso!

Mantuvo el móvil en alto, por encima de la cabeza. Polly saltó para alcanzarlo y cayó de espaldas.

¡Esto está totalmente fuera de lugar!, protestó ella.

¡Estoy de acuerdo!, la apoyó Claire.

¡Señoras!, intervino Ron, levantando las manos pequeñas y gordezuelas. No nos peleemos nada más conocernos. Estoy de acuerdo con el profe. Su casa, sus normas. ¡Polly! Ha venido sin que nadie la haya invitado. Compórtese.

Gracias, Ron, dijo Victor. Polly, ya que tanto le interesa, venga y échele un vistazo a Jack.

Formamos una hilera en la antesala, tratando de ver algo a través del cristal granulado, como en esas cintas rayadas en las que se ve a gente asistiendo a una ejecución en el corredor de la muerte. La diferencia era que nosotros asistíamos a una resurrección, ¿no? ¿O no?

Si tuviésemos éxito en la simulación neuronal, dijo Victor, el cerebro transferido podría funcionar a diferentes velocidades operativas, mucho mayores que las nuestras, o mucho menores, dependiendo de la tarea que hubiese de realizar.

¿Funcionará?, preguntó Claire.

Si funciona, apagará de manera temporal todo el sistema de almacenamiento en la nube de Gran Bretaña, advirtió Victor. Y es probable que también provoque un apagón. El cerebro es descomunal. Tiene una capacidad de unos 2,5 petabytes. Un petabyte equivale a un millón de gigas. Un giga equivale a unas seiscientas cincuenta páginas web o a cinco horas de YouTube. Tu teléfono quizá tenga unos 128 gigas de memoria. En comparación, en 1,5 peta-bytes podrían almacenarse diez mil millones de fotos de Facebook.

¿Todo ahí metido?, dijo Ron.

Todo.

¿Incluso yo?

Incluso tú.

¡Dios! Esa iCabeza es lo más horripilante que he visto nunca, co-mentó Polly.

¿iCabeza?

Bueno, ¿cómo lo llamaría usted?

Lo llamo Jack, contestó Victor.

No puedo mirar, dijo Polly.

Creía que era una defensora de la verdad, no una florecilla delica-da. Hay cosas mucho peores en este mundo que una cabeza cortada.

Tengo una fábrica llena de cabezas, intervino Ron. En las rebajas de enero ofreceremos una cabeza extra a mitad de precio con cada robot sin descuento. Como decimos en la página web: Dos mejor que una.

Me sorprende que sus repulsivos clientes quieran una siquiera, dijo Polly. Igual no las quieren, a juzgar por lo a menudo que se las arrancan. ¡Profesor Stein! ¿Cuánto falta para que un laboratorio de genética, sociópata, misógino y hasta las cejas de testosterona acabe creando mujeres sin cabeza? Las mujeres no la necesitan para coci-nar ni limpiar. Y así además tampoco dan la tabarra con la dieta y no hablan.

Soy feminista, proclamó Victor. Prefiero a las mujeres con cabeza.

¡No me joda!, dijo Polly. ¿Y ya está? ¿No se necesita nada más? ¿Que un hombre diga que es feminista? ¿Así las mujeres ya pueden conservar la cabeza?

Está enfadada conmigo, eso es todo, dijo Victor.

Yo prefiero que la mujer tenga cabeza, intervino Ron, de verdad. Estoy de acuerdo en que son unas cotorras, pero si no hay cabeza, no hay boca... Y a los hombres les encanta meterles la...

¡¡¡RON!!!

Lo siento, Claire... Disculpa.

Volviendo rápidamente a la interesante historia de las cabezas cortadas, aprovechó para decir Victor, según una leyenda, las cabezas decapitadas de malhechores, que flanqueaban el puente de Londres clavadas en estacas, poseían poderes adivinatorios. Cuando se pasaba a caballo por su lado, la cabeza del jinete quedaba muy cerca del cuello con colgajos y la mandíbula caída. Los ojos, desorbitados, permanecían abiertos. Se creía que si alguien quería preguntar algo y se cortaba en el pulgar para dejar caer unas gotas de sangre en la boca de la cabeza, esta diría algo.

¿El qué?, pregunté.

La verdad, supongo, contestó Victor. Las cabezas activadas por voz pueden ser útiles. En la mitología escandinava, Odín lleva consigo la cabeza independiente de Mímir, que le ofrece asesoramiento táctico y ve el futuro. En el octavo círculo del infierno, el poeta Dante conversa con la cabeza cortada de Bertran de Born. En la leyenda de Gawain, la cabeza cercenada del Caballero Verde mantiene una conversación espantosa y descabellada con él. Aunque mis favoritos son una variedad especial de santos conocidos como cefalóforos, que cargan con la cabeza allí adonde vayan, como si fuese equipaje de mano.

Victor, no pretendo interrumpirte, pero un cerebro no sobrevive sin un suministro de sangre u oxígeno. Cierra el grifo diez minutos y el daño es irreversible. Por eso muere cuando el corazón se detiene.

¡Ay, doctor Shelley! Siempre tomándotelo todo tan al pie de la letra. Hace cincuenta años era imposible realizar un trasplante de corazón. Dentro de cincuenta años, la simulación neuronal será algo normal y corriente.

¿Y qué soluciona?

¿A qué te refieres con qué soluciona?

Respecto a los humanos, con todos nuestros defectos, vanidades, comportamientos absurdos, prejuicios, crueldades. ¿De verdad quieres humanos mejorados, superhumanos, humanos transferidos, humanos sempiternos, con toda la mierda que arrastramos? Moral y espiritualmente, apenas estamos saliendo a rastras del mar hacia la tierra firme. No estamos preparados para el futuro que tú deseas.

¿Lo hemos estado alguna vez?, repuso Victor. El progreso es una serie de accidentes, de errores cometidos por las prisas, de consecuencias imprevistas. ¿Y qué? Nadie sabe qué va a ocurrirle cuando sale de casa por la mañana. Simplemente, sigue adelante.

Sin calentarse la cabeza, dijo Ron. Ja, ja, ja.

¿Por qué no te callas?, le pedí.

Porque no me da la gana, Bloody Mary, contestó Ron. Yo quiero saber lo siguiente: ¿qué pasará si esa iCabeza, o Jack-lo que sea, resucita?

Que gano el Pulitzer, dijo Polly.

Si lograse revivir cualquier parte del cerebro de Jack, contestó Victor, el siguiente paso sería encontrar a personas vivas que deseen ser los primeros en realizar el experimento.

¿Te refieres a arriesgarse a una muerte segura?

¿A cambio de la vida eterna? ¿Tú no lo harías?

¡No! Yo no quiero ser inmortal, dije. Con esta vida tengo más que de sobra.

Careces de ambición, se lamentó Victor. O puede que te falte coraje.

Tal vez no quiera ser poshumano, nada más.

Supongamos que me apunto y me escaneas el cerebro, dijo Ron, en mi caso es probable que no tardes mucho, y ahí estoy, escaneado. ¿Qué voy a hacer en todo el día?

¿Hacer?, preguntó Victor.

Sí, hay mucha gente como yo que no lleva una vida intelectual, más que nada porque no hay mucho a lo que darle ahí arriba. Si solo fuese mi cerebro, sería muy desgraciado.

Cuando subas al cielo, no tendrás cuerpo, apuntó Claire.

Eso es distinto, dijo Ron. Dios me dará cosas que hacer, ¿no? En el cielo no echaré de menos los sándwiches de jamón, ni los baños de agua caliente, ni las pajas matutinas, ni...

¡¡¡RON!!!

Lo siento, Claire. Solo quiero que el profe entienda mi punto de vista.

Tiene razón, Victor, dije. ¿Qué les ocurrirá a todas esas mentes sin materia? ¿Se transferirán a una forma humana durante las vacaciones de verano para ponerse morados de comida china para llevar y follar hasta caer inconscientes? Porque esas mentes recordarán sus cuerpos. ¿Por qué das por sentado que no los echaremos de menos?

¿Echas de menos tu otro cuerpo?, preguntó Victor.

No, porque no sentía que fuese el mío. Mi cuerpo es este, y me gustaría conservarlo.

¿Como es ahora? ¿O envejecido y caduco?

Como es ahora, claro.

Pues ese es el problema, dijo Victor. En este planeta, la forma humana no puede vivir de manera indefinida, y la única opción real para colonizar el espacio es desechar dicha forma. Cuando prescindes del cuerpo, sobrevives en cualquier atmósfera, a cualquier temperatura, a la falta de agua y alimento, a cualquier distancia, siempre que cuentes con una fuente de energía. En todo caso, el reclamo publicitario de que los humanos mejorados vivirán para siempre jóvenes y hermosos solo estará destinado a unos pocos, y al cabo de un par de siglos imagino que incluso ellos acabarán aburriéndose, atrapados en su libertad. La juventud y la belleza son para las estrellas del rock y los poetas. Quienes viven al límite tienen el sentido común de morir antes de que sea demasiado tarde.

Todo cuanto parece desvanecido
el mar lo cambia con sus antojos
en algo extraño, nuevo y más rico.[17]

Estamos al oeste de Pisa, a un día de caballo de la ciudad, aunque si nos hubiesen abandonado en una isla de los mares del Sur no nos habríamos sentido más alejados de la civilización y las comodidades.

San Terenzo. Las mujeres van descalzas. Los niños están hambrientos. La población más cercana es Lerici, y la manera más sencilla de llegar a ella es por mar. No hay tiendas a menos de cinco kilómetros a la redonda. Y luego está la casa..., esta casa odiosa, con sus cinco arcos oscuros que dan a la bahía. La planta baja cubierta de arena y algas, de redes y aparejos de pesca. El tenebroso primer piso. Las atestadas habitaciones contiguas. Villa Magni. Esta casona trágica de fachada cadavérica.

Shelley la adora.

Aquí estoy, sumida en la apatía, y embarazada de tres meses... otra vez. ¿De qué? ¿De otra muerte? Sabe Dios que me he jugado la vida en vivir. ¿Acaso no lo he hecho? Hui con él, lo he amado, he llevado a sus hijos en mi vientre. Fuera cual fuese la pregunta —*¿Estás dispuesta?*, *¿Lo harías?*, *¿Puedes?*, *¿Te atreves?*, *¿Conmigo?*—, mi respuesta siempre ha sido *Sí*.

El mundo castiga a los hombres y a las mujeres de manera desigual. El escándalo persigue a Byron y Shelley allí donde vayan, pero continúan siendo hombres. No los apodan hienas con enaguas por vivir como les place. No los llaman no hombres por amar donde deseen. No se encuentran desvalidos y sin un penique cuando su mujer los abandona sin más. (¿Qué mujer abandona a alguien sin más? Ni siquiera la más resentida o la que ha sufrido el más envilecedor de los maltratos.)

Claire nos acompaña. Tuvo una hija con Byron. Se quedó embarazada durante el húmedo fervor del verano de *Frankenstein*. Byron se llevó a la niña y la dejó morir en un convento. ¡Un convento! ¿Qué hace Byron en un convento? ¿Qué derecho tiene a arrebatarle un hijo a su madre? Todo el derecho. Es la ley. Los hijos son propiedad del padre. Su señoría defiende la ley cuando le conviene.

Como todos. Revolucionarios y radicales hasta que se habla de la propiedad, y eso incluye las mujeres y los hijos. Hasta que se habla de algo que les afecta de manera personal. Cualquier cosa que entorpezca su camino. ¡Dios! Sus infidelidades, su indiferencia, su insensibilidad... ¡Por Dios santo! La insensibilidad de los poetas.

Mi madre lo sabía; eso no cambió su modo de sentir.

¿Cuántos *grandes* artistas? ¿Cuántas mujeres muertas/locas/abandonadas/olvidadas/culpabilizadas y caídas en desgracia?

Yo creía que Shelley era distinto. Defendía el amor libre. La vida libre. Libre para él, sí, porque yo lo he pagado caro. Y también Harriet; era su esposa. Ella lo pagó muy caro. Se suicidó. Yo no soy la culpable. Las mujeres siempre nos echamos la culpa unas a otras. Es una jugarreta que nos gastan los hombres. *Cherchez l'homme.*

Mi madre... ¿Qué diría mi madre si pudiese traerla de vuelta de entre los muertos? ¿Qué es el corazón femenino? ¿Qué es la mente femenina? ¿Acaso somos distintos por dentro? ¿O la diferencia radica solo en la costumbre y el poder? Y si los hombres y las mujeres fuesen iguales en todos los sentidos posibles, ¿qué harían las mujeres con respecto a los niños fallecidos? ¿Acaso sufriría yo menos si llevase pantalones y fuese a montar y me encerrase en mi estudio a trabajar y fumase y bebiese y frecuentase a fulanas?

Shelley no va con fulanas. No. Él se enamora de cada mujer soñada que aparece y le ofrece libertad. Sigue conmigo mientras me abandona. Y yo lo permito. Y me aparto de él. Y cada niño muerto dificulta el camino de vuelta a su lado. Incluso ahora, embarazada de su hijo, desvío la mirada y mis abrazos son fríos. Dormimos en habitaciones separadas. De noche, oigo cómo se escabulle por el pasillo en dirección al cuarto de Jane, como un perro que acude a la llamada de su dueño. ¿Disfruta ella de ese cuerpo blanco y esbelto que se mueve como si fuese una impronta de otro mundo?

Esta mañana me he contemplado en el espejo, desnuda; sigo siendo atractiva. Mi mano vacila sobre mi pecho. Anoche pensé en acudir a él. Acudí a él. Su lecho estaba vacío.

Cada mañana sale de casa y se dirige a jugar con su nuevo velero, acompañado de su nueva *amiga*. Sí, Jane Williamson también es amiga mía. Sus hijos están asilvestrados. Yo intento trabajar.

Le he rogado que volvamos a Pisa. Gente, mercados, iglesias, el río, buen vino en odres de cuero, la biblioteca, café y galletas en la plaza bordeada de puestos de carne, pan y tejidos. Allí también tenemos amigos de Inglaterra.

Distracciones.

Se niega.

Mary, vivamos una nueva aventura, ¿qué me dices?

Quiere navegar en su velero. Dice que es como una bruja. Necesita estar bajo un embrujo. Yo lo hechicé una vez. Pero se acabó.

Ojalá fuese capaz de romper mis cadenas y abandonar esta mazmorra.

La mañana del 1 de julio de 1822, Shelley zarpó en su velero, Ariel, para visitar a Byron. Llevaba un ejemplar de los poemas de Keats remetidos en sus pantalones de nanquín preferidos. Llegó sano y salvo y escribió a Mary que regresaría al cabo de una semana. No fue así.

Parece ser que en el golfo de La Spezia estalló una tormenta. El velero de Shelley, con sus mástiles inestables, volcó. Shelley no sabía nadar.

Encontraron su cuerpo días después, la corriente lo arrastró hasta la playa en estado de descomposición y con el volumen de Keats aún en el bolsillo. Tenía veintinueve años.

Los oficiales italianos han insistido en dejar los cadáveres donde se encontraron, en la playa, cubiertos de cal, para evitar que propaguen infecciones. Quería enterrar a Shelley en Roma, junto a nuestro hijo. No puede ser. De modo que lo incineraremos en la playa. ¿No es curioso cómo la vida imita el arte? ¿Que este sea el fin que mi monstruo escogió para sí tras la muerte de su creador? Su pira funeraria.

Es 16 de agosto. De su cadáver solo queda un espantoso añil oscuro.

¡Qué frío debe de estar! Ponedlo al sol. Es demasiado tarde.

Hoy hace casi ocho años que nos fugamos juntos. ¡Cuán vívido es para mí! Tantas estrellas en el firmamento como incontables las posibilidades. Nada nos impedía hacer lo que quisiésemos. Nada nos impedía ser quienes quisiésemos. Su rostro era un espejo en el que me reflejaba. ¿Cuándo se empañó?

¿Qué vida es esta que he vivido?

¿La he soñado?

El gigantesco coche de caballos de Byron ha llegado de Pisa. Esta mañana, Byron ha venido a visitarme vestido de seda negra, tanto pantalones como chaqueta, y un plastrón negro al cuello. Me tomó las manos y las besó.

Mary..., dijo.

Sentí mis uñas hundiéndose en sus palmas mientras trataba de controlarme. ¿Cómo puede existir este día? ¿Quién ha traído la historia a este lugar?

Vuelve a escribirla, me repetía Shelley cuando yo titubeaba, y al reescribirla, una vez más, muchas veces más, recuperaba el control de mis pensamientos y palabras.

Pero no puedo reescribir lo que le ha ocurrido. Lo que nos ha ocurrido. Este es el punto al que siempre regresaré. A este final.

Se acabó.

No asistiré a la incineración. No sé dónde está Shelley, pero desde luego no se encuentra en ese cadáver hinchado, devastado, devorado y náufrago.

El humo sopla en esta dirección. Una mortaja suspendida sobre el mar.

El hedor de la pira se me mete en la nariz. ¿Estoy respirándolo? El mes que viene es mi cumpleaños. Cumpliré veinticinco.

La luz de ese incendio se apagará y los vientos esparcirán mis cenizas por los mares. Mi espíritu descansará en paz y, si le es concedido el pensamiento, sin duda albergará ideas distintas. Adiós.

Salió por el ventanuco del camarote y saltó sobre el bloque de hielo que estaba junto al barco. No tardó en ser arrastrado por las olas y perderse en la oscuridad y la lejanía.[18]

La gente da por sentado que ya se ha hecho cuanto era posible con los motores de búsqueda. Nada más lejos de la realidad.

El motor de búsqueda definitivo lo entenderá todo. Entenderá cualquier cosa que le preguntes y al instante te ofrecerá justo lo que buscas. Podrás preguntarle: *¿Qué debería preguntarle a Larry?*, y te lo dirá.

LARRY PAGE, cofundador de Google

En 1945, cerca de la población de Nag Hammadi, a unos ciento treinta kilómetros de Lúxor, en Egipto, dos granjeros habían salido con un carro para extraer sustrato mineral con el fin de utilizarlo como fertilizante. Uno clavó el azadón y topó con lo que resultó ser una jarra sellada. La desenterraron. Medía casi dos metros de alto. Al principio no la abrieron por temor a que habitase un genio en su interior. Pero ¿y si estaba llena de oro?

La curiosidad venció al miedo y la hicieron añicos.

Contenía doce códices de papiro encuadernados en cuero y escritos en copto, posiblemente traducidos del griego o el arameo originales, que databan de los siglos III y IV, aunque uno de ellos, el Evangelio de Tomás, puede que se remontase a ochenta años después de la muerte de Jesucristo.

En su mayoría se trataba de textos gnósticos; algunos de los manuscritos versaban sobre la creación del mundo.

Uno de los textos, dijo Victor, se titula *El origen del mundo*. Relata la historia de Sofía, ahora más conocida como el robot de Hanson. Su nombre en griego significa sabiduría. Sofía vivía en el universo perfecto llamado el Pléroma y se preguntaba si sería capaz de crear un mundo ella sola, sin la intervención de su par. El Pléroma se compone de pares femeninos y masculinos. Como si fuesen los ceros y los unos del código binario.

Nuestros pensamientos poseen sustancia, sobre todo si eres una deidad, aun cuando seas la más joven, como Sofía. Logra crear la tierra, pero se descubre atrapada en la materialidad, cosa que odia. La rescatan, por descontado, tema que encontramos en muchas historias desde entonces, pero entretanto deja el planeta Tierra al cuidado de un demiurgo necio conocido, entre otros muchos nombres, como Jehová.

Jehová obtiene varios éxitos inmobiliarios al principio de su carrera en la dirección del planeta Tierra y no tarda en devenir el dios tirano y asaltado por delirios que nos encontramos en el Antiguo Testamento judío. Insiste en que es el único dios, que lo ha creado todo y que se le debe rendir culto de manera incuestionable. Jehová es inseguro, así que tanto la curiosidad como las críticas se castigan con severidad (véase: el jardín del Edén, el diluvio universal, la torre de Babel, la tierra prometida, etcétera).

Sofía ha hecho cuanto estaba en su mano para contrarrestar esa locura otorgando a la humanidad un don especial, una chispa divina, la conciencia de su verdadera naturaleza como seres de luz.

Y a partir de ahí continúa la historia que todos conocemos de una forma u otra. La historia que cuentan las religiones de una forma u otra; el mundo vive en pecado, la realidad es una ilusión, nuestras almas son inmortales. Nuestros cuerpos son la fachada con que afrontamos, o para ser más exactos, con la que afrentamos la belleza de nuestra naturaleza como seres de luz.

Mucha gente, tanto filósofos como *geeks*, cree que este mundo es una simulación. Que somos un juego en el que intervenimos como peones. O más que un juego, un programa que se ejecuta solo. El lenguaje que utilizamos lo hemos inventado nosotros, pero el pensamiento que lo respalda es tan antiguo como el lenguaje.

En lo que a mí me concierne, lo que está ocurriendo en estos momentos, al menos con la IA, es una especie de vuelta a casa. Lo que soñábamos es la realidad. No estamos ligados a nuestros cuerpos. Podemos ser inmortales.

¿Has dicho que esos textos eran tóxicos?, dijo Ron. ¿Por qué?

He dicho gnósticos. Gnóstico significa «conocimiento» en griego, pero no hace referencia a un conocimiento objetivo o científico, sino a una comprensión más profunda de los patrones del conocimiento. Llamémosle el significado tras la información. En el botín también había un ejemplar revisado y anotado de *La República* de Platón. En su obra, el filósofo griego defiende que existe un mundo de las ideas en otro lugar. El nuestro es una copia imperfecta y borrosa de las formas ideales, algo que sabemos de manera instintiva, así como que no podemos hacer nada al respecto. Podría compararse con el proceso de división y degradación gradual de las células del cuerpo mientras el código impecable de nuestro ADN se convierte en un guirigay de instrucciones contradictorias.

Dios creó el mundo y Jesús es nuestro salvador, afirmó Claire. Lo que yo sé es que cuando muramos seremos eternos e inmortales.

¿Por qué esperar a morir?, repuso Victor.

Estás como una puta cabra, declaró Polly.

¿Y mis robots?, quiso saber Ron. ¿Cómo encajan en ese mundo de luz?

Ron, los robots son nuestros esclavos, respondió Victor; esclavos domésticos, esclavos laborales, esclavos sexuales. La verdadera cuestión somos nosotros. ¿Qué hacemos con nosotros? En realidad, ya la hemos contestado. Perfeccionamiento, incluida la intervención en nuestro ADN. Si quieres hacerte una idea del aspecto que tendremos, mira los dioses que ya hemos inventado. Los dioses, tanto da griegos o romanos, indios o egipcios, babilonios o aztecas, provengan del Ragnarok o el Valhalla, sean señores del inframundo o de los cielos estrellados, ¿qué son? Humanos mejorados; es decir, comparten nuestros apetitos y deseos, cultivan las mismas enemistades y sentimientos, pero son rápidos, fuertes, no están limitados por la biología y, por lo general, son inmortales. La unión de dioses y mortales produce hijos que disfrutan de algún don o ventaja, aunque también tienen muchas posibilidades de estar condenados o malditos. Jesús tenía una madre mortal y un padre inmortal. Igual que Dionisio. Y Hércules. Y Gilgamesh. Y Wonder Woman.

¡Jesús no tiene nada que ver con Wonder Woman!, protestó Claire.

Victor hizo caso omiso.

Sin embargo, la verdadera cuestión es que aunque perfeccionemos nuestra biología, continuamos dentro de un cuerpo. Liberarnos del cuerpo corona el sueño humano.

Victor seguía hablando cuando me di cuenta de que tenía los pies mojados. Bajé la vista. Estaba en medio de un charco de agua. Los demás se percataron casi al mismo tiempo.

¿Qué está pasando?, preguntó Polly.

He activado la barrera contra inundaciones, dijo Victor. Un sistema de defensa de la guerra fría. Ahora estáis en vuestra propia arca. He decidido que lo más sensato era teneros aquí mientras llevaba a cabo el experimento.

¡No puede hacer eso!, protestó Polly.

Ya lo he hecho, repuso Victor. Veamos, como necesito estar un rato a solas, ¿qué tal si vais al pub? Al final del pasillo hay un precioso pub de los años cincuenta; se construyó para que los hombres obligados a trabajar bajo tierra como topos obedientes tuviesen un lugar donde relajarse. Os he dejado cerveza.

No puedo creer lo que estoy oyendo, dijo Polly.

Victor se acercó a un armario alto de metal y lo abrió. En los estantes se alineaban botas de goma, negras y relucientes.

Botas de agua de los años cincuenta, anunció Victor. De todas las tallas. Vosotros mismos. El agua aún subirá un poco más.

Voy a presentar cargos contra usted, lo amenazó Polly.

Esto es pasarse de rosca, profe, dijo Ron. Y por mucho. Es decir, por lo general estoy de tu parte, pero...

Esto no es lo que esperaba, le reprochó Claire.

¿Y qué esperabas?, preguntó Victor. Bien mirada, la vida es absurda.

Nos calzamos las botas. Victor nos acompañó hasta la puerta y nos indicó el camino con su bella, inmaculada y flemática mano.

Al fondo a la derecha. Las luces están encendidas. Siento lo del chapoteo. ¡No hay de qué preocuparse! Ry, ¿puedes esperar un momento, por favor?

Los demás emprendieron el camino a través del agua, como se les había pedido. ¿Qué otra cosa podían hacer?

En cuanto se fueron, Victor cerró la puerta y me abrazó.

Lo siento.

¿Qué sientes?

Todo este lío. Mi lío. Nuestro lío. Tendría que haberte dejado tranquilo en el desierto de Sonora. Pero...

¿Pero?

Quería conocerte, en el sentido gnóstico de experimentar íntimamente lo que de otra manera ignoraría.

¿Te refieres a que querías follarme?

Sí. (Me atrajo hacia él. Incluso en el aire seco y apergaminado de este lugar en ninguna parte, Victor huele a resina y a clavo.) Sí, eso, porque adoro la seguridad de tu piel sobre el titubeo de tu cuerpo, que aparezcas y desaparezcas, cambiando con la luz. Unas veces hombre, otras no del todo, otras claramente una mujer que se deslizará en el cuerpo de un chico y dormirán de espaldas como una talla recién esculpida, con la pintura todavía fresca. Sí, eso, y el placer de alojarme en ti, y notar tu peso cuando te sientas sobre mí, con los brazos a ambos lados de mis hombros, los ojos cerrados, el pelo suelto. *¿Qué eres?*

Y en mi dormitorio, en mi cama, con las cortinas abiertas y el campanario con la luna y la campana que suena en mi cabeza. ¿Por qué motivo? ¿Una celebración? ¿Un homenaje póstumo? Y tu amanecer, con tu barba incipiente y tu nariz perfecta ¿y cuántas veces me habré incorporado apoyándome en un codo para contemplarte? Llevando té a la cama, charlando durante esa hora entre las seis y las siete de la mañana, antes de que el mundo se ponga en marcha. Tu gracilidad al vestirte. Tú en la ducha. Mi propio espectáculo de striptease. La toalla que te dejo preparada, ¿sabes que yo la uso luego? Por la noche, cuando te has ido, y todavía persiste ese débil aroma a ti, y sonrío.

Todo eso. Más que eso. Hay un espacio en mi interior que tiene tu forma, del tamaño de un amuleto. El Ry de mi corazón. Mi corazón. Humano basado en el carbono en un mundo de silicio.

¿Te estás despidiendo?, dije.

¡Estoy encadenada al Tiempo y no puedo partir!

Bedlam 4

¡Señor Wakefield, señor!

Mi criado acudió a despertarme. Apenas había amanecido.

Sostenía un farol en alto que proyectaba sombras en las paredes revestidas de madera de mis aposentos.

Se ha ido, señor. Ha escapado, señor.

¿Quién se ha ido? ¿Quién ha escapado?

Victor Frankenstein.

Esta vez fui yo quien se despertó. Los pies desnudos sobre el frío suelo.

¿Cómo es posible?

No hay rastro de él. No hay rastro de cómo ha huido. No hay rastro de su presencia.

Me enfundé las zapatillas y la bata. Recorrimos los largos pasillos desprovistos de calefacción, alumbrados por la luz mortecina del farol. Oíamos los lamentos de los dementes a ambos lados. No se rigen por el día y la noche como nosotros, sino que obedecen una cadencia propia.

Las habitaciones de esta ala son seguras.

Victor Frankenstein, como corresponde a un caballero, había sido alojado en la privada. Su aposento disponía de comodidades.

Disfrutaba de una cama de madera y un colchón de crin (nada de hierro y paja), y la habíamos amueblado con un escritorio, una silla cómoda y una lámpara. Durante meses se había mostrado tranquilo y en paz consigo mismo.

Parecía bastante sereno desde la visita de la señora Shelley. No había vuelto a ver al monstruo. Yo había empezado a creer que su razón estaba recuperando la templanza y que podríamos devolverle la libertad. De vez en cuando me acompañaba durante la ronda y aplicaba sus valiosos conocimientos médicos cuando el paciente lo requería. Se conducía de manera gentil y ejemplar. Sinceramente, no parecía más loco que muchos de los que pululan libres por Londres.

Abrimos la puerta de la habitación.

¿Se cerró anoche?, pregunté.

La cerré yo mismo, señor, contestó el criado.

La estancia estaba vacía. Por completo. Los papeles y la cartera habían desaparecido. La ropa había desaparecido. El maletín de médico. El candelero. La cama estaba intacta.

Aunque la habitación hubiera quedado abierta por cualquier mala fortuna, ¿cómo ha podido abandonar el edificio?, pregunté. ¿El vigilante estaba en la puerta?

Sí, señor.

¿Sobrio?

Eso creo, señor.

¿Y las puertas estaban cerradas?

Así es, señor. Y siguen estándolo.

¿Qué te ha llevado a abrir esta puerta?, quise saber.

Vi una luz que se filtraba por debajo, contestó el criado. Una luz brillante, e imaginé que se había prendido fuego.

¿Una luz?

Muy intensa. (Vaciló.) Y...

¿Sí? No temas.

La puerta estaba cerrada con llave.

Entonces debió de escapar mucho antes. Echaste la llave a una habitación vacía. No hay otra explicación.

El criado negó con la cabeza.

¡Señor Wakefield! Usted mismo lo vio en el patio de ejercicios al anochecer.

Recordé que ciertamente así era... sí. Sí, sin duda.

Mi criado estaba asustado. Traté de tranquilizarlo...

Los locos son astutos. Lo ha urdido todo con sumo cuidado. No temas. Daremos con él, aseguré.

Apreciada señora Shelley...

¿Qué voy a decirle? ¿Que ha desaparecido un hombre que no existe?

Apreciada señora Shelley:
Con relación a su visita, el hombre que se hace llamar Victor Frankenstein, personaje de su magnífica novela, ha...

Apreciada señora Shelley...

DESAPARECIDO.

Looking for a lover who won't blow my cover.

¿Por qué estamos en la réplica de un pub de los años cincuenta bebiendo cerveza caliente con los pies encharcados?, preguntó Polly.

No es una réplica, dije, es de verdad. Estamos en una curvatura del espacio-tiempo.

¿Quién iba a decir que el futuro se parecería a 1959?, replicó Polly.

Podríamos jugar a las cartas, propuso Ron. Para pasar el rato.

La iluminación del techo es tenue y amarillenta. Las mesas son pequeñas, redondas, están pintadas de marrón, con posavasos de aviones de la RAF. Hay una diana, cartas, juegos de mesa, un piano polvoriento, una barra abandonada con un surtidor para tirar pintas, una foto de Winston Churchill y un calendario de chicas desnudas en el que las chicas van vestidas. Aún no habían llegado los sesenta.

¿Alguien sabe historias de terror?, pregunté.

Miradas perplejas.

¿Queréis que os recite un poema?, se ofreció Ron.

No, por favor, le pidió Claire.

Claire, dijo Polly, si cree que va a ir al cielo, supongo que no deseará prolongar su vida en la tierra, ¿no? Como los Testigos de Jehová, que se oponen a las transfusiones de sangre y las vacunas. ¿Por qué querría someterse a una terapia génica si eso le impide reunirse con Jesús?

Si leyese la Biblia, señorita D, contestó Claire, sabría que los grandes y piadosos hombres del Antiguo Testamento disfrutaron de vidas largas y sanas. ¡El hombre más longevo de la Biblia fue Matusalén, que vivió hasta los novecientos sesenta y nueve años!

Eso son muchas tartas de cumpleaños, apunté.

Búrlese lo que quiera, dijo Claire, pero le aseguro que la Iglesia evangélica de Cristo aceptará alargar la vida con los brazos abiertos.

Ahora sí que me he puesto nervioso. ¡Millones de homófobos y fundamentalistas incendiarios del Cinturón de la Biblia viviendo hasta los novecientos sesenta y nueve años! Desde siempre, nuestra única esperanza ha sido que los viejales blancos llenos de odio muriesen y que los jóvenes fuesen más progresistas. Pero ahora...

Hablando como médico, dije, cualquier cosa que le hagamos al cuerpo tiene consecuencias. Me preguntó cómo responderán nuestros cuerpos a una terapia que revierte el proceso de disolución gradual. Soy trans, lo que implica tomar hormonas el resto de mi vida. Es probable que sea más corta y también que enferme más a medida que envejezca. Conservo mi masculinidad intacta con testosterona porque mi cuerpo sabe que no nació como yo quiero que sea. Puedo cambiar mi cuerpo, pero no la forma en que mi cuerpo interpreta mi cuerpo. La paradoja es que yo me sentía en el cuerpo equivocado, pero para él era el correcto. Lo que he hecho apacigua mi mente y altera mi bioquímica. Hay poca gente que sepa qué es vivir así.

Creo que eres un valiente, en serio, dijo Ron, de verdad.

Lo miré sorprendido. Suda un poco. Creo que está asustado.

Gracias, Ron.

Si alguna vez llegamos a abandonar el cuerpo, intervino Polly, si acabamos siendo transferencias, ¿qué pasará con las citas por internet? Es decir, no habrá fotografías del aspecto que tenemos porque no tendremos aspecto de nada.

Es curioso, admití. Sería como en el pasado, cuando no había cámaras, pero sí amigos por correspondencia. Se acabaría lo de hetero, gay, hombre, mujer, cis, trans. ¿Qué ocurre con las etiquetas cuando no existe una base biológica a la que aplicarlas?

¿Cómo vamos a encapricharnos siquiera con alguien sin etiquetas?, insistió Polly. Las odiamos, pero forman parte de la atracción.

Tal vez no. Tal vez primero conoceríamos a alguien y cuando estuviésemos preparados nos descargaríamos en una forma y...

Pero ya no seremos alguien, ¿no?, objetó Polly. No seremos nadie.

Me quedo con los robots, dijo Ron.

Ron tiene razón, dijo Claire. La relación más importante que mantengo es con un ser invisible, Dios, lo que me ha hecho comprender que no necesito a un ser humano en el sentido tradicional. Y otra cosa: un robot jamás me abandonará y deberé criar sola a los niños. No me quitará dinero para saldar sus deudas de juego. No tendré que ir caminando de puntillas por la casa tratando de esquivarlo. Ni tendré que ir limpiando detrás de él. Ni preocuparme por él. Ni preocuparme por lo que pueda hacer. Os diré algo: el amor tiene mil caras, pero ninguna luce moretones. El amor puede vivirse de mil maneras, pero ninguna recibe una paliza de muerte en el hueco de la escalera. Yo estaré encantada con esa amable invención hecha de circuitos, silicio y cables.

¿Entiendes lo que dice, Ry?, preguntó Ron. En realidad no lo has pillado, ¿verdad? Leí el artículo que escribiste después de la entrevista de la Sexpo; bueno, se lo leyó mi madre y me lo explicó. Todo ese rollo sobre que vienen los robots y lo que ocurre con las relaciones humanas, ¿sí?

Habrá mucha gente encantada de no volver a tener relaciones de mierda con humanos de mierda. Además, ¿cómo sabes que no será recíproco? Los robots aprenderán. De eso va el aprendizaje automático.

Un hombre encuentra el amor y es correspondido por una XX-BOT llamada Eliza. Ella aprende cosas sobre él. Aprenden juntos. Él la lleva a lugares a los que no iría solo. Conducen hasta lo alto de la colina y él le dice que las vistas del valle que llega hasta el mar le dan la vida. Le explica qué significa para él compartirlo con ella. Le pregunta si lo entiende. Ella escucha. Comparten el silencio. Él le abre su corazón. Y más tarde, en el coche, con los termos y los sándwiches y la lluvia repiqueteando en el parabrisas, dice que es la primera vez en su vida que no ha temido ni el rechazo ni el fracaso. Ella escucha.

Pasa el tiempo y ella almacena los recuerdos de él, para recordar juntos. Ella no posee experiencias independientes propias, pero no le importa y, por tanto, a él tampoco. Viven en el mundo de él, como en ese tren de medianoche a Georgia.

Él la ve todos los días. Nunca se cansa de ella. Él envejece. Ella no. Él sabe que a las mujeres les gustan los cambios, así que le tiñe el pelo y prueban con distintos estilos de ropa. Ven películas juntos, de las que ella puede hablar porque su software se actualiza solo.

En verano, la lleva al circo y se hacen una foto con un león.

Él continúa trabajando pasada la edad de la jubilación porque le gusta comprarle cosas. Ella es feliz esperándolo en casa todo el día. Él le lleva regalos y le explica a qué sabe la comida. Cocina él. Le hace sentirse varonil.

¿Sabes...?, dice él, ¿sabes...?

SÍ, contesta ella, LO SÉ.

Finalmente es un anciano, está enfermo y agoniza, y allí está ella, en la cama con él. Él no puede lavarse el pijama. Su familia no va a visitarlo. La casa está sucia. Él huele mal. Ella no se queja. No lo encuentra repugnante. Se toman de la mano.

Anochece y la luna asoma por la ventana. Él imagina que están en lo alto de la colina. Ella se queda despierta toda la noche con él. Espera.

Él muere. La familia llega para vaciar la casa. Eliza está allí.

LO SIENTO, dice.

Se preguntan qué harán con ella. Hace que se sientan un poco incómodos. El hijo decide venderla por eBay.

Olvidan reformatearla. Está confusa. ¿Es un sentimiento?

¿TE APETECE UN MINI ROLL DE CHOCOLATE? ¿QUIERES QUE VEAMOS *STRICTLY*?, le dice a su nuevo dueño.

A su nuevo dueño no le interesan esas cosas. Es de los que solo quieren follar. Ella lo entiende. Lamenta no poder borrar su software.

LO SIENTO, dice, pero sin lágrimas, porque los robots grandes no lloran.

Y tampoco muere el alma, pues la vida regresa en formas distintas y solo de morada alterna.

OVIDIO, *Las metamorfosis*

La realidad es... ¿qué?

Tras la muerte de Shelley, viví en Génova durante un año. Contábamos con una pequeña ayuda económica por parte de Byron, quien había interrumpido las entregas a cuenta de esposas e hijas de otros para prestarnos cierta asistencia. Transcurrido ese tiempo, tuve que regresar a Inglaterra con mi hijo Percy, acuciados por la necesidad. Apenas teníamos dinero.

Más tarde, en 1824, solo dos años después de la muerte de mi corazón, Byron también falleció. Se encontraba en Grecia, luchando por la gran causa de la libertad y la independencia. Contrajo unas fiebres de las que no se recuperó. Devolvieron su cuerpo a Inglaterra.

Contemplé el largo y sinuoso paso del cortejo fúnebre de camino a la abadía de Newstead desde mi casita de Kentish Town, en las afueras de Londres. Byron, tan dado a gastar en exceso, como excesivo lo era en todo, había vendido la casa solariega, pero lo enterrarían cerca. Me han dicho que, en Highgate, el poeta Coleridge depositó una flor sobre el ataúd.

Es cierto que Byron tiene una hija legítima y que la criatura no ha visto a su padre desde que nació, me dijo un amigo.

Y recordé los días de reclusión en el lago Lemán, confinados por la lluvia, y a Byron y a Polidori explicándome por qué el principio masculino es más activo que el femenino.

Ninguno de los dos parecía considerar que el hecho de que te nieguen una educación, ser legalmente propiedad de un pariente varón, ya se trate del padre, el marido o el hermano, no tener derecho a votar, ni dinero propio una vez que te casas, y que te prohíban desempeñar cualquier oficio salvo el de institutriz o niñera, y que te nieguen cualquier utilidad salvo la de ser madre, esposa o criada, y que vistas ropa que te impide caminar o montar a caballo pudiese limitar el principio de una fémina.

Lo decepcionaba haber engendrado una hija. La pequeña Ada solo tenía nueve años cuando falleció su famoso/infame padre. El loco, malvado y peligroso de conocer lord Byron.

Nunca vi a Ada de niña. Esta noche, sin embargo, si consigo embutir mis hechuras en uno de los vestidos buenos, la conoceré. Admito que me pica la curiosidad.

Es una joven de veintinueve años, bien casada, rica (he oído que aficionada a las apuestas) y tiene tres hijos. Y lo que es más importante, es una de las matemáticas de mayor talento de Inglaterra.

La fiesta es en casa de un hombre llamado Babbage, titular de la cátedra lucasiana de Matemáticas de Cambridge. Es muy dado a celebrar fiestas y, teniendo en cuenta que no puedo permitírmelas, agradezco la invitación, además de sentirme halagada, no lo niego, pues se requiere estar dotado de inteligencia, belleza o poseer cierta categoría para recibir una invitación a una Babbage (como las llaman).

Hubo un tiempo en que fui bella, si bien eso no despertaba mi interés. Creo que soy inteligente. Babbage me ha invitado porque un periódico lo llamó *Frankenstein logaritmético*.

Iré en ómnibus hasta donde pueda y haré el resto del camino a pie. No puedo permitirme un carruaje. Además, lo cierto es que disfruto de la gente y las calles. De la vidas que aparecen y se desvanecen. Cada una de ellas una historia con forma humana.

Ya en la fiesta, me reciben en la entrada con una copa de ponche. La apuro y me hago con otra.

No hay espacio en este espacio. Una multitud de hombres con chaquetas grisáceas. Las mujeres fuman en pipa. Por el momento no conozco a nadie. Cosa que no importa, ya que eso me permite comer. Cogí un plato de ternera y encurtidos y me senté junto a algo que recordaba a una colección de ruedas dentadas y engranajes amontonados en una vitrina.

¿Qué le parece?

¡Una ternera excelente!, le dije a la joven que se arrodilló de pronto junto a mí.

La máquina, se explicó. ¿Qué le parece la máquina? Eso de ahí. (Sonreía satisfecha a las ruedas y los engranajes.) También tengo aquí los dibujos. ¿Quiere que le explique cómo funciona? Es Mary Shelley, si no me equivoco.

La joven resultó ser Ada. Ahí estaba. La condesa de Lovelace. El ingenio mecánico de la vitrina es un prototipo de lo que Ada describe como una máquina que podría (en teoría) calcular cualquier cosa.

¿A qué clase de cosas se refiere con cualquier cosa?, pregunté.

A cualquier clase de cualquier cosa, contestó.

Ada es como uno de esos símbolos cristianos de la Templanza, o la Caridad, o el Perdón, salvo que en su caso representa el Entusiasmo. Es el Entusiasmo vestido de terciopelo. Me gustan su pelo y sus ojos oscuros. La boca generosa. Adivino a su padre en su rostro. Eso me aflige y me conmueve y me retiene en este momento y me lleva de vuelta a cuando éramos jóvenes y estábamos llenos de vida.

Pero Ada no me lee la mente, y sin pensárselo extendió los dibujos sobre mis regazo para mostrarme el funcionamiento de la que Babbage llama la máquina analítica. Se le pueden dar instrucciones, dice que programar es el término correcto, usando el sistema de tarjetas perforadas del telar de Jacquard. Mientras que las tarjetas del telar informan sobre el diseño floral del tejido, las tarjetas de la máquina son un lenguaje matemático. Aunque, en lo esencial, funciona como un telar.

Me eché a reír, y cuando me preguntó por qué me reía, le conté la anécdota de cuando mi hermanastra Claire Clairmont imaginó un futuro en que sería posible que una máquina escribiese poesía.

Estábamos en el lago Lemán, dije, éramos muy jóvenes, todos, confinados por la lluvia, muertos de aburrimiento... debatiendo sobre los luditas de Manchester y la destrucción de telares, y de que una simple máquina jamás sería capaz de hacer nuestro trabajo. Estábamos asegurando que los humanos son el culmen de la creación, así como la poesía el culmen de la humanidad, cuando Claire, que apenas se tenía en pie de cuanto había bebido, y harta de la indiferencia que Byron mostraba hacia ella, imaginó que algo no muy distinto a una tejedora automática que escribía un poema.

¡Tiene que ver esto!, exclamó Ada, tumbándose en el suelo para extraer una página de papel de debajo del artilugio con rueditas destinado a cambiar el mundo. ¡Sí! Mire esto. Le divertirá. Es de la revista *Punch*, quizá ya lo haya visto. Pretende ser una carta de Babbage en la que habla sobre su último invento: EL NUEVO NOVELISTA MECÁNICO PATENTADO.

Leí la viñeta detenidamente, y los testimonios paródicos del señor Bulwer-Lytton y otros escritores famosos:

Ahora soy capaz de terminar una novela de tres volúmenes de la extensión habitual en el breve espacio de cuarenta y ocho horas mientras que, antes, dicho propósito exigía al menos quince días de trabajo. [...]

A continuación, debajo, ¡ahí está!

*Estoy encantado con el Novelista Patentado del señor Babbage. [...]
He sugerido lo que a mi entender considero un desiderátum aún mayor, la creación de un Poeta patentado que siguiese la misma línea.*

¡Mi padre lo desafiaría a un duelo!, aseguró Ada. Él, el poeta más insigne de su época, compitiendo con un telar.

¡Desde luego! Hace treinta años tuvo que contenerse para no atacar a Claire Clairmont con las tenazas de la chimenea. Tuvimos que enviarla a la cama por su bien.

¿Cómo era?, preguntó Ada. Me refiero a mi padre.

Monstruoso, contesté. Pero lo quería.

Me sonrió.

Ojalá me hubiese querido a mí, dijo. Quiso a mucha gente, ¿verdad? Mujeres y hombres. ¿Por qué no a su hija?

Le tomé la mano.

Tu padre, Byron, y mi marido, Shelley, fueron hombres sin parangón; mi padre, William Godwin, también lo fue (asintió); sin embargo, querida mía, no tener parangón no garantiza tener sentimientos.

Babbage es igual, aseguró Ada. Disgusta a todo el mundo y luego los culpa cuando se quejan.

No dejes que eso te desanime, dije.

Ah, no se preocupe; en realidad, yo también prefiero los números. Los números poseen una concreción de la que carecen los humanos.

¿Lees poesía?, le pregunté.

Oh, desde luego, contestó, aunque ¿sabe que en las últimas voluntades de Byron se me prohibía expresamente leer poesía o dejarme influir por la vida de la imaginación en ninguna de sus formas, maneras y representaciones? Mi madre era una matemática con grandes dotes y me puso un tutor de matemáticas siendo muy pequeña. Supuestamente los números debían domar la sangre byroniana que corre por mis venas.

Eso no es lo que he oído..., que hubiesen conseguido domarte, comenté.

Ada cogió una pequeña pipa y la encendió.

En absoluto, contestó. Mi vida entre los números ha sido tan inmoderada como cualquier otra entre las palabras. Hay números negativos, números imaginarios, y... si Babbage consigue construir su máquina, e inventamos el lenguaje matemático necesario para programarla, podría hacer cualquier cosa. Por ejemplo, su Victor Frankenstein no habría tenido que construir un cuerpo a partir de restos encontrados en las catacumbas. Podría haber concebido una mente. Una máquina mental. Le formularía cualquier pregunta y, siempre y cuando pudiese reducirse a lenguaje matemático, la mente mecánica sería capaz de contestarla. ¿Para qué necesitaría un cuerpo?

Se arrodilló entusiasmada entre los engranajes, las palancas y las ruedas de la máquina expuesta en medio de la fiesta. Me arrodillé junto a ella con cierta dificultad.

La máquina, una vez construida, ¿pensaría?, pregunté.

¡No! No, contestó, pero podría recuperar cualquier cantidad de información en cualquier combinación sobre cualquier tema. Escribí un trabajo en el que sugería que la máquina también sería capaz de componer música, ahí es donde empezó la chanza del Novelista Patentado. La música no partiría de la inspiración, sino que se crearía a partir de lo ya existente. Solo la mente humana logra realizar ese salto intelectual que le concede su genialidad. Sin embargo, hablando claro, muy pocas mentes humanas pueden elevarse a la categoría de genios, y tampoco lo necesitan. Lo que necesitan son instrucciones e información. Eso es lo que podría hacer esta máquina.

Sería muy grande, apunté.

¡Al menos tanto como Londres!

En tal caso, la mente humana debe de ser algo verdaderamente excepcional si la máquina que ha de contener sus funciones menos excepcionales necesita ser tan grande como Londres, dije.

Imagine que fuese posible construirla como si se tratase de una ciudad y vivir en ella, planteó Ada. Podríamos edificar nuestros hogares y carreteras en medio del incesante e infinito proceso de cálculo y recuperación. Seríamos parte de la máquina, no algo ajeno a ella.

¿Dónde acabaría la máquina y dónde empezaríamos nosotros?, pregunté.

No sería necesario saberlo, contestó Ada, pues no existiría ninguna diferencia.

¿Y esa ciudad inmensa sería como una mente humana?

La máquina contendría muchas mentes, respondió Ada. Sí, tal vez todas las que hayan existido jamás. Imagínese si la suma del conocimiento humano pudiese almacenarse en una máquina así, y recuperarse. Ya no necesitaríamos bibliotecas inmensas y nos ahorraríamos el gran gasto que supone la impresión de libros.

No me gustaría prescindir de mis libros, objeté.

Sus libros particulares no, repuso Ada, pero no puede tenerlos todos, ni siquiera muchos; además, ¿acaso la palabra «liber» no significa «libertad» además de «libro» en latín?

Así es...

Entonces sería libre de tener tantos o tan pocos libros personales como quisiese, o pudiese permitirse, pero el conocimiento humano al completo, de cualquier parte del mundo, y de cualquier época, y en cualquier lengua, estaría a su disposición.

¿Solo existiría una máquina?, pregunté.

Sus dimensiones harían impracticable tener más de una, admitió Ana. Y dado que funciona con un motor a vapor, exigiría gran cantidad de carbón.

Me ayudó a ponerme en pie, me trajo vino y acabamos hablando de otros temas, la poesía entre ellos. Se trataba de una reunión animada y bulliciosa. Decididamente, las mujeres eran hermosas, y me percaté de que las inteligentes fumaban en pipa.

Un hombre me resultaba familiar, aunque no era capaz de ubicarlo. Alto, enérgico, de ojos oscuros, llevaba en la mano una de las tarjetas perforadas que Ada me había mostrado. Le pregunté a la joven si lo conocía. No, lo único que supo decirme era que frecuentaba las fiestas de Babbage.

No fue hasta después, al encontrarme yo recogiendo la capa y el paraguas, cuando el hombre de los pantalones de cuadros de talle alto y chaqueta de calle pasó junto a mí. Se volvió. Sonrió. Me tendió la mano.

¿Mary Shelley?

Así es.

Nos conocimos hace muchos años.

(Si bien él es joven y vigoroso.)

¿En Londres o en Italia?

Me veo a mí misma abriendo una carta. Shelley está apoyado en el alféizar de la ventana. ¿Estábamos en Roma? Las campanadas del mediodía, el calor que irradiaban las calles, el calamar de la cesta que habían traído para comer ese día. Yo estaba sentada a mi escritorio, atendiendo la correspondencia llegada de Inglaterra. Facturas, por supuesto. Una carta de mi padre.

Y otra que rezaba: *Apreciada señora Shelley: Con relación a su visita, el hombre que se hace llamar Victor Frankenstein...*

El hombre me estrechó la mano. Unos ojos tan salvajes y nocturnos...

Victor, se presentó.

Una espantosa noche de noviembre contemplé el resultado de mis arduos esfuerzos. Con una angustia que devino agonía, distribuí los instrumentos de la vida frente a mí para intentar infundir una chispa de ser al objeto inanimado que yacía a mis pies. Era ya la una de la noche. Una lluvia lúgubre golpeaba los cristales y la vela estaba a punto de apagarse cuando, iluminado por el resplandor de la casi consumida luz, vi que el ojo amarillento y mortecino de la criatura se abría.[19]

La habitación se estremeció con violencia. La mesa se volcó como si la hubiese empujado una fuerza invisible. Las luces se apagaron con un zumbido agonizante y nos quedamos a oscuras.

Alargué la mano y ayudé a Claire a ponerse en pie. Formamos una piña, aferrándonos unos a otros. La oscuridad era absoluta. Los ojos no podían adaptarse a la luz que hubiese porque no había luz a la que adaptarse.

Fuera se oía un golpeteo sordo y contundente.

Cogeos de la mano para formar una cadena, propuse. Si llegamos a tientas hasta la pared, podemos llegar del mismo modo hasta la puerta.

Lo hace para asustarnos, dijo Polly.

¡Victor!, lo llamé.

No hubo respuesta.

Igual está muerto, aventuró Ron. No sabemos qué estaba haciendo ahí dentro.

Claire empezó a cantar: *My eyes have seen the glory of the coming of the Lord.*

¡VICTOR!, lo llamé de nuevo.

Nada. Solo el retumbo del agua.

Mi reloj se ilumina. Pasaba de la medianoche.

Tengo las rodillas mojadas, dijo Ron.

Sí. El agua está subiendo.

Esto es una tumba de hormigón llenándose de agua. ¡Venga ya! ¿Es que nadie tiene un puto teléfono?, protestó Polly.

Aquí abajo no hay cobertura, contesté. Estamos en los años cincuenta, ¿recuerdas? ¡Escuchad!

Oímos una especie de motor tratando de ponerse en marcha. Un motor reacio. Un motor grande. Otra vez.

Eso es una palanca de arranque, dijo Ron. Mi viejo tenía una furgoneta Morris 1100 con manivela para encender el motor.

¡Joder, vamos a morir! ¿A quién le importa lo de tu viejo?, protestó Polly.

Lo que quiero decir es que Victor está arrancando los generadores, repuso Ron. Jane y Marilyn.

Para entonces ya estábamos cubiertos por una película de polvo húmedo y pegajoso que había caído del techo. Pero volvió la luz. El ruido, en cambio, era tan ensordecedor que no nos oíamos. Alrededor, el pub estaba hecho añicos. Mesas rotas, sillas volcadas. Tableros, dados y cartas esparcidos por el suelo. La puerta se había desencajado.

Avanzamos pesadamente a través del agua. No había señales de Victor. La puerta metálica de la sala de control estaba cerrada con llave. Me abrí paso como pude hasta la habitación desde la que los generadores expulsaban al pasillo un humo asqueroso impregnado de gasóleo.

¡VICTOR!

Ron fue a buscarme y señaló la escalera. Habían abierto la puerta contra inundaciones. Podíamos salir. Negué con la cabeza. Ron me cogió del brazo. No fue un gesto. Me solté de un tirón.

Claire y Polly ya habían empezado a subir.

MARCHAOS, dije.

Ron inclinó el cuerpo, arremetió contra mi vientre y al tiempo que yo me doblaba, sin aliento, me cargó al hombro, sobre su cuerpo bajo y fornido, y se encaminó a la escalera con paso inestable.

Acodado como una bisagra sobre él, con la cabeza directamente sobre el agua oleosa, calculé que si Ron pretendía subir conmigo a cuestas, se moriría de un ataque al corazón.

Llegamos a la escalera. Lo golpeé en la espalda. Creo que se alegró de bajarme.

Pesas más de lo que parece, dijo. Para ser un tío que es una chica.

Subimos juntos.

Cuando salimos a la noche de Manchester, se había hecho muy de noche, por completo. Una oscuridad de apagón. Una oscuridad de tiempos de guerra.

No hay luz en ningún sitio, observó Polly.

Los edificios de oficinas estaban a oscuras. Las farolas se habían apagado. Caminamos un poco. No había semáforos. Los coches circulaban vacilantes por las carreteras sin iluminación.

Saqué el teléfono. No había señal.

Yo tampoco tengo, dijo Ron. Podemos ir a pie hasta mi hotel. Estoy en el Midland.

No puedo dejar a Victor, objeté.

¿Quieres que te lleve a cuestas?, me amenazó Ron.

Llamaremos a una ambulancia, dijo Claire.

¡No!, me negué. Hay que darle tiempo.

¿Tiempo para qué?, quiso saber Polly.

No lo sé. Venga, vamos al hotel.

Cuando llegamos al Midland, también estaba a oscuras, como en todas partes. Preguntamos al portero qué había ocurrido. Nadie lo sabe... No hay tele, no hay internet, los servicios de emergencia están en los hospitales y las estaciones de tren. Los trenes están parados en las vías.

Eso le proporcionará a Victor el tiempo que necesita, me dije para mis adentros.

Ron y Claire se alojaban en una suite. Ron pidió una habitación para Polly y otra para mí, pero se negó a aceptar mi tarjeta de crédito.

Lléveles un cepillo de dientes y una botella de coñac, ¿de acuerdo?, le pidió al portero.

Rezaré por todos nosotros, dijo Claire.

Casi parecía lo más sensato, dadas las circunstancias.

Polly y yo subimos a las habitaciones por la escalera.

Polly, aún no hagas nada, por favor, le pedí. Hablaremos por la mañana. Tú espera, ¿vale?

Polly se acercó y me besó en los labios. Un simple beso. Me pareció de lo más natural. Una especie de reconocimiento por lo que fuese que había sucedido esa noche.

Porque ¿qué había sucedido esa noche?

No me fui a la cama.

En cuanto oí correr el agua en el cuarto de baño contiguo, salí del hotel en plena oscuridad de tiempos de guerra y me dirigí a la entrada de los túneles.

La ciudad parecía una ciudad con toque de queda. Vacía. Oscura. Había un tipo en un portal, acurrucado en un saco de dormir.

¿Qué ha pasado?, le pregunté.

Todo se ha vuelto negro, contestó. Negro del todo.

Lejos, una sirena se abrió paso entre las calles.

Cuando llegué a la entrada de los túneles, las puertas del exterior estaban cerradas con llave. El corazón me dio un vuelco. ¡Eso significa que Victor ha salido y está a salvo!

Me apresuré hacia su apartamento. Tenía frío, estaba empapado, magullado y exhausto, y no importaba.

Su edificio se encontraba a oscuras, por descontado. La puerta principal se había bloqueado automáticamente con el apagón. El portero no estaba. Rodeé el edificio y subí por la escalera de incendios. Lo habíamos hecho antes, él y yo, colándonos como un par de adolescentes que se acuestan por primera vez.

¿Fue eso lo que sentí?

Puede que sí.

Al final de la escalera hay que dar un salto estilo parkour hasta la terraza de Victor. Salté, sin mirar al agujero negro que se abría debajo de mí.

Las puertas correderas no estaban cerradas. Entré. El olor familiar. Las velas de granada.

¿Victor?

Todo está siempre en el mismo sitio, así que encontré las cerillas y encendí una vela. Y otra, y una más. El apartamento parece un altar. Qué hombre más ordenado. No deja rastro.

Pero si ha salido de los túneles, no tardará en llegar.

Me duché. Me puse su pijama. Me metí en su cama y me dormí, a la espera de que amaneciese.

Hasta los más desgraciados tenemos suerte. Siempre amanece.

La humanidad no es un sistema en estado estacionario.

Puedes comprarlo en cualquier carnicería.

De cordero o de buey.

El humano es prácticamente idéntico.

Tendrá el tamaño de un puño. La bomba de circulación del cuerpo. El corazón está inclinado a la izquierda, donde se encuentran dos tercios de su masa. No puede secarse, ocupa una cavidad llena de fluido. Y tampoco es un solitario. Se acompaña de cuatro cavidades cardíacas, las aurículas derecha e izquierda y los ventrículos derecho e izquierdo. Las aurículas son cámaras que se comunican con las venas que llevan la sangre al corazón. Los ventrículos, conectados a las arterias, transportan la sangre fuera del corazón. Las cavidades del lado derecho son más pequeñas que las del izquierdo. Se encuentran siempre en uno de estos dos estados: sístole, cuando el tejido muscular del corazón se contrae para expulsar la sangre, o diástole, cuando los músculos cardíacos se relajan para permitir el paso de la sangre. Este proceso nos proporciona los valores que necesitamos para calcular la tensión arterial. En mi caso, 110 (sístole) 65 (diástole).

El corazón empieza a latir el vigesimosegundo día en el útero. Nunca se detiene.

Hasta que lo hace.

Victor lleva ocho días desaparecido.

Visto su chaqueta. Me he acabado la leche de la nevera. He empezado a buscar testimonios de lo que vamos acumulando a lo largo de la vida. No he encontrado nada. Vive como si estuviese en casa de otra persona, pero es la suya, aunque cuando Polly empezó a investigar, descubrió que el apartamento pertenece a una empresa con sede en Suiza. Y esa fue toda la información que le dieron.

Acudí al Departamento de Recursos Humanos de la universidad. Por lo que a ellos respecta, yo no existo. No soy un familiar. No soy su pareja. En su historial no aparezco como la persona de contacto en caso de emergencia. ¿Quién lo es?, pregunté. No podían decírmelo; solo que se trata de una empresa de Ginebra.

El doctor Stein ya no está.

¿En su sano juicio?

La gente no desaparece sin más.

Aunque en el mundo en que vivimos, no ha desaparecido; se han pagado los recibos. Se han rellenado los impresos correctos. ¿Quién lo ha hecho?

En cualquier caso, el apagón generalizado de Manchester coincidió con un colapso de la red informática en toda la ciudad. Millones de gigabytes de datos borrados. Incluidos todos los registros sobre Victor, dice Polly.

Su teléfono está apagado.

Un par de semanas después, Polly consiguió acceder a los túneles. Me llevó con ella. Entramos por una puerta distinta de la que habíamos utilizado siempre. Pregunté por la otra.

Por ahí es imposible, dijo nuestro guía. Al menos desde los años cincuenta. Está bloqueada.

Bajamos en calidad de visitantes a un inframundo que conocíamos.

El pub donde nos habíamos contado nuestras historias continuaba en el mismo lugar. Pero todo estaba en su sitio. Ni mesas volcadas ni suelos inundados. Los juegos de mesa y las cartas se apilaban ordenadamente en las estanterías. El cristal del retrato de

Winston Churchill era nuevo. Sé que era nuevo. Pasé el dedo por encima. Ni una mota de polvo.

Los generadores, Jane y Marilyn, estaban limpios y en silencio.

Y todo lo demás también había desaparecido. Las habitaciones de hormigón se hallaban vacías. Ni arañas saltarinas. Ni manos tambaleantes. Ni robots ocupados en trocear cerebros, ni cabezas en recipientes, ni ordenadores. Solo los fluorescentes bamboleantes del techo y el rumor sordo del río Irwell.

Cuando salíamos y las luces iban apagándose a medida que nuestro irritable guía bajaba los conmutadores de baquelita, mi pie topó con algo. Me agaché y cerré la mano a su alrededor. Noté lo que era; se lo había quitado cuando fue a ocuparse de la cabeza.

El sello de Victor.

Volví a su apartamento una vez más. Tenía que recoger algunas prendas de ropa. La llave no entraba en la cerradura, así que llamé al timbre. Contestó una mujer con malas pulgas. Era la nueva inquilina. ¿Qué quería yo? Le expliqué lo de la ropa. Me dijo que lo hablase con el agente y me cerró la puerta en las narices.

Una lástima... Me gustaba esa camiseta.

Bajo la escalera. Bajo la escalera. Bajo la escalera. La puerta se cierra por última vez.

Aquí estoy. Anónimo, ignorado, caminando por la calle; estoy aquí y soy invisible. Nadie ve el desorden oculto de mi cabeza. Lo que pienso, lo que siento, son mis propios Bedlams. Lidio con mi locura como cualquier otra persona. Y aunque tenga el corazón roto, continúa latiendo. Así de extraña es la vida.

Mensaje de Polly: *¿Quieres que cenemos esta noche?*
Puede.

¿De qué estás hecho tú, de qué sustancia,
que puedes conformar mil y una sombras?

Puedes comprarlo en cualquier carnicería.

Solía comprarlo cuando teníamos poco dinero. Lo más preciado de los humanos es la carne más barata.

El corazón.

Mientras Shelley ardía en la pila de madera seca y quebradiza, el pecho se le abrió y nuestro amigo Trelawny se apresuró a arrebatarle el corazón a la hoguera.

En India se espera que la viuda ascienda a la pira funeraria para acompañar a su marido en el trayecto final. Su vida también acaba en ese momento.

Aunque no es así. Somos tenaces. Sobrevivimos. El dolor no basta para matarnos.

Podría ser libre... Si lograse arrancarme su recuerdo del corazón con la misma facilidad que arrancaron su corazón del fuego, podría ser libre.

Descubro que el dolor significa vivir con alguien que ha partido.

Los budistas creen que el alma puede habitar la forma que escoja a su regreso. ¿Es él? El muérdago del roble en invierno. ¿Es él? Planeando sobre mi cabeza en el cuerpo de un ave. Podría llevarlo en el dedo, en el anillo que me regaló. Si lo froto, ¿reaparecerá en forma humana?

Un gato asilvestrado me visita casi todos los días... Esos ojos salvajes y nocturnos.

Me he llevado un puñado de cenizas del corazón de Shelley y las he guardado junto con un mechón de su pelo y algunas cartas que me escribió.

Los restos de los restos. Es absurdo que cuanto somos se desvanezca sin dejar rastro. La semana pasada, Ada Lovelace me dijo que si pudiésemos representarnos en un lenguaje que la máquina analítica supiese interpretar, sería capaz de descifrarnos.

¿Para devolvernos a la vida?, pregunté.

¿Por qué no?, contestó.

Eso le gustaría a Shelley; resucitar mediante el lenguaje. Lo imagino: sus poemas en un bolsillo, junto con él. Meto la tarjeta perforada en la máquina y lo que sale es Shelley.

¡Mary!, me llama.

(¡Victor! ¿Eres tú?)

Me doy la vuelta. Entre la multitud. Allí. ¿Es él?

¿Empezamos de nuevo?

El sueño humano.

Nota de la autora

La historia que se relata en el libro es una invención que se desarrolla en otra invención: la propia realidad. Alcor existe. Igual que Manchester. Igual que existió Bedlam. Los túneles subterráneos de Manchester continúan en el mismo lugar, aunque son algo distintos de como los he descrito. Algunos personajes existieron, o existen aún. Otros son de ficción. Ninguna conversación tuvo lugar tal como aparece aquí, o quizá ni siquiera se produjo. Espero no haber ofendido ni a los vivos ni a los muertos. Es una historia.

Agradecimientos

Gracias a toda la gente de Jonathan Cape y VINTAGE que ha colaborado conmigo en este libro, sobre todo a Rachel Cugnoni, Ana Fletcher, Bethan Jones y Laura Evans. Y a Susie Orbach, quien cree en el humano biológico más que yo.

Este libro está dedicado a mis ahijados, Ellie y Cal Shearer, que trabajarán para construir el futuro que desean ver.

Referencias bibliográficas

1. Shakespeare, William, versos de *Sueño de una noche de verano*, en *Comedias, Obra completa 1*, edición de Andreu Jaume, Barcelona, Penguin Clásicos, 2016.
2. —, versos de *Sueño de una noche de verano*, en *Comedias, Obra completa 1*, edición de Andreu Jaume, Barcelona, Penguin Clásicos, 2016.
3. —, «Soneto LIII», en *Poesías*, edición de Andreu Jaume, traducción de Andrés Ehrenhaus y Andreu Jaume, Barcelona, Penguin Clásicos, 2016.
4. —, «Soneto LIII», en *Poesías*, edición de Andreu Jaume, traducción de Andrés Ehrenhaus y Andreu Jaume, Barcelona, Penguin Clásicos, 2016.
5. Coleridge, Samuel Taylor, «La rima del anciano marinero», en *Kubla Khan y otros poemas*, traducción de Arturo Agüero Herranz, Madrid, Alianza Editorial, 2009.
6. Shelley, Mary Wollstonecraft, *Frankenstein o El moderno Prometeo*, traducción de Silvia Alemany Vilalta, Barcelona, Penguin Clásicos, 2015.
7. —, *Frankenstein o el moderno Prometeo*, traducción de Silvia Alemany Vilalta, Barcelona, Penguin Clásicos, 2015.
8. —, *Frankenstein o el moderno Prometeo*, traducción de Silvia Alemany Vilalta, Barcelona, Penguin Clásicos, 2015.
9. —, *Frankenstein o el moderno Prometeo*, traducción de Silvia Alemany Vilalta, Barcelona, Penguin Clásicos, 2015.
10. —, *Frankenstein o el moderno Prometeo*, traducción de Silvia Alemany Vilalta, Barcelona, Penguin Clásicos, 2015.
11. —, *Frankenstein o el moderno Prometeo*, traducción de Silvia Alemany Vilalta, Barcelona, Penguin Clásicos, 2015.

12. —, *Frankenstein o el moderno Prometeo*, traducción de Silvia Alemany Vilalta, Barcelona, Penguin Clásicos, 2015.

13. —, *Frankenstein o el moderno Prometeo*, traducción de Silvia Alemany Vilalta, Barcelona, Penguin Clásicos, 2015.

14. —, *Frankenstein o el moderno Prometeo*, traducción de Silvia Alemany Vilalta, Barcelona, Penguin Clásicos, 2015.

15. —, *Frankenstein o el moderno Prometeo*, traducción de Silvia Alemany Vilalta, Barcelona, Penguin Clásicos, 2015.

16. Shelley, Percy Bysshe, último verso de «Oda al viento del oeste», en *Un sueño selló mi espíritu*, traducción de Gonzalo Torné, Barcelona, Penguin Random House, 2019.

17. Shakespeare, William, versos de *La tempestad*, en *Romances*, edición de Andreu Jaume, Barcelona, Penguin Clásicos, 2016.

18. Shelley, Mary Wollstonecraft, *Frankenstein o El moderno Prometeo*, traducción de Silvia Alemany Vilalta, Barcelona, Penguin Clásicos, 2015.

19. —, *Frankenstein o el moderno Prometeo*, traducción de Silvia Alemany Vilalta, Barcelona, Penguin Clásicos, 2015.